Kara Thomas est l'autrice de plusieurs thrillers YA, dont *Little Monsters*, best-seller en France, ou encore *Girls in the Dark* et *Last Weekend*, son dernier roman paru. Cette véritable accro au crime parfait vit à Long Island, dans l'État de New York (États-Unis), avec son mari et un chat qu'elle a recueilli.
Pour en savoir plus : rendez-vous sur www.kara-thomas.com

De la même autrice :

Little Monsters
Girls in the Dark
(Originellement publié sous le titre *À la nuit je mens*)
Remember the Cheerleaders
(Originellement publié sous le titre *Cheerleaders*)
Last Weekend

Kara Thomas

Girls in the Dark

Traduit de l'anglais (États-Unis) par Cécile Chartres

FiBS

Fibs est une collection des éditions Castelmore

Édition originale américaine publiée en 2016 sous le titre *The Darkest Corners* par Delacorte Press, un label de Random House Children's Books, département de Penguin Random House LLC, New York

Suivi d'un extrait de *Last Weekend*
Titre original : *That Weekend*

Édition originale américaine publiée par Delacorte Press, un label de Random House Children's Books, département de Penguin Random House LLC, New York

Loi n° 49-956 du 16 juillet 1949 sur les publications destinées à la jeunesse

Dépôt légal : juillet 2021

ISBN : 978-2-36231-379-0

BRAGELONNE – CASTELMORE
60-62, rue d'Hauteville – 75010 Paris
E-mail : info@castelmore.fr
Site Internet : www.castelmore.fr

Pour Kevin Thomas.

Chapitre premier

L'enfer : une escale de deux heures à Atlanta.

La femme à ma droite m'observe depuis que je me suis assise. Elle fait partie de ces gens qui estiment avoir le droit de te parler simplement parce que tu respires.

Ne pas croiser son regard. Je répète cette phrase en boucle dans ma tête tout en cherchant mon iPod. Je l'ai toujours sur moi. Peu importe que ce soit un modèle qu'Apple ne commercialise plus depuis sept ans ou que l'écran soit fêlé.

Mon nez se met à picoter. *Ne pas croiser son regard. Et surtout ne pas…*

J'éternue.

Et merde.

— À tes souhaits ! Il fait chaud, n'est-ce pas ?

La femme s'évente avec sa carte d'embarquement. Elle me rappelle Gram, ma grand-mère : elle est âgée, mais plutôt du genre à traîner devant un comptoir Estée Lauder que dans une salle municipale un jour de Loto. Je hoche la tête d'un air neutre.

Elle sourit, se décale légèrement vers mon accoudoir. Je me vois à travers ses yeux : cheveux sales attachés, pantalon noir et tee-shirt col V noir – mon uniforme de chez *Chili*. Un sac à dos glissé entre les pieds. Oui, j'ai sans doute besoin d'être maternée.

— D'où viens-tu ? me demande-t-elle.

La question me paraît étrange. Dans un aéroport, on demande plutôt aux gens où ils vont, non ?

— De Floride, réponds-je en ravalant ma salive.

Elle s'évente toujours, une odeur de transpiration et de poudre de maquillage me parvient.

— Ah, la Floride. Merveilleux.

Non, pas vraiment. La Floride, c'est là que les gens vont pour mourir.

— Il y a pire, comme endroit, dis-je.

J'en sais quelque chose. J'en viens et, malheureusement, j'y retourne.

* * *

J'ai compris que quelqu'un était mort à l'instant où mon manager m'a dit que j'avais un appel. Pendant le court trajet vers son bureau, je me suis convaincue que c'était Gram. En entendant sa voix à l'autre bout du fil, j'ai cru m'évanouir de soulagement.

C'est alors qu'elle a dit :

— Tessa, c'est ton père.

Cancer du pancréas. Stade IV. Si les médecins de la prison l'avaient détecté plus tôt, ça n'aurait rien changé.

Le directeur de la prison a mis trois jours à me trouver. L'un des surveillants a appelé ma grand-mère en PCV tandis que je me rendais au travail.

Gram m'a expliqué qu'il risquait de ne pas passer la nuit. Elle est passée me chercher chez *Chili* après avoir fait mon sac qu'elle avait déposé sur le siège passager. Elle aurait voulu m'accompagner, mais il lui fallait une autorisation de son cardiologue pour prendre l'avion et nous n'avions pas le temps de la lui demander. Et puis, payer deux billets d'avion, ça aurait été un peu du gâchis.

Glenn Lowell n'est pas son fils. Elle ne l'a même d'ailleurs jamais rencontré.

J'ai acheté mon billet pour Pittsburgh à l'aéroport. Ça m'a coûté deux cents dollars de plus que si je l'avais acheté en avance. J'ai failli lâcher l'affaire. Ces deux cents dollars, j'en aurai besoin à la rentrée pour m'acheter des livres.

Je parie que vous vous demandez quel genre de personne laisserait son père mourir seul pour deux cents dollars. Mais mon père a blessé par balle le propriétaire d'une épicerie pour une somme bien inférieure – et une cartouche de cigarettes.

Donc. Ce n'est pas que je ne veux pas lui dire au revoir ; c'est que mon père est mort à mes yeux il y a dix ans lorsqu'un juge l'a condamné à passer le restant de ses jours en prison.

Chapitre 2

Maggie Greenwood m'attend à l'arrivée. Elle est un peu plus blonde et un peu plus enrobée que la dernière fois que je l'ai vue.

C'était il y a dix ans. Peu de choses ont changé depuis – et cette pensée me déplaît. De nouveau, les Greenwood m'accueillent comme ils le feraient d'un chat errant. Sauf que, cette fois, je suis bien nourrie. Rentrer dans un jean slim ? Même pas en rêve. Sans doute toutes ces pauses-repas chez *Chili*.

— Oh, ma chérie, me dit Maggie en me prenant dans ses bras.

Je frémis, mais m'oblige à lui rendre son étreinte. Elle m'agrippe les épaules, me regarde d'un air tragique – elle fait ça bien –, mais j'aperçois l'ombre d'un sourire. Je ne suis plus la petite fille osseuse et renfrognée aux cheveux longs.

Ma mère refusait de me couper les cheveux. Désormais, ils dépassent rarement mes épaules.

— Salut, Maggie.

Elle glisse une main dans mon dos et avance vers le parking.

— Callie voulait venir, mais elle devait se coucher tôt.

Je hoche la tête en espérant que Maggie n'a pas remarqué le spasme qui m'a tordu l'estomac quand elle m'a parlé de sa fille.

— Elle a une compétition de twirling demain matin, continue Maggie.

Qui essaie-t-elle de convaincre ? Je sais que ce sont des foutaises. Callie ne serait pas venue même si Maggie l'avait traînée de force.

— Elle est toujours à fond là-dedans ?

Ce que je voulais vraiment dire, c'est : « Il y a encore des gens qui pensent que faire tourner des bâtons, c'est un sport ? » Mais je ne veux pas être désagréable.

— Oh, oui. Elle a même eu une bourse, répond Maggie avec un immense sourire. À East Stroudsburg. Elle veut faire des études en sciences du sport.

Je sais tout ça, bien entendu. Je sais avec qui Callie est toujours amie (surtout Sabrina Hayes) et ce qu'elle a mangé la semaine dernière pour le petit déjeuner (un muffin à la cannelle de *Jim's Deli*). Je sais aussi à quel point Callie veut se barrer de Fayette (population : cinq mille habitants) et qu'elle fait déjà plus la fête qu'un étudiant en première année de fac.

Bien que je ne lui aie pas parlé depuis dix ans, je sais presque tout ce qu'il y a à savoir sur Callie Greenwood. Sauf l'essentiel.

Est-ce qu'elle y pense encore ?

— Ta grand-mère m'a dit que tu t'étais décidée pour Tampa ?

Je hoche la tête et appuie mon front sur la vitre.

Lorsque j'ai annoncé à Gram que j'avais été acceptée à l'université de Tampa, elle m'a dit de bien réfléchir. Elle se méfie des grandes villes. Selon elle, les gens y sont broyés puis recrachés.

Tandis que Maggie s'engage dans la direction de Fayette, je me dis que je préfère encore être broyée et recrachée qu'avalée toute crue.

* * *

Maggie s'arrête devant une maison blanche à deux étages qui était bien plus grande dans mon souvenir. Alors que nous claquons les portes du minivan, les chiens d'à côté pètent un câble. Il est presque 1 heure du matin. Dans quelques heures, Rick, le mari de Maggie, va partir faire ses livraisons de pain. Je m'en veux un peu. Il a certainement attendu pour s'assurer que Maggie était bien rentrée. Il est comme ça.

Mon père, lui, était plutôt du genre à faire attendre ma mère, folle d'inquiétude, avant de tituber dans la maison en puant le Johnnie Walker.

Les chiens se calment dès que nous atteignons le porche – aboyer, c'est fatigant. Les quartiers de Fayette ont des émotions, comme les gens. Le quartier des Greenwood est fatigué : ce sont surtout des familles d'ouvriers qui se lèvent avant l'aube ; qui dînent ensemble sept jours sur sept même s'ils sont épuisés.

Quand je repense à mon ancien quartier, c'est plutôt la colère qui me vient à l'esprit. Ou des maisons décrépies tellement serrées les unes contre les autres qu'on peut voir dans la cuisine du voisin. Ou des vieillards fâchés assis sur leur porche qui pestent contre leur fournisseur de câble, les Démocrates ou le retard de leur pension de retraite.

Avant, les Greenwood habitaient dans mon quartier. Ils ont déménagé un an avant que je parte vivre avec Gram. Je ne pouvais plus descendre la rue pour aller jouer avec Callie comme je le faisais depuis que j'avais six ans.

Maggie ouvre la porte d'entrée, et je sens tout de suite la différence. Est-ce que son ancienne maison lui manque autant qu'à moi ?

Bien sûr que non. Et vu ce qui s'est passé dans l'ancienne maison, je ne vais pas lui poser la question.

— Tu as faim ? me demande Maggie en refermant la porte à clé derrière moi. Je sais qu'ils ne servent plus à manger dans les avions. Il doit rester des lasagnes.

Je secoue la tête.

— Je suis… vraiment fatiguée.

Maggie me sourit, et je remarque toutes les rides qui n'étaient pas là il y a dix ans. Elle doit penser que la mort imminente de mon père me chagrine.

La Tessa dont elle se souvient aurait été triste. Elle aurait pleuré, hurlé et appelé son père comme ce jour où les policiers ont fracassé la porte de la maison pour le menotter et l'emmener.

Maggie ne sait pas que l'ancienne Tessa a été remplacée par un monstre qui a envie que son père se dépêche de mourir pour qu'elle puisse rentrer chez elle.

— Pas étonnant, dit Maggie en me serrant l'épaule. Va te coucher.

* * *

Le soleil se lève à l'instant où je m'endors.

J'aurais bien besoin de prendre une douche, mais je ne sais pas où les Greenwood rangent leurs serviettes. Dans leur ancienne maison, il y avait un placard dans la salle de bains. Plutôt que de descendre en demander une à Maggie, je m'asperge le visage d'eau froide et m'essuie avec une serviette à mains.

J'ai du mal à demander les choses aux gens. Ça a toujours été comme ça, mais je pense que ça a empiré depuis que Gram m'a emmenée en Floride. Avant qu'elle transforme son bureau en chambre pour moi, je dormais sur un canapé-lit. Il n'y avait pas de volets aux fenêtres : dès que les premiers rayons de soleil filtraient, je me réveillais sans pouvoir me rendormir.

Du coup, je me suis installée sous le canapé-lit. Il a fallu plus d'un mois à Gram pour s'en apercevoir. Les fenêtres de ma chambre ont des volets à présent, mais parfois, quand j'ai du mal à dormir, je me faufile sous mon lit et j'imagine que les ressorts du matelas sont des constellations.

Hier soir, je n'ai même pas essayé de m'endormir. Après m'être lavé le visage, je me fais un bain de bouche. Je ne prends pas non plus la peine de me recoiffer, même si j'ai dormi avec ma queue-de-cheval. À quoi ça sert ? Il est peu probable que j'aie l'air en plus mauvais état que mon père.

Dans la cuisine, Maggie fait du pain perdu. La cafetière gargouille dans un coin.

— Lait ou crème ? me demande-t-elle en désignant une tasse.

Je n'ai pas le courage de lui dire que je déteste le café.

Je hausse les épaules.

— Ça m'est égal.

Maggie incline la poêle et retourne un morceau de pain.

— J'ai essayé de lever Callie, mais elle ne se sent pas très bien.

Je m'assieds à la table. J'ai entendu Callie rentrer à 3 heures du matin. Je parie qu'elle a la gueule de bois. Depuis qu'elle est au lycée, on la voit souvent en photo sur Facebook avec un grand verre en plastique opaque dans la main.

— Elle a raté sa compétition, dit Maggie en fronçant les sourcils. Mais bon, on va laisser passer. C'est l'été.

Je me raidis. Ça signifie que Callie va avoir du mal à m'éviter aujourd'hui. Surtout si sa mère s'en mêle.

Une fois arrivée en Floride, j'ai appelé Callie tous les jours pendant une semaine. Chaque fois, c'est Maggie qui décrochait. Callie était à un entraînement de twirling, partie faire du vélo avec Ariel Kouchinsky, finissait ses devoirs. Chaque fois, Maggie se faisait plus désolée et suppliante. Elle ne voulait pas que je laisse tomber.

Mes coups de fil se sont espacés : une fois par semaine, une fois par mois. Et puis j'ai arrêté d'appeler.

Cette année, Maggie m'a téléphoné pour mon anniversaire et m'a envoyé une carte pour Noël. Elle n'a jamais mentionné sa fille.

Il y a trois ans, j'ai retrouvé Callie au dernier endroit où je pensais la trouver : sur un forum dédié au procès pour meurtre du Monstre de l'Ohio River. Elle n'a fait qu'un commentaire. Deux lignes, demandant aux autres membres de se taire – qu'est-ce qu'ils y connaissaient, ces minables qui se rêvaient avocats mais vivaient encore chez maman ? Elle a conclu par « Wyatt Stokes est un meurtrier » et elle n'est jamais venue se défendre contre ceux qui lui demandaient de le prouver.

Il s'agissait bien de Callie. Je le sais parce qu'elle s'est servie du même identifiant qu'elle utilise depuis qu'on a dix ans : twirlygirl23.

Je me suis créé un compte et je lui ai envoyé un message : « Salut, c'est Tessa. Moi aussi, je suis tombée sur ce site. » Elle ne m'a jamais répondu.

Elle ne doit pas être ravie de me voir débarquer. Je lui rappelle le pire été de toute notre vie.

Maggie dépose un morceau de pain perdu sur mon assiette. Je lève la tête, lui rends son sourire. Il faut qu'on soit à la prison à 8 heures.

* * *

Fayette, Pennsylvanie, est encore plus moche de jour. Et que dans mes souvenirs. Maggie prend de l'essence au *Quik Mart* sur Main Street. La moitié des commerces ont fait faillite ou sont fermés pour une durée indéterminée.

Fayette s'est mise à décliner à la fin des années 1990, en même temps que les aciéries. Avant ma naissance, mon père travaillait dans une usine de la ville voisine. Désormais, Fayette survit et végète. Sans doute parce que les gens ici sont tellement têtus. Personne ne veut laisser mourir le deli de Jim ou la boutique de retouches de Paul.

Ceux qui restent refusent de faire leurs bagages et de partir. Pourvu que leurs enfants soient moins bêtes.

Il nous faut une demi-heure pour parvenir à la prison du comté. Maggie se gare puis pose sa main sur mon genou, et je me rends compte alors que ma jambe tressaute depuis notre départ.

— Chérie, tu es sûre de vouloir y aller ?

Bien sûr que non.

— Ça va, réponds-je. On ne va pas rester longtemps.

S'observant dans le miroir du pare-soleil, Maggie applique une nouvelle couche de rouge à lèvres rose pétale sur ses lèvres. Elle m'adresse ensuite un sourire contrit, que j'imite, et nous nous dirigeons toutes les deux vers l'entrée. Elle glisse son bras autour de ma taille ; je me raidis, mais elle l'ignore.

Gram est peu tactile. Pendant des années, j'ai traîné les soirs dans le couloir menant au salon, alors qu'elle faisait ses mots croisés tout en marmonnant les réponses à *Jeopardy!*. J'attendais là qu'elle me regarde, à mendier de l'affection.

Pathétique. À un moment donné, elle hochait la tête et me disait : « Bonne nuit, petite. » Et c'était tout.

Depuis, j'ai du mal avec les gens qui me touchent. Si j'enfouis ma main dans mon sac à la recherche de mon téléphone, c'est uniquement pour m'extirper de son étreinte, ce qu'elle ne semble pas remarquer.

— Ils vont certainement te demander de laisser ça à l'entrée, dit-elle en désignant mon téléphone. Et je ne sais pas s'ils vont m'autoriser à venir avec toi à la clinique.

Il me reste un arrière-goût amer de café que je ravale à présent. Si je veux avoir l'air triste, c'est maintenant ou jamais. Peine perdue, le souvenir de mes années passées avec mon père pèse sur ma conscience. En revanche, je suis intriguée. À quoi ressemble-t-il ? Sa peau est-elle fine comme du papier de riz et creusée au niveau de ses pommettes ? Dans ma tête, mon père a toujours l'air en bonne santé. Nous ne sommes jamais allés chez le médecin ; ma mère ne leur faisait pas confiance et mon père pensait pouvoir tout guérir avec un shot de whisky.

En silence, je suis Maggie jusqu'à l'accueil. Une femme portant un uniforme gris nous regarde arriver derrière sa vitre.

— Vous êtes sur la liste ? nous demande-t-elle, les yeux sur son ordinateur.

— J'ai parlé au directeur de la clinique hier, explique Maggie d'une voix pincée.

— Qui venez-vous voir ?

— Glenn Lowell, réponds-je, la voix éraillée.

La surveillante lève les yeux. M'observe.

— Glenn Lowell est mort ce matin, dit-elle.

— Comment est-ce possible ? demande Maggie, la mâchoire serrée.

— Les gens tombent malades et ensuite ils meurent, répond la surveillante sans sourciller.

Mais un éclair de pitié traverse son regard lorsqu'elle croise le mien. Elle pose son stylo.

— Son état s'est dégradé pendant la nuit. Je suis désolée.

— Pourquoi personne ne nous a prévenues ? C'est sa fille, continue Maggie, et sa voix monte dans les aigus.

Les gens assis sur les bancs derrière nous lèvent la tête de leurs journaux. Je passe mon doigt sur le centimètre carré de mon jean qui est usé à force d'avoir été frotté.

— Sa fille mérite de le voir, dit Maggie. Laissez-moi parler à votre responsable.

La surveillante croise les bras sur sa poitrine. Sur son badge, je lis « Wanda ».

— Madame, je comprends votre agacement, mais la fille de Glenn Lowell était ici hier soir. J'ignorais qu'il en avait deux.

— Attendez, dis-je, et je sens le sol se dérober sous mes pieds. Elle était ici ?

Maggie se fige. Sans un mot, la gardienne tourne une page du grand carnet posé devant elle, puis le fait passer sous la vitre. Les doigts tremblants, je cherche son nom sur la page.

— Elle n'est pas là, dis-je.

Je tends le carnet à Wanda, mais elle interrompt mon geste.

— 18 h 35, dit-elle. C'est moi qui lui ai ouvert.

Je glisse mon index le long de la page jusqu'à trouver l'horaire en question. *Brandy Butler*.

Je reconnais son écriture. Ma sœur. Joslin.

Mes orteils se crispent. Il n'y a aucun doute, c'est elle – je me suis suffisamment moquée de sa façon de tracer ses « e », comme s'ils faisaient une sorte de roulade arrière.

Maggie se ressaisit, exige que la surveillante appelle son responsable.

— Glenn Lowell n'a pas de fille prénommée Brandy Butler, déclare Maggie.

— C'est elle.

Maggie se tourne vers moi.

— C'est Jos. C'est son écriture.

Maggie me regarde, bouche bée. Je lis autre chose sur son visage – de la pitié. Ça commence à bien faire.

— On s'en va ? proposé-je. Il est mort, ça ne sert à rien.

Maggie hésite. De nouveau, ma jambe tressaute. Elle pivote vers la surveillante d'un air menaçant, comme pour la prévenir que cette affaire n'est pas terminée, puis m'attrape la main.

Le portail grillagé à gauche de l'accueil grésille. Un surveillant pénitentiaire apparaît, un calepin calé sur son avant-bras. Sans relever la tête, il lance :

— Edwards ?

Dans la salle d'attente, un homme en costume se lève, avec l'air gêné de celui qui a été convoqué chez le proviseur en plein milieu d'un cours.

— Votre client vous attend, poursuit le gardien.

Edwards glisse une enveloppe kraft sous son bras et nous passe devant en nous saluant discrètement. Il ne sait pas qui nous sommes.

Maggie me serre davantage la main, et je comprends qu'elle l'a reconnu, elle aussi. Peut-être suite au documentaire *Le Monstre révélé* – mais je ne sais pas si elle a regardé cette émission sur les meurtres. Ou peut-être qu'elle s'intéresse aux différents recours de Stokes – sa nièce ayant été la dernière de ses victimes, elle se sent peut-être obligée.

Quoi qu'il en soit, voir l'avocat de Wyatt Stokes, qui tente depuis dix ans d'obtenir un nouveau procès pour son client, rend Maggie très nerveuse.

Wyatt Stokes, le monstre de l'Ohio River, qui attend sa fin dans le couloir de la mort, là où Callie et moi l'avons envoyé.

Chapitre 3

— Viens, Tessa, me presse Maggie – sauf que ce n'est pas moi qui traîne.

Elle sort et je la suis dehors.

Les portes se referment derrière nous, nous délivrant de l'obscurité de la prison. Dans le parking, les rayons du soleil sont presque agressifs.

Maggie a la même tête que le jour de la condamnation à mort de Stokes : comme si quelqu'un avait tout à coup éteint toutes les lumières de la terre. Je n'étais pas là lors du verdict ; Joslin, ma mère et moi regardions les infos depuis notre salon, en attente de la décision du juge. Quelques minutes après l'annonce, l'un des cameramen avait filmé Maggie et Bonnie Cawley, la mère de Lori, sur les marches du tribunal.

Je ne comprenais pas pourquoi Maggie avait l'air malheureuse. Stokes avait écopé de la peine capitale, ce que tout le monde souhaitait. Maggie avait refusé de parler aux journalistes, mais Bonnie avait annoncé face caméra qu'elle serait au premier rang lors de l'exécution de Stokes.

Maggie avait expliqué à Callie que le meurtre de Lori avait changé sa tante Bonnie. Lors de sa mise en examen, Bonnie avait attendu sur les marches du tribunal de voir passer Stokes afin de lui cracher au visage qu'il était le fils de Satan. Elle haïssait tant l'homme qui avait tué sa fille qu'elle n'avait pas pu reprendre le cours de sa vie avant ce jour où elle avait appris qu'il allait mourir.

En regardant Maggie à présent, je me dis qu'il ne suffit pas qu'un proche meure pour qu'un cœur se remplisse de haine. Soit les gens ont déjà le cœur rempli de haine, soit ils ne l'ont pas ; et quand vient le bon moment, la haine, jusque-là tapie dans l'ombre, se manifeste.

À cet instant, je me rends compte que je suis pleine de haine. Je ne déteste pas Wyatt Stokes, qui pourtant nous a fait vivre dans la peur. Je ne déteste pas mon père pour avoir été emprisonné ni même pour avoir baissé les bras alors qu'il savait que je venais le voir.

Non. C'est ma sœur que je hais. Ma sœur unique, qui m'embrassait les paupières lorsque je pleurais, qui acceptait que je reste accrochée à elle toute la nuit et que je prenne toute la place dans le lit. Joslin, qui avait promis de ne jamais me laisser, mais a quitté la maison deux jours après mon neuvième anniversaire et n'est jamais revenue.

Enfin, si. Mais pas pour me voir.

* * *

Quand bien même nous aurions été prévenues à temps, nous n'avions pas prévu d'organiser un enterrement pour mon père. De toute manière, nous n'avions pas l'argent. Et qui se serait pointé si nous l'avions fait dans la chapelle de la prison ? Wanda ? D'autres prisonniers ? La honte. Toutes les personnes qui comptaient pour mon père – et la liste est courte – sont parties depuis longtemps. Du coup, j'avais pris un billet pour rentrer à Orlando demain soir.

Mais ça, c'était avant de savoir que ma sœur est de retour. Sauf qu'elle est peut-être déjà repartie – elle a douze heures d'avance sur moi.

Comment Joslin a-t-elle su que mon père était mourant ? Glenn Lowell n'est pas son père biologique. Notre mère a quitté le père de Joslin quand Joslin avait deux ans ; nous savions juste qu'il vivait en Louisiane. Lui et ma mère ne s'étaient jamais mariés. Je n'avais jamais eu le courage de demander si la cicatrice sur le menton de Joslin avait un rapport avec leur séparation.

Joslin appelait mon père « papa », et personne ne mentionnait l'homme de Louisiane. Mon père nous considérait toutes les deux comme ses filles, et Jos a pleuré autant que moi lorsqu'il a été condamné pour vol à main armée et tentative de meurtre.

Ça m'étonnerait que notre mère – dont je n'ai aucune nouvelle depuis dix ans – l'ait prévenue. Maggie aurait pu prévenir Jos – Maggie a toujours eu cette étrange capacité à rester liée aux gens, elle sait toujours où chacun est. Mais elle semblait réellement surprise d'apprendre que Jos s'était pointée à la prison hier soir.

Et Maggie n'a jamais vraiment aimé ma sœur.

Pour elle, Joslin a toujours été « Ta sœur, Tessa », dit sur un ton désapprobateur. Ce mois de juin, Lori Cawley est venue à Fayette passer l'été avec les Greenwood. Jos entrait en terminale au lycée ; Lori venait de terminer sa première année d'université à Philadelphie. Maggie avait tenté de présenter Lori à des filles de son âge, mais à partir du moment où elle a croisé Jos chez les Greenwood, l'affaire avait été pliée. Joslin et Lori nous emmenaient, Callie et moi, à la piscine presque chaque jour. Elles feuilletaient des *Cosmo* en parlant de leurs expériences avec les garçons et s'assuraient de notre silence avec d'énormes bonbons achetés chez le glacier.

Ce même été, ma mère m'a autorisée à passer la nuit chez une amie. La première fois que j'ai dormi chez les Greenwood, Callie et moi avons regardé *Mulan* à deux reprises parce qu'on n'avait pas sommeil – il faut dire qu'on avait mangé une telle quantité de bonbons qu'on avait la langue bleue. Je m'amusais tellement que ça ne m'a pas dérangée de ne pas dormir avec ma sœur, contrairement aux soirs où elle faisait le mur pour retrouver son petit ami Danny.

La dernière fois que j'ai dormi chez les Greenwood, c'est la nuit où Lori Cawley a disparu. À Fayette, des rumeurs circulaient qu'un tueur en série sévissait dans les relais routiers le long de l'I-70. En deux ans, trois corps y avaient été découverts. Que des filles ayant fugué et avec un problème de drogue. Des filles de la nuit.

Les filles comme Lori n'avaient aucun souci à se faire. À Fayette, nous étions en sécurité, loin du Monstre qui errait à la marge à la recherche de filles suffisamment désespérées pour accepter de monter dans n'importe quelle voiture.

Du moins, c'est ce que nous pensions jusqu'à ce que la police retrouve le corps de Lori dans une zone boisée pas loin de l'autoroute le lendemain de sa disparition.

* * *

— Tu veux que je nous fasse du thé ? me demande Maggie lorsque nous sommes à la maison.

Elle est toujours aussi gentille, mais je vois bien que notre visite à la prison l'a troublée et qu'elle a envie d'être seule.

Ça me va.

— Je crois que je vais appeler ma grand-mère.

— OK.

Elle s'adosse au comptoir de la cuisine. Presse ses paumes sur ses paupières. Lorsqu'elle les rouvre, elle cligne des yeux à plusieurs reprises, comme si elle ne m'avait jamais vue. Puis elle se ressaisit et me sourit.

— Si tu as besoin de quoi que ce soit, tu me dis. Quoi que ce soit.

Mais je ne peux pas lui demander ce que je veux vraiment : qu'elle me conduise dès à présent à Pittsburgh et me mette dans le premier avion pour la Floride parce que je ne vois pas du tout comment je vais tenir jusqu'à demain.

Deux jours. Tu as survécu ici neuf ans, tu peux tenir deux petites journées, non ?

Je bredouille un remerciement et monte à l'étage. Mon portable se recharge sur la table de nuit, là où je l'ai laissé. J'appelle Gram, tombe sur le répondeur. En écoutant le message, je réfléchis à ce que je vais dire.

Puis-je vraiment annoncer à Gram que mon père est mort avant que je n'aie pu le voir ? Elle va culpabiliser alors que ce n'est pas sa faute.

Je raccroche.

Je n'ai pas accès à Internet depuis mon téléphone. Je partage mes minutes avec Gram, et le sien, toujours éteint, agonise au fond de son sac avec mille autres débris. Et comme je n'ai pas fait ma valise, je n'ai pas mon ordinateur portable.

Un nœud se forme dans ma gorge, que je ravale. Il m'a semblé apercevoir un ordinateur dans le salon télé.

La dernière marche grince sous mon poids, et je tressaille. Je n'aime pas les maisons que je ne connais pas, où la moindre maladresse peut attirer l'attention. Chez Gram aussi le terrain était miné, mais j'ai appris à éviter tous les pièges : la troisième marche en bas de l'escalier qui couine, la porte grillagée à l'arrière de la cuisine dont les gonds ont besoin d'être graissés.

La porte d'entrée des Greenwood se ferme brutalement. Mon sang ne fait qu'un tour.

— Callie ? lance Maggie depuis la cuisine.

Je retiens ma respiration. J'ai l'impression d'avoir de nouveau huit ans : j'en veux à Callie de m'avoir abandonnée, mais je donnerais n'importe quoi pour l'apercevoir.

Les premiers mois chez Gram, je n'ai pas dit grand-chose. Au bout d'un temps, Gram en a eu marre de me voir broyer du noir. Elle m'a forcée à tout lui raconter, un peu comme mon père qui me courait après pour m'arracher mes dents de lait quand il en avait marre de me voir les tripoter.

Gram s'attendait sans doute à ce que je lui dise que ma mère ou Joslin me manquaient, mais, en réalité, j'avais accepté l'idée de ne plus les revoir. Il ne me restait plus que Callie. Qui ne voulait pas me parler, malgré les efforts de Maggie.

— Oui ? répond Callie.

Sa voix est grave, presque enrouée. J'entends le son sourd de quelque chose qui atterrit sur le canapé dans l'entrée – son sac, sans doute –, puis le bruit de ses pas qui diminue quand elle pénètre dans la cuisine.

J'agrippe la rambarde. C'est ridicule. Je ne vais pas me cacher dans la chambre d'amis pendant deux jours.

Je descends sur la pointe des pieds. Maggie et Callie discutent à voix basse dans la cuisine. Dans l'entrée, je m'arrête, devinant à leur ton que cette conversation ne me concerne pas – ou si, malheureusement. J'en saisis des bribes.

— … que c'est dur pour toi, dit Maggie. Mais elle n'avait nulle part où aller.

— Ce n'est pas un foyer d'insertion, ici, maman, répond Callie avec colère.

Je fais demi-tour. Le parquet grince sous mes pieds. Un silence pesant emplit la cuisine.

— Tessa, chérie ? dit Maggie non sans anxiété. C'est toi ?

Et merde. Je ferme les yeux.

— Je voulais juste un verre d'eau.

Maggie apparaît dans le salon.

— Oui, bien sûr. Tu as bien fait de descendre. Regarde qui est là.

Elle m'entraîne vers la cuisine. Callie, assise à la table, lève la tête. Elle porte un sweat-shirt vert de l'université d'East Stroudsburg, son mascara a coulé sur ses yeux couleur miel. Elle est belle – à côté, j'ai toujours eu le sentiment de sortir des égouts.

Callie croise mon regard, blêmit. Et à cet instant, je me vois à travers ses yeux : Tessa Lowell, son amie d'enfance, le cas social qui lui fiche la honte.

Celle qui ne cesse de lui rappeler cette année de son enfance dont le procès l'a privée.

Maggie observe sa fille, puis se tourne vers moi. Elle a les yeux rouges. Elle a pleuré ? Parce qu'on a croisé Tim Edwards à la prison ?

— Je suis vraiment ravie que vous ayez enfin l'occasion de passer du temps ensemble, dit-elle.

— Ouais, ça me manquait, ricane Callie.

Elle se lève, repousse sa chaise sous la table puis disparaît sans voir le visage choqué de sa mère virer à la colère.

— Tessa, je suis…, bredouille-t-elle, fatiguée.

— Ce n'est pas grave, dis-je. Vraiment.

Maggie m'attrape la main, la serre.

— Il faut que j'aille faire quelques courses au supermarché. Tu veux m'accompagner ?

Je secoue la tête, marmonne que j'ai envie de m'allonger et monte dans la chambre d'amis. Assise au bord de mon lit, les paumes sur les genoux, j'attends que la porte d'entrée claque avant de redescendre à toute vitesse dans le salon où se trouve l'ordinateur.

J'ai tant de fois tapé son nom que mes doigts connaissent les touches du clavier par cœur.

Wyatt Stokes. Il est moins présent dans la presse qu'avant, mais l'article le plus récent date tout de même de la semaine dernière. J'ai dû passer à côté. Ces derniers temps, j'ai beaucoup travaillé afin de pouvoir régler mes frais de scolarité.

« Le juge d'appel accepte d'examiner de nouvelles preuves suite au dernier recours de Wyatt Stokes. »

Je savais qu'il avait fait appel. Stokes a viré son premier avocat peu de temps après le verdict et embauché Tim Edwards. Pendant des années, il a essayé de faire revoir sa peine, mais le juge a estimé que le premier procès avait été juste. Mais Edwards avait juré de se pourvoir en cassation s'il le fallait.

« C'est toujours comme ça que ça se passe, mais ça ne donne rien au final », m'avait expliqué ma mère. J'étais inquiète à l'idée que Stokes sorte et s'en prenne à Callie et à moi pour avoir témoigné contre lui. J'avais raison : coupable ou innocent, personne n'abandonne sans s'être bien battu.

Je parcours l'article. Je ne trouve aucune information sur ces nouvelles preuves. Ni sur la date de la nouvelle audience. Cela peut prendre des années : les détenus dans le couloir de la mort ont le temps. Enfin, jusqu'au jour où ils n'en ont plus.

Un spasme me tord l'estomac.

En haut, une porte claque.

Merde. Je me dépêche de fermer la page et de supprimer mon historique. J'ai à peine fini d'effacer « Wyatt Stokes » dans la barre de recherche que des pas parviennent en bas de l'escalier.

Alors que Callie entre dans la pièce, je me jette hors de ma chaise. Elle me voit, s'immobilise. Va-t-elle simplement m'ignorer et se jeter dans le canapé pour regarder la télé ?

Non. J'ai l'impression qu'elle sent l'alcool. Elle inspire, pose sa main sur sa tête et lisse ses cheveux blonds déjà parfaitement lisses. Enfant, elle tirait dessus quand elle était stressée – lors du procès, elle avait même eu un début de calvitie.

Nous nous regardons. La pièce n'est pas très grande. Elle m'empêche de sortir.

Callie a toujours eu plus que moi. C'était toujours moi qui étais en demande, en manque. Mais je refuse de rester plantée là devant elle en ayant peur de lui parler.

— Comment ça va ?

— Pas vraiment d'humeur, répond-elle.

Elle relève la capuche de son sweat-shirt et me contourne.

Je me retiens de la pousser contre le mur. De lui arracher les cheveux. Je suis folle de rage contre elle – plus que je ne l'aurais pensé.

Je ne me suis pas battue avec quelqu'un depuis la fin de la seconde. Un gamin débile, un garçon que tout le monde appelait Bobby Bec-de-lièvre râlait en cours d'histoire contre les familles au RSA. Recrachant tout ce que sa mère lui avait dit sur les femmes qui venaient dans son épicerie dépenser l'argent des autres tout en exposant leurs iPhone dernier cri, leurs sacs haute couture et leurs ribambelles de gamins.

Je l'ai attendu après les cours et lui ai demandé si ces enfants méritaient de mourir de faim. Peut-être que ces femmes étaient coincées avec tous ces enfants parce que leur père était mort ou en prison. Il est passé devant moi, expliquant en marmonnant à un ami que j'étais un cas social. Je l'ai rattrapé et lui ai cogné la tête contre un casier.

Quand Gram m'a récupérée au lycée, elle m'a attrapé le menton devant le proviseur adjoint, enfonçant ses ongles dans ma peau.

— Ne prends pas ma gentillesse pour de la faiblesse, Tessa.

C'est à ce moment-là que je me suis rendu compte que ma mère était bien sa fille. Au fond d'elles, sous leurs airs innocents, sourd une grande violence.

Callie ramène ses genoux sous elle sur le canapé. Puis elle sort son téléphone, ce qui lui permet de toute évidence de faire comme si je n'étais pas là.

— Qu'est-ce que tu veux ? demande-t-elle lorsqu'elle comprend que je n'ai pas l'intention de partir.

Regarde-moi ! Je veux que tu poses ton téléphone et que tu arrêtes de prétendre qu'on n'a jamais été proches.

Mais je n'ai pas le courage de dire ça, finalement. Je ne l'ai jamais eu et je ne l'aurai sans doute jamais.

Je me racle la gorge.

— Arrête de t'en prendre à ta mère parce que je suis là, dis-je. On était à la prison ce matin.

— Je sais.

Elle pose son téléphone en équilibre sur son genou. L'écran s'éteint.

— Désolée pour ton père, ajoute-t-elle ensuite.

— On ne l'a pas… Ce n'est pas pour ça qu'elle est contrariée, expliqué-je.

Puis, ravalant ma salive :

— C'est Stokes.

Callie frémit. Pour une raison inexpliquée, cela me rend téméraire.

— On a croisé son avocat. Celui qui s'occupe de sa procédure d'appel.

— OK, dit-elle en étirant le mot, comme si elle ne comprenait pas pourquoi je lui dis ça – mais elle agrippe l'accoudoir du canapé.

— Je pensais que tu aurais envie de savoir, dis-je en haussant les épaules. Ça risque d'être aux infos.

Son visage prend un air que je connais bien. Que je guettais, comme on observe la victime d'un canular. Et je suis contente de voir qu'elle est fâchée. De savoir que c'est moi qui ai provoqué ça.

— Putain, pourquoi tu me parles de ça ? crache-t-elle, et ses joues s'enflamment.

— Parce que ça nous concerne.

— Non, plus maintenant. Il est coupable. Et il ne sortira jamais.

Il est évident qu'elle répète ce que Maggie lui a assené encore et encore au fil des années. D'ailleurs, elle ressemble à sa mère lorsqu'elle le dit – cette même lèvre supérieure retroussée dans un air de défi. J'envisage de lui révéler que son avocat affirme avoir de nouvelles preuves, mais elle voudra savoir de quoi il s'agit et, face à mon silence, m'adressera un de ses regards qui ont toujours le don de me rabaisser.

C'était toujours Callie que les gens écoutaient. Maggie disait qu'elle avait « huit ans, bientôt dix-huit ». Et, bien que nous ayons maintenant toutes les deux dix-huit ans, j'ai toujours l'impression d'être une gamine à ses côtés.

— Les choses ont changé, bredouillé-je.

— De quoi tu parles ? demande Callie en bondissant du canapé afin de fermer la porte. Ne me dis pas qu'un de ces fous furieux de chez Cyber Sleuths t'a convaincue de revenir sur ton témoignage ?

Ah, donc elle a bien eu mon message.

— Bien sûr que non, réponds-je. Mais dix ans ont passé. S'ils refont des tests, qui sait ce qu'ils vont trouver.

Callie croise les bras sur sa poitrine.

— Tessa. Il a suivi Lori et l'a tuée. Il l'a menacée un jour où on était à la piscine. Tu t'en souviens ?

Évidemment que je m'en souviens. Tous les jours depuis dix ans, je m'en souviens. Lori, Callie et moi traversions le parking en direction de la voiture de Lori. Wyatt Stokes était adossé à une clôture grillagée et fumait un joint. La veille, Joslin lui avait prêté son briquet. J'ignore ce que Stokes a dit à Lori, mais ça l'a mise mal à l'aise et elle a préféré l'ignorer.

Tirant sur son joint, il a demandé :

— Qu'est-ce qui est rouge, blanc, bleu et flotte ?

Lori a posé ses mains sur nos dos pour qu'on avance plus vite vers la voiture.

— Une garce morte, a-t-il répondu, puis il est parti dans les bois en éclatant de rire.

Un éclair de colère traverse le regard de Callie. Je ne lui ai pas répondu.

— Je l'ai vu, déclare-t-elle, et je parviens à lire entre les lignes.

Wyatt Stokes a tué sa cousine. Envisager un autre scénario s'apparente à de la haute trahison.

Je redresse le menton afin de la regarder dans les yeux. Callie a toujours été plus grande que moi. Elle me surplombe désormais et, sous son tee-shirt trop court, j'aperçois ses abdos musclés.

— Comment peux-tu en être sûre ? Il faisait nuit. On avait huit ans.

Callie lâche un petit rire exaspéré et attrape la poignée de la porte.

— Cette conversation n'a aucun intérêt.

Soudain, elle se retourne, et je tressaille. Un instant, son visage s'adoucit – un instant seulement car voilà qu'elle me contemple de nouveau avec mépris.

— Toi aussi, tu as dit que tu l'avais vu. Si moi, j'ai menti, eh bien, on est deux.

Elle claque la porte derrière elle. Le bruit résonne comme le point final de la phrase : « Wyatt Stokes est coupable. »

Encore deux jours à tenir.

Autant dire une éternité.

* * *

Nous avions supplié Lori de nous laisser dormir sous la véranda des Greenwood. Maggie avait refusé catégoriquement qu'on installe la tente de Rick dans le jardin. Elle nous avait promis qu'on pourrait camper à un autre moment, quand elle ou Rick serait à la maison et pourrait nous accompagner.

La véranda, c'était un bon compromis. Seule une moustiquaire nous protégeait de l'extérieur, ce qui rendait Lori nerveuse, mais Callie lui avait assuré qu'il ne se passait jamais rien de grave dans notre quartier. Lori avait cédé et nous étions parties chercher un sac de couchage pour moi dans le cagibi sous l'escalier. Nous avions juré de rester éveillées toute la nuit dans l'espoir de voir des ours, mais vers 22 heures, nous dormions presque, terrassées par le soleil et le chlore de la journée.

Callie, emmitouflée dans son sac de couchage Cendrillon, m'a réveillée pendant la nuit.

— Tessa, il y a quelqu'un dehors.

Je ne me souviens pas d'avoir eu peur. Il s'agissait certainement d'un animal. Mais une autre branche a craqué ensuite. Des pas ont retenti. Callie a enfoncé ses ongles dans mon avant-bras.

— Et si c'était l'homme de la piscine ?

Je lui ai fait signe de se taire et nous avons observé le jardin. Soudain, une silhouette a surgi dans un coin, à l'orée des arbres, et Callie a crié. Je l'ai agrippée et entraînée dans le salon où se trouvait Lori, un livre sur les genoux.

— Il y a quelqu'un dehors, a dit Callie.

Lori a attrapé une lampe torche. Callie s'est mise à pleurer.

— C'est sûrement juste un raton laveur, a dit Lori. Attendez-moi dans ta chambre.

Nous nous sommes blotties dans son lit. Quelques minutes plus tard, Lori est revenue.

— Il n'y a personne, a-t-elle déclaré. Mais, si ça vous rassure, vous n'avez qu'à dormir ici, OK ?

— Tu peux dormir avec nous ? lui a demandé Callie.

Lori a ri. Il n'y avait pas la place pour trois dans le lit de Callie. Lori nous a rassurées encore un peu avant de nous laisser.

Heureusement qu'elle ne les a pas renvoyées dehors, avait murmuré ma mère à Maggie par la suite. *Lori les a protégées.*

Quand Maggie et Rick sont rentrés de leur dîner chez des amis, Lori n'était pas dans la chambre d'amis et son lit n'était pas défait. Callie et moi n'avions rien entendu. La chambre d'amis était de l'autre côté de la maison. L'assassin de Lori l'avait sans doute surprise alors qu'elle dormait sur le canapé. Elle n'avait même pas eu l'occasion de crier.

Callie et moi avons raconté les événements de cette soirée des dizaines de fois. Au bout d'un temps, j'avais même eu le sentiment que c'étaient nous, les criminelles. Maggie ne cessait de nous rappeler que le ministère public voulait simplement s'assurer de ne pas commettre d'erreur. Ils ont traqué toutes les imprécisions de nos témoignages, toutes les incohérences entre nos deux récits. Un assistant du procureur a fait pleurer Callie en nous interrogeant sur notre dîner de ce soir-là. J'avais dit que Maggie nous avait servi des hot-dogs avec du maïs. Callie avait oublié le maïs. Tous les trous dans nos histoires devaient être bouchés ; le procureur avait besoin qu'on dise qu'on avait vu Wyatt Stokes pénétrer en douce sur la propriété des Greenwood et il ne fallait surtout pas qu'on ait l'air peu fiables et qu'on fasse tout capoter.

Je ne me souviens pas d'avoir mangé du maïs. Je ne me souviens pas du goût du hot-dog ni de la couleur de mon pyjama.

Que nous n'ayons pas vraiment vu le visage de Stokes, est-ce grave ? Après son arrestation, les meurtres autour de l'Ohio River ont cessé.

Marisa Perez. Rae Felice. Kristal Davis. Toutes étranglées, dépouillées et laissées à moitié nues près de la rivière, aux abords de l'autoroute. Comme des poubelles.

Trois filles qui n'avaient rien en commun avec Lori hormis une certaine proximité avec Wyatt Stokes.

« Dis-nous ce que tu as vu, ma chérie. Il n'y a pas de mauvaise réponse. »

De temps à autre, une autre théorie à propos des événements de cette nuit-là surgit dans un coin sombre de mon cerveau. En général, je l'écrase comme un moustique – ça ne sert à rien, personne ne peut y répondre.

Mais, maintenant que je suis ici, il y a certaines choses que je ne peux plus ignorer.

Il existe dans ce monde des choses pires que les monstres. Pour une raison qui m'échappe, elles parviennent toujours à me retrouver.

Chapitre 4

Le soleil se couche lorsque je me réveille. Je suis recroquevillée sur le lit de la chambre d'amis, la tête à moitié dans le vide. Je n'ai pas enlevé mes chaussures, ce que je trouve très gênant.

On frappe à la porte. Puis Maggie passe discrètement sa tête dans la chambre.

— Tu as pu te reposer ?

— Oui.

J'essaie de me rappeler ce que je faisais il y a quelques heures, mais tout est flou. Il faut dire que j'ai peu dormi ces derniers temps.

— C'est presque l'heure du dîner, continue Maggie. Je me disais qu'on pouvait aller au Boathouse tous les quatre.

Avant qu'elle ne puisse préciser qui sont les quatre personnes en question, Callie apparaît derrière Maggie.

— Je vais à la fête de fin d'année d'Em. Je te l'ai dit.

Maggie observe un instant sa fille, puis se tourne vers moi.

— OK, mais la journée a été longue et il fait trop chaud pour cuisiner, donc si tu veux venir dîner avec Rick et moi, tu es la bienvenue.

Depuis que je le connais, Rick Greenwood a dû m'adresser la parole à peine une dizaine de fois. Ça n'a rien de personnel, il est comme ça. Un homme silencieux qui s'installe devant une partie de poker en ligne après le travail. Un père qui assiste aux compétitions de twirling de Callie le visage fermé et détourne le regard en soupirant dès qu'il y a un petit bout de fesse qui gigote.

— Elle peut venir avec moi, dit Callie.

Lorsqu'elle se rend compte qu'on la regarde bouche bée, elle tripote le bout de sa queue-de-cheval et ajoute :

— Enfin, si elle a envie.

J'hésite entre la remercier de m'extraire d'un dîner qui s'annonçait extrêmement inconfortable et me fâcher parce qu'elle a été incapable de m'inviter à cette soirée en me regardant dans les yeux.

— Tessa connaît Emily, poursuit Callie en voyant l'air sceptique de sa mère. Elles étaient copines, avant.

— Je n'ai pas été invitée, interviens-je – et elles me regardent fixement, comme si elles avaient oublié ma présence.

— C'est entrée libre, dit Callie en s'adressant à Maggie et à moi. La moitié des gens qui vont se pointer n'ont pas été invités.

— Ça ne me plaît pas trop, ça, dit Maggie en fronçant les sourcils.

— Maman, ce sont ses parents qui ont tout organisé, continue Callie. Ça ne va pas dégénérer. Et je veux que Tessa vienne.

Son regard se déplace vers la droite. Ce qui veut dire qu'elle n'a pas vraiment envie que je vienne avec elle. Mais alors pourquoi m'inviter ?

De toute manière, je n'ai pas la moindre intention d'aller à cette fête. Ce que je veux : m'installer à l'ordinateur pour faire des recherches sur ma sœur. Mais je connais Maggie, elle ne me laissera jamais seule ici.

Je déglutis, la regarde.

— J'irais bien à cette fête. Si ça ne te dérange pas.

Elle pince très légèrement les lèvres, puis se reprend.

— Pas du tout. Mais soyez prudentes, répond-elle, et Callie lève les yeux au ciel.

— Je t'envoie un SMS dès qu'on est arrivées.

— Amusez-vous bien et n'oubliez pas de fermer les portes en partant, dit Maggie en souriant.

Alors qu'elle s'éloigne, Callie m'adresse un étrange hochement de tête, presque comme si elle me mettait au défi. Puis elle disparaît dans sa chambre.

J'observe mon sweat-shirt. Il y a une tache de graisse sur la manche qui provient du croque-monsieur que Maggie m'a fait pour le déjeuner. Tant pis, ça passera. Les soirées ici sont fraîches, et je n'ai rien d'autre à me mettre. De toute manière, dans le noir, personne ne verra rien.

Lorsque Callie vient me chercher, je m'acharne sur mon chignon.

— Prête ?

Non.

— Oui.

Elle a enfilé un jean taille basse et une blouse paysanne. Je remonte les manches de mon sweat-shirt pour cacher la tache et la suis en bas.

— On n'apporte rien ? m'étonné-je tandis que Callie ferme la porte d'entrée.

Elle fait quelques mètres dans l'allée avant de répondre :

— Ce n'est pas une fête.

— Tu t'es montrée très convaincante.

Elle se retourne, me fusille du regard.

— Tu préférerais passer la soirée seule dans une maison glauque ? demande-t-elle en déverrouillant les portières de la voiture.

Callie ignore ce qu'est une maison glauque. L'appartement de Gram déborde de cendriers pleins et de magazines people datant de la mort de la princesse Diana. Quoi qu'il en soit, je ne réponds pas à la question et Callie n'insiste pas. Elle s'engage sur la route principale et je fais semblant d'être captivée par les panneaux en bord de route. L'un propose une promenade hantée derrière la caserne des pompiers – il date d'Halloween dernier, neuf mois auparavant.

Callie se racle la gorge, anéantissant tous mes espoirs de terminer le trajet en silence. Je me tourne vers elle. Elle a un air bizarre, comme si elle allait s'évanouir.

— Ça n'avait rien de personnel, dit-elle tout en serrant fort le volant. La façon dont je me suis comportée, quand tu es partie. C'est juste que c'était dur pour moi.

Et moi ? D'après elle, c'était facile, pour moi ? D'être abandonnée par ma mère et de devoir aller vivre avec une femme que je ne connaissais pas ? Si j'avais un peu plus de cran, je lui poserais la question.

— C'était il y a longtemps, dis-je.

Elle ramène une mèche de cheveux derrière son oreille. Elle laisse ensuite traîner ses doigts, presque par réflexe, et j'ai presque de la peine pour elle. Presque.

— Est-ce que tu m'as demandé de venir pour que je ne sois pas seule avec ta mère ? demandé-je. Tu as peur de ce que je pourrais lui dire ?

Callie pose une main sur sa cuisse.

— Il n'y a rien à lui dire, répond-elle, et toute trace d'incertitude a disparu de sa voix. Le procès a failli détruire ma famille. Ma mère s'en est voulu pendant des années : si elle et mon père n'étaient pas sortis ce soir-là, Lori serait peut-être encore en vie.

Pathos. J'ai appris ce terme en cours de rhétorique l'année dernière. Faire appel aux émotions de quelqu'un. Le message de Callie est limpide : si je cherche à déterrer des choses enfouies depuis le procès, je vais faire du mal aux Greenwood.

À Maggie, surtout. Maggie qui, bien des nuits plus tard, est venue me récupérer à la station-service pour m'éviter d'atterrir aux services sociaux. Maggie qui ajoutait toujours un sandwich dans la boîte à déjeuner de Callie au cas où mon père m'aurait volé mon argent pendant la nuit.

Je fixe un endroit à l'horizon proche du soleil couchant. Je pense à Lori Cawley, dont les mains sentaient toujours la crème au lilas. J'imagine son corps, gonflé par la rivière, grisâtre malgré les blessures autour de son cou. « Seul un monstre a pu faire ça », a affirmé le procureur en désignant les photos des victimes accrochées les unes à côté des autres dans le tribunal. Et voilà que j'ai de nouveau mal au ventre.

Non, pour la première fois, j'envie un peu Wyatt Stokes. Au moins, s'il est coupable, il sera bientôt débarrassé de lui-même.

* * *

« Ce n'est pas une fête » est en réalité un feu de joie à la sortie de la ville, en face d'un parc de mobile homes où mon père jouait parfois au poker avec ses collègues de travail. Nous nous garons dans des herbes hautes, avançons sur un sentier battu et émergeons dans un champ. À la lueur des flammes, j'aperçois une grange pas loin. Les conversations autour du feu cessent : tout le monde veut voir qui vient d'arriver.

Une fille tenant un sac en papier marron s'approche de nous en premier.

— Je croyais que tu ne venais pas, dit-elle avant d'embrasser Callie sur la joue.

Je frémis, pensant qu'elle va faire pareil avec moi, ce qui n'est évidemment pas le cas. Elle fait un pas en arrière. Elle a les cheveux châtains tirant sur le blond au niveau des pointes.

— Merde, souffle-t-elle. Tessa ?

Je me tourne vers Callie qui me regarde avec l'air de me demander pourquoi je la regarde. Je toussote, acquiesce. Hormis les cheveux, Sabrina Hayes n'a pas changé.

— Salut, Sabrina.

Près du feu, quelqu'un se penche vers son voisin et j'entends qu'on murmure mon prénom. Je compte sept personnes assises autour du foyer, sur des chaises ou des cageots. Un type coiffé d'une casquette des Steelers pivote dans ma direction. Prend une gorgée de sa bière puis se retourne, visiblement peu impressionné.

— C'est pour ça que je n'ai pas pu te joindre du week-end ? demande Sabrina à Callie.

Un garçon à la capuche de sweat-shirt relevée émerge de l'obscurité. Il s'arrête près de Callie, abaisse sa capuche et se passe une main dans les cheveux.

— Plus personne ne peut la joindre. On n'est pas assez bien pour Miss Université.

Callie pince les lèvres. Un rictus s'affiche sur le visage du garçon. Son épaule touche celle de Callie – j'y vois quelque chose de bizarrement intime. Ensuite, je comprends : Callie a couché avec ce type. Ryan Elwood, qui jouait au foot tous les jours à la récré pendant que Callie, Ariel et moi, on cueillait des oignons sauvages dans le champ voisin pour soi-disant faire de la soupe.

Avant, Ryan avait un visage rond et une coupe au bol. Il a minci et s'est musclé là où il faut, mais il a toujours des airs d'enfant. Comme cette façon qu'il a de me saluer sans croiser mon regard.

Sabrina tend son sac en papier marron à Callie qui décline.

— Merci, mais j'ai apporté la mienne.

Nous migrons vers le feu. Callie sort une flasque de son sac et retire le bouchon. Une vraie flasque, en métal – et moi qui croyais que ça n'existait que dans les vieux westerns. Sabrina me propose la bouteille, mais je secoue la tête. Il faut bien que quelqu'un nous ramène à la maison en un seul morceau.

Ryan accroche mon regard et désigne ensuite un cageot au sol, comme pour me signifier que je peux m'asseoir. Je m'installe à côté d'une fille portant un short en jean et des bottes de cow-boy. Elle décroise ses longues jambes bronzées et se redresse afin de m'observer.

— J'arrive pas à croire que c'est toi, dit-elle, presque émerveillée.

Je lui rends son sourire timide. Emily Raymes a la lèvre inférieure percée et ses longs cheveux dorés dont j'étais jalouse sont désormais blond platine et abîmés. Elle prend une gorgée de sa bière.

— Surtout ne le prend pas mal, mais qu'est-ce que tu fais de retour parmi nous ?

J'agrippe la canette de bière fermée que quelqu'un vient de me passer.

— Je suis venue voir mon père.

Emily hoche la tête poliment. Se souvient-elle que je suis la fille d'un braqueur à main armée ? Je ne compte dire à personne que mon père est mort ; il y a peut-être ici quelqu'un qui pense que la vie est super et que rien ne vaut une belle soirée sous un ciel étoilé avec une bonne bière. Je ne veux pas tout gâcher.

— Des nouvelles d'Ari ? demande Emily au groupe, histoire d'avoir une excuse pour ne pas me parler.

Callie et Sabrina s'asseyent sur le dernier cageot disponible, dos à dos.

Callie baisse les yeux. Callie et Ariel Kouchinsky ne se parlent plus, et le profil Facebook de Callie ne m'a pas fourni assez d'éléments pour que j'aie une explication.

Ariel m'a écrit quelques lettres lorsque je suis partie en Floride. Dans des enveloppes tellement recouvertes d'autocollants Disney que le facteur avait du mal à déchiffrer mon adresse. Les parents d'Ariel ne l'autorisaient pas à m'appeler – son père est un sale connard qui nous chassait de la maison en aboyant dès qu'il pouvait.

Il y a environ un an, Callie a retiré Ariel de sa liste d'amis. Ou bien est-ce le contraire ?

— Tu as invité Ari ? dit Sabrina en tirant sur sa cigarette. C'est pas super cool.

— Ça m'est égal.

Ce n'est pas Callie qui répond. C'est le garçon avec la casquette des Steelers. Celui que je ne connais pas. À présent, j'ai un meilleur aperçu de son visage. Carré, les traits fins, avec une barbe de trois jours tirant sur le roux. Il est plus trapu que la moyenne des garçons de Fayette et il ne sourit pas.

Mais si, je l'ai déjà vu quelque part. Sur les photos Facebook d'Ari, avant qu'elle ferme son compte il y a deux mois. C'est son petit ami. Enfin, à l'entendre, *c'était* son petit ami.

Il écrase sa canette et la jette dans le feu. À côté de moi, Emily sort son téléphone, l'air inquiet.

— Nick, tu as de ses nouvelles ? demande-t-elle au garçon.

Il hausse les épaules.

— Son père est venu tambouriner à ma porte ce matin en me demandant si elle était avec moi, dit-il. J'imagine qu'elle s'est tirée.

— Tirée ? Où ça ? continue Emily en fronçant les sourcils.

— J'en sais rien, bordel.

Nick décapsule une autre canette et s'allonge sur son transat. Je comprends alors qu'on est chez lui, et ça me rend encore plus mal à l'aise.

Il me surprend en train de le regarder, et mon visage vire au cramoisi – au point que je me dis que je vais imploser. Je détourne les yeux vers le feu.

— J'espère qu'elle va bien, dit Sabrina presque pour elle.

Callie, toujours les yeux rivés au sol, est très occupée à retourner l'arrière de sa tong. Elle la relâche ensuite et le caoutchouc vient frapper sa plante de pied.

— Tu la connais, elle tire toujours des plans sur la comète, dit Nick en retirant sa casquette qu'il écrase ensuite entre ses mains. Soi-disant qu'elle va partir faire sa vie ailleurs.

Ariel est la deuxième de cinq enfants. Sa petite sœur Katie n'a que dix mois de moins qu'elle ; elles se disputaient tout le temps. Un jour, Callie et moi sommes allées voir le chiot qui avait suivi leur père depuis le chantier. Ari et Katie se chamaillaient à propos du prénom – elles en pleuraient. En les entendant hurler, M. Kouchinsky a attrapé son fusil posé sur le manteau de la cheminée et est sorti dans la cour où le chien était attaché. Ari s'est accrochée à sa jambe de pantalon et a hurlé jusqu'à ce que Mme Kouchinsky vienne l'en arracher.

En rentrant, M. Kouchinsky a affirmé qu'il avait bien fait de le tuer parce que le chien était couvert de puces et avait été maltraité. Nous sanglotions blotties sur le canapé, et M. Kouchinsky est passé devant nous comme s'il ne nous avait pas vues.

Je comprends qu'Ariel ait fugué. Si j'étais restée à Fayette, j'aurais fait pareil. Comme ma sœur, aussi. Même si je sais très bien que, contrairement à Joslin, j'aurais eu beaucoup de mal à survivre toute seule.

Ma sœur arrivait toujours à nous incruster chez quelqu'un pour le dîner ; moi, je ne savais que gémir et pleurer parce que j'avais faim et voulais des pâtes. Si elle tombait de son vélo, Joslin remontait tout de suite dessus ; moi, je hurlais parce que je m'étais éraflé le genou. Encore aujourd'hui, je préfère mourir de faim que d'aller commander à manger au drive, tant j'ai peur de me ridiculiser.

Ari est incapable de survivre seule. Elle était encore moins dégourdie que moi – combien de fois l'ai-je vue éclater en sanglots parce qu'elle avait oublié son déjeuner dans le bus. Notre maîtresse de CP avait pris l'habitude de poser un paquet de mouchoirs sur le pupitre d'Ari pour ne pas que son nez coule sur ses cahiers d'écriture.

Un nœud se forme dans mon ventre. J'aimerais tant qu'elle soit là à côté de moi, s'agrippant à moi de ses mains osseuses aux ongles rongés.

—Ari m'aurait prévenue si elle comptait partir, répond Emily en arrachant l'opercule de sa canette.

— Mon oncle ne m'a rien dit, intervient Ryan – et je remarque que lui non plus ne boit pas sa bière. Si c'était sérieux, ses parents l'auraient signalé, non ?

Une image remonte à la surface de mon esprit : une photo en une du journal du comté. Le sergent Jason Elwood, en uniforme, servant de porteur de cercueil à l'enterrement de Harvey Elwood. Le père de Ryan. Il était pompier. Quatre autres hommes étaient morts en même temps. Un entrepôt abandonné avait pris feu et près de la moitié des pompiers de Fayette avaient disparu en moins d'une heure. Ryan avait cinq ans à l'époque.

Jason Elwood n'avait pas participé à l'enquête sur le meurtre de Lori Cawley, mais lui et ses collègues étaient venus soutenir les officiers de police qui avaient dû témoigner lors du procès.

Ryan observe brièvement Callie. Quelque chose dans la façon dont il la regarde fait surgir un soupçon de jalousie en moi. Danny, le petit ami de Joslin, la regardait de la même façon.

— Tu l'aimes plus que tu ne m'aimes, me suis-je plainte un soir alors que Joslin se glissait sous la couverture, dégageant une odeur de transpiration, de cigarette et de quelque chose d'autre.

Je m'attendais à ce qu'elle me pince et me réponde qu'elle m'aimait plus que tout, mais elle a sifflé :

— Tais-toi. On dirait maman.

Puis elle s'est tournée vers le mur.

Avant, je pensais que c'était de ce moment que datait la première fissure, le début de notre éloignement. Mais maintenant je pense que ça a commencé plus tôt : lorsque mon père a été arrêté, j'ai été incapable de dormir seule sans me réveiller en hurlant. Si Jos m'a acceptée dans son lit, c'est qu'elle devait me trouver bien pathétique.

Tout comme Callie qui m'en veut parce qu'elle est coincée avec moi.

Autour du feu, les conversations privées reprennent.

— Je ne peux pas croire qu'Ari se soit barrée, dit Callie à Sabrina.

— Ah bon ? Et si on n'avait pas eu la chance de partir à l'université ?

— Je préfère ne pas penser à ça, répond Callie en ramenant ses genoux contre sa poitrine.

— Tant mieux, continue Sabrina. Encore deux mois à tenir. Ensuite, on quitte Fayette à jamais.

Callie relève enfin la tête. Et me regarde. Et je sais ce qu'elle pense : *À condition que Tessa ne fasse pas tout foirer.*

Chapitre 5

Quand je descends le lendemain matin, Maggie fait la vaisselle. Elle me voit, pose son éponge, et je frémis. A-t-elle deviné que c'est moi qui ai conduit hier soir parce que Callie s'est mis la tête à l'envers ?

Mais elle me sourit.

— Je suis contente que vous ayez enfin pu passer un peu de temps ensemble. Vous vous êtes bien amusées ?

— Oui, mens-je. Ça t'embête si je vais me promener ? Il y a une ou deux personnes que j'aimerais voir.

— Bien sûr que non.

Elle s'essuie les mains sur un torchon et ferme le robinet.

— Tu veux que je t'emmène ?

— Non, merci. J'ai envie d'être un peu seule, si ça ne te dérange pas.

Maggie hoche la tête. Ce serait tellement plus simple de lui demander l'autorisation de me servir du fichu ordinateur. Faut vraiment que j'y travaille.

Ce n'est pas que j'aie peur qu'elle refuse. Évidemment qu'elle ne refusera pas. C'est que j'ai beaucoup de mal à accepter des choses de la part de personnes qui me donneraient tout sans y réfléchir à deux fois.

Enfin, personne au singulier, corrigé-je.

La bibliothèque est à vingt minutes de marche de chez les Greenwood et je n'ai pas de carte de membre.

Je décide de me rendre plutôt à l'imprimerie sur Main Street qui propose aussi un accès à Internet.

Je pousse la porte avec mon épaule. Une clochette retentit. Il y a un ordinateur à l'entrée au-dessus duquel se trouve une affiche plastifiée annonçant que c'est POUR IMPRIMER UNIQUEMENT !!! En caractère gras et souligné deux fois. Non seulement c'est très agressif, mais en plus ça donne justement envie de faire l'inverse.

Je m'installe devant l'ordinateur et lance une recherche Google sur Brandy Butler. Deux résultats. Le premier, c'est la page Facebook d'une femme d'âge moyen dans le Delaware qui n'est absolument pas ma sœur. Joslin a vingt-sept ans.

L'autre résultat concerne une location de voiture. Une certaine Brandy Butler a déposé une demande il y a quatre ans, dans la ville de Catasauqua. Je vérifie la distance entre Fayette et Catasauqua et tous mes espoirs s'envolent. Catasauqua est près d'Allentown, il faut cinq heures en voiture. Plus avec le bus. Alors que j'affiche les horaires des bus Greyhound, un bras poilu me barre l'écran. Je pivote et tombe sur un homme trapu portant un polo sale.

— Cet ordinateur sert à imprimer, grogne-t-il.

Je consulte rapidement les horaires. Le prochain Greyhound pour Allentown part dans un quart d'heure depuis un arrêt routier à une demi-heure d'ici.

— Désolée, dis-je en fermant ma fenêtre et en descendant du tabouret.

Puis je pars en courant.

— Eh ! lance l'homme.

Il ne me poursuit pas, mais je continue de courir.

Il avait l'air familier. Ou pas. Au bout d'un quart d'heure, je décide que, finalement, je ne le connais pas. C'est juste qu'ici tout le monde se ressemble.

* * *

Alors qu'il ne me reste plus qu'un jour en Pennsylvanie, j'apprends que ma sœur s'y trouve très certainement. Après des années à croire qu'elle vivait dans les montagnes du Colorado ou dans une hutte à Hawaï, je découvre qu'elle est ici.

J'ai le sentiment que l'univers se fiche de moi. Et même si j'arrivais à monter dans le Greyhound, il faudrait que je sois revenue à Fayette d'ici demain matin cinq heures. Ce qui est presque aussi peu réalisable que de retrouver une femme dans une ville de plus de cinq mille habitants. Presque.

Pensant à ma sœur, je m'engage dans une allée entre une pizzeria et un marchand de cigarettes qui n'était pas là il y a dix ans. Personne ici n'a été surpris d'apprendre que Jos était partie. Ni désolé. Dans une ville où il n'y a que des filles aux dents tordues et aux poitrines inexistantes, elle était digne de faire la une des magazines. Aucune mère ne souhaitait la voir tourner autour de ses fils. Elle a abandonné le lycée en terminale, quelques mois avant de s'enfuir. Des rumeurs ont circulé affirmant qu'elle était enceinte, que ma mère l'avait virée de la maison, voire les deux.

Et maintenant, la revoilà. Peu importe qu'elle ne veuille pas me voir. Elle a les réponses dont j'ai besoin et elle n'a jamais été aussi accessible. Je ne peux pas prendre le risque qu'elle disparaisse de nouveau.

Conclusion : je ne vais pas monter dans cet avion.

Maggie m'a dit que je pouvais rester aussi longtemps que nécessaire. Mais, avec Callie dans les parages, ça me paraît compliqué. La soirée d'hier m'a confirmé que je n'avais rien à faire ici. Je suis entourée d'étrangers et je cherche ma sœur qui, si ça se trouve, est en fait déjà loin.

Je traverse Main Street, puis m'arrête net lorsque je les aperçois.

Des voitures de police. Trois voitures. Devant une maison bleue avec un porche marron qui tombe en ruine. Sur la pelouse, il y a une trottinette et un ballon de foot.

Cette maison m'est familière. Parfois, quand je croise un chien errant, j'entends le bruit d'un coup de feu et les pleurs hystériques d'Ariel.

Un groupe d'adolescents s'est formé en face de la maison des Kouchinsky. Je ne vois pas bien leurs visages, donc je ne sais pas si je les connais. Enfin, si je les connaissais.

— Tais-toi, mec, bredouille l'un d'eux.

Un autre, les cheveux roux, s'appuie sur son vélo.

— Je te dis, c'est elle.

— Qui ça, elle ?

Les garçons se retournent, me regardent comme si je venais d'une autre planète. Celui qui a dit au roux de se taire, c'est Decker Lucas. Nous étions toujours assis l'un à côté de l'autre au primaire parce que nos noms de famille se suivent. Decker se faisait souvent crier dessus – parce qu'il avait oublié ses affaires de sport ou un sandwich dans son bureau.

Il n'a pas tellement changé. À part son visage. Il manque quelque chose. *Des lunettes.* Il cligne de ses grands yeux bleus, entrouvre la bouche. On dirait un personnage de dessin animé.

— Waouh… Tessa Lowell.

— Que s'est-il passé chez les Kouchinsky ? demandé-je.

Machinalement, je m'accroche au trou dans la cuisse de mon jean. Un jour, je finirai par en arracher un tel morceau que tout le monde verra mes fesses. Mais je ne peux pas m'en empêcher. Toutes ces voitures de police me rendent nerveuse.

— Ariel a disparu, répond le roux en crachant au sol avant de me reluquer de haut en bas. Et les flics de Mason ont trouvé un corps ce matin.

— Ils ne savent pas qui c'est, interrompt Decker. Ça pourrait être n'importe qui. Genre une personne âgée.

J'arrête de respirer. Je vois Ariel s'agripper à la jambe de son père.

Je vois les autocollants violets sur l'enveloppe. « Écris-moi !!! »

— Où ça, à Mason ? demandé-je d'une voix hésitante. Près de l'autoroute ?

Le roux hausse les épaules et monte sur son skateboard. Tandis qu'il se balance d'avant en arrière, nous observons la maison des Kouchinsky en silence.

Quelques instants plus tard, on s'agite sur le porche. Un officier de police en uniforme accompagne une femme, qui n'est guère plus qu'une ombre grise, sur la balancelle – c'est la mère d'Ariel. Elle est bien plus petite et maigre que la dernière fois que je l'ai vue, comme si les années l'avaient grignotée.

Elle s'effondre dans les bras du policier et pousse un cri déchirant. Derrière elle, deux visages d'enfant apparaissent à la fenêtre.

Le roux crache de nouveau, puis déplace son skateboard pour ne pas rouler sur la minuscule flaque.

— On dirait que c'est pas n'importe qui, finalement.

Chapitre 6

Quand j'arrive chez les Greenwood, le dos de mon tee-shirt est trempé et j'ai pris un coup de soleil sur le nez. J'ai fait l'essentiel du trajet en courant. J'ai besoin de savoir au plus vite si c'est vrai.

J'entends une porte moustiquaire claquer ; Callie dévale les marches du porche. Je suis sur le trottoir devant la maison, mais elle ne me voit pas. Au milieu de l'allée, elle s'arrête, enfouit son visage dans ses mains – et mon cœur se serre.

C'est vrai, et Callie est déjà au courant.

Callie se détourne et se dirige vers le jardin derrière la maison avant que je n'aie le temps de l'appeler. Adossée à la boîte aux lettres, je reprends ma respiration. J'ai l'impression d'avoir des aiguilles dans les poumons.

Tout le monde hier soir pensait qu'Ariel s'était enfuie. Si ça se trouve, elle agonisait alors qu'on discutait autour du feu.

Lorsque ma respiration s'apaise, je suis la clôture qui part du côté de la maison. Callie a laissé le portillon ouvert.

Elle est assise dans l'herbe, les coudes sur les genoux et le front appuyé sur les paumes. Je tousse afin qu'elle relève la tête. En me voyant, elle rougit.

— Qu'est-ce que tu veux ?

— Est-ce qu'Ariel est morte ?

Callie arrache une touffe d'herbe d'un geste rageur, puis laisse les brins glisser entre ses doigts.

— Le corps n'a pas été formellement identifié, mais oui, c'est elle.

Le corps. J'imagine Ariel gisant au pied d'une glissière d'autoroute. Ariel, avec ses coudes et ses genoux écorchés à force de tomber de vélo, et ses lèvres au parfum artificiel de fraise provenant du stick qu'elle gardait toujours sur elle pour ne pas que sa sœur le lui pique.

Mon Ariel date d'il y a dix ans.

— Comment est-elle morte ?

— Je ne sais pas, répond Callie.

Elle a toujours le visage très rouge. Je me dis qu'elle va péter un câble, hurler, pleurer, mais non, elle prend une grande respiration. Et me regarde.

— On a organisé une veillée au lycée ce soir. Si tu veux venir…

Tessa la vilaine a envie de dire non. Quand un adolescent meurt, les gens ont tendance à se rassembler, et je préfère éviter les endroits où les gens se rassemblent. Surtout que, dans ces situations, les gens sont soit dévastés, soit sinistrement curieux, et je ne sais pas trop de quel côté je me situe. Je n'ai pas parlé à Ari depuis des années.

Mais c'était mon amie, et Maggie sera déçue si je n'y vais pas. Je ne sais pas pourquoi, mais ça compte. Sans doute parce qu'il ne me reste pas grand monde à décevoir.

* * *

Nous sommes coincés dans la file en arrivant au parking du lycée. Le lycée de Fayette est petit ; au primaire, on était environ quatre-vingts par niveau. À l'époque de mon départ, les gens commençaient à paniquer face au taux d'absentéisme et voulaient réinstaurer l'enseignement professionnel.

Dans le siège passager, un cake aux courgettes sur les genoux, Maggie observe les voitures d'un air absent.

— Peut-être que vous devriez sortir. Rick et moi, on va aller s'asseoir près de Ruth et on vous retrouvera ensuite.

Callie défait sa ceinture et descend de la voiture sans un mot. Maggie m'adresse un regard désolé. Si Rick n'était pas là, je lui dirais que je crois avoir retrouvé ma sœur et que j'ai besoin de rester encore quelque temps en Pennsylvanie pour explorer toutes les pistes.

À la place, je la remercie et descends rejoindre Callie qui a déjà quelques mètres d'avance.

— Eh, dis-je en la rattrapant. Pourquoi tu te comportes aussi mal avec ta mère ?

Ses épaules se raidissent, mais elle continue de marcher. Elle soupire et une odeur âcre me parvient.

— Elle sait que tu as un problème avec l'alcool ?

— Arrête, on dirait une brochure du ministère de la Santé.

Devant les portes du gymnase, elle se fige. Une ombre passe sur son visage d'ordinaire si contenu.

— Je ne peux pas entrer.

— OK.

Nous nous mettons sur le côté afin de laisser passer les gens derrière nous. Je tire sur les manches de mon sweat-shirt. Il sent toujours le feu de camp et la fumée.

Callie part en direction de l'auditorium, là où se garent les bus à la fin de la journée. Elle ne proteste pas quand je la suis.

Il y a un grand chêne au bout du parking ; en dessous, trois garçons sont assis. Même à cette distance, j'aperçois les volutes de fumée leur sortant du nez. Alors que nous nous rapprochons, je reconnais Nick, le type avec la casquette des Steelers. À la lueur de la lune, son visage est pâle, fantomatique. Il a les yeux injectés de sang.

— Putain de merde, dit-il en offrant son joint à Callie.

Elle secoue la tête et croise les bras sur sa poitrine.

— Qu'est-ce que tu as d'autre ?

Nick enfouit sa main dans sa poche et sort une bouteille sans étiquette contenant un liquide ambré. Callie l'attrape avant que je ne puisse émettre la moindre réserve sur le fait d'accepter des bouteilles inconnues. Ou sur le fait de traîner avec des mecs sur un parking, la nuit.

Callie dévisse le bouchon, renifle.

— Qu'est-ce que c'est ?

— C'est plus fort que ce que tu peux avoir sur toi, répond Nick.

Callie vide d'un trait la moitié de la bouteille. Nick l'attrape et la lui reprend.

— Eh, doucement.

Callie s'essuie la bouche du revers de la main.

— Dis donc, pas mal, ton truc.

— Ouais, ben, c'est pas tous les jours que ton ex se fait tuer, marmonne-t-il.

L'amertume dans sa voix me glace. Il se lève, donne un coup de pied dans l'arbre.

— Putain…

Callie tressaille. Les deux autres – qui étaient au feu de camp hier soir – se regardent et annoncent en bredouillant qu'ils vont à l'intérieur. Callie reste immobile.

— Encore une minute, dit-elle.

Plutôt que d'entrer sans elle, je l'attends, même si je ne sais pas quoi faire de moi. Quelques instants plus tard, elle me rejoint en trottinant. Elle semble plus détendue.

Alors que nous nous frayons un chemin parmi la foule, elle se met un chewing-gum dans la bouche.

Près des portes du gymnase, quelqu'un a installé un panneau en liège avec des photos d'Ariel – et je suis surprise de voir que je suis sur quelques-unes. Je dois me retenir pour ne pas les arracher et les glisser dans ma poche. Nous n'avons jamais eu d'appareil photo, et les rares photos de famille que nous possédions ont été jetées lorsque ma mère et moi avons été virées de chez nous.

Au milieu du tableau, quelqu'un a écrit : « It's better to burn out than fade away – Kurt Cobain ». Callie l'observe en silence.

J'effleure le bord du panneau.

— En fait, ça vient d'une chanson de Neil Young, dis-je. Kurt Cobain l'a simplement emprunté pour sa lettre de suicide.

— Bordel, qu'est-ce qu'on s'en fout ? aboie Callie.

Elle s'éloigne d'un pas pressé, et je me sermonne en silence. Voilà pourquoi je ne parle pas beaucoup. Les gens apprécient rarement ce que j'ai à dire.

Quelqu'un se colle à mon épaule et je m'écarte pour laisser passer les filles derrière moi. À mes pieds s'entasse déjà une collection d'ours en peluche bon marché et de bougies votives. Je balaie le gymnase du regard afin de retrouver Callie, mais elle semble avoir disparu.

Je m'attendais à ce que davantage de personnes ici me reconnaissent – faut croire que je suis vraiment une psychopathe narcissique. D'un autre côté, je suis planquée dans un coin tel un fantôme contrarié et je fais en sorte d'ignorer tout regard un peu appuyé dans ma direction.

J'ai toujours su me fondre dans la masse. À l'école, j'avais des notes suffisamment bonnes pour que les profs n'aient rien à dire et suffisamment basses pour ne jamais me faire remarquer. Je portais les anciens vêtements de Joslin, mais comme la plupart des enfants qui ont des grands frères ou sœurs.

J'enfonce mes ongles dans mon bras. Mais ils sont tellement rongés que ça n'a aucun effet. Alors que je les examine, une main fine et osseuse me recouvre le poignet.

— Si, c'est bien toi, dit une femme âgée aux yeux bleu délavé. Ray ! Viens ici ! C'est bien elle.

Je retire ma main. *Qui donc est cette vieille bique, et pourquoi me touche-t-elle ?*

— C'est toi, marmonne-t-elle de nouveau tandis qu'un homme maigre et âgé titube jusqu'à nous avec sa canne. Il a des traces de sucre en poudre au coin des lèvres. Et des cookies plein les poches.

— C'est moi, réponds-je, la mâchoire serrée.

— Eh bien, si c'est pas extraordinaire, ça. Tessa Lowell, à Fayette ! Tu ne te souviens pas de nous, hein, dit-elle ensuite après m'avoir regardée. C'est moi, Marie Durels. Marie et Ray. Tes anciens voisins.

— Oh.

Je m'efforce de sortir les éternelles banalités – « Oui, et vous ?... Polyarthrite rhumatoïde ? C'est terrible... Je commence l'université à l'automne » –, mais mon esprit est ailleurs. Il est sur Sycamore Street, sur la pelouse de mon ancienne maison. J'ai six ans, je porte mon maillot deux pièces de la Petite Sirène et je bois au tuyau dont Joslin s'est servie pour me rafraîchir comme si j'étais un labrador. Et Marie Durels nous observe depuis son porche, l'air très mécontent.

— C'est terrible, n'est-ce pas ?

Marie m'attrape l'épaule et hoche la tête en direction du groupe de filles en larmes près du mémorial improvisé pour Ariel.

Je hoche la tête.

— J'espère qu'ils vont retrouver le coupable.

— Oh oui, sois-en assurée, dit Marie en me tenant plus fort. Ils vont le trouver et ils vont l'abattre comme le salaud qui a tué toutes ces filles.

Ray hoche la tête, peu préoccupé par tout le sucre sur son visage. Je détourne le regard. Il faut que je sorte d'ici – de ce gymnase étouffant saturé de tristesse qui ne me concerne pas. Loin de ces gens qui ont le pouvoir de me renvoyer dans cette maison marron sur Sycamore Street, avec son porche aux marches cassées.

Marie incline la tête vers moi. Sur ma nuque, je sens son souffle chaud et reconnais l'odeur d'ail et de sauce tomate. Je parie qu'elle et son mari ont mangé au nouveau restaurant italien avant de venir ici profiter des desserts gratuits. Je serre les poings alors qu'elle reprend :

— C'est tellement triste pour Ruth Kouchinsky. À ce qu'il paraît, Ariel était à Mason pour travailler, si tu vois ce que je veux dire.

Mason, c'est la ville que ma mère et moi avons atteinte le jour où elle a décidé que nous devions quitter Fayette avant que les gens ne se rendent compte que nous vivions dans sa voiture depuis deux semaines. Personne n'avait remarqué, pas même Callie. Jos était partie depuis quatre mois, Lori onze.

Ce soir-là, alors que ma mère était aux toilettes de la station-service, j'ai ouvert la boîte à gants à la recherche de mon jouet préféré – une de ces mains gluantes qui s'accrochaient aux murs. À la place, j'ai trouvé une arme à feu.

J'ai traversé l'autoroute en courant en direction du relais routier. Arrivée dans le magasin, j'ai demandé à utiliser le téléphone pour appeler Maggie. Je lui ai tout révélé – que nous habitions dans la voiture, que ma mère me faisait peur –, tout sauf la présence d'une arme à feu.

Une demi-heure plus tard, elle et Rick sont arrivés. J'ai attendu dans le magasin en parcourant un magazine télé et en priant pour que ma mère n'ait pas déjà appelé les flics.

Maggie s'est rendue à la station-service seule. Je ne sais pas ce qui s'est passé, mais elle est revenue avec le numéro de téléphone de Gram. Je n'ai pas vu ma mère depuis.

Rick est resté avec moi tandis que Maggie, assise sur le trottoir dehors, appelait sa meilleure amie, Angela. « On aimerait régler ça sans appeler les services sociaux. »

Rick et moi avons partagé un paquet de chips, parlé de la comète qui était censée nous frôler bientôt – j'étais à fond là-dedans. À un moment donné, deux filles sont entrées dans le magasin. Elles devaient avoir à peu près l'âge de ma sœur. Pendant que l'une achetait une carte téléphonique, l'autre jouait avec le revers de sa jupe en jean tout en évitant autant que possible de croiser notre regard. J'avais neuf ans et je savais très bien ce qu'elle faisait ici, au relais routier.

Comme bon nombre de choses désagréables, c'est mon père qui m'en avait parlé. Il aimait évoquer les filles qui l'abordaient dans les relais routiers de l'I-95, à l'époque où il y traînait, cherchant du travail. C'était dans les années 1980, avant qu'il trouve un emploi stable aux aciéries. Après les meurtres du Monstre, le gouvernement avait tenté de s'attaquer à la prostitution dans les relais routiers ; les petites épiceries vendant de la viande de bœuf séchée et des magazines pornos avaient été démolies et remplacées par des *McDo* et des *Dunkin Donuts*.

J'imagine très bien Ariel derrière la caisse d'un *Burger King*. Mais pas sur la banquette arrière d'un chauffeur routier. Et Marie Durels est une sale merde pour avoir suggéré une chose pareille alors que les gens sont ici pour pleurer Ari.

Je cherche une issue par-dessus l'épaule de Marie. Et j'aperçois Ryan Elwood qui franchit les doubles portes du couloir en tenant des canettes de soda. Il continue vers les gradins où se trouve Callie. On dirait qu'elle va vomir. S'est-elle cachée dans les toilettes pour finir la bouteille d'alcool qu'elle avait dans son sac ?

— C'était sympa de vous revoir, dis-je à Marie – et si elle se rend compte que je mens, tant mieux.

Je me faufile dans la foule et m'arrête lorsque je vois Ryan se pencher vers Callie et lui murmurer quelque chose à l'oreille. Elle a un mouvement de recul et fait tomber son sac des gradins. Ryan se penche afin de l'aider à ramasser ses affaires. Il lui parle toujours. Callie blêmit.

Je les atteins au moment où Callie se lève. Et vacille. Pour éviter qu'elle ne tombe tête la première par terre, je lui attrape le bras.

— Qu'est-ce qui t'arrive ? sifflé-je.

— J'ai juste besoin de rentrer à la maison, marmonne-t-elle. Ryan va me ramener. Nous ramener. Sauf si tu veux appeler mes parents.

Je préférerais encore marcher que d'appeler Maggie et Rick, et je ne vais pas laisser Callie monter dans cet état seule dans la voiture de quelqu'un – même s'il s'agit de Ryan Elwood. Je les suis sur le parking ; Ryan s'arrête à côté d'un pick-up rouge et Callie titube jusqu'à la portière. Un instant, je crois qu'elle va vomir, mais elle grimpe dans le véhicule et s'étend sur la banquette arrière.

Ce qui m'oblige à m'asseoir devant à côté d'un parfait étranger – et j'essaie de ravaler ma colère. Ryan s'installe sur le siège conducteur, agrippe le volant. Au bout de quelques minutes, Callie ronfle doucement. Je me détends. Du moment qu'elle fait ce bruit-là, je n'ai pas à craindre un fiasco à la Jimi Hendrix.

Ryan démarre ; le moteur ronronne. Il avance ensuite la main vers la radio mais se ravise au dernier moment, soudain conscient de la situation.

— Qu'est-ce que tu as dit à Callie ? lui demandé-je.

Il hausse les sourcils.

— Je ne lui ai rien…

— Je t'ai vu, insisté-je calmement. Sur les gradins. Tu lui as dit quelque chose et ça l'a complètement paniquée.

Ryan se frotte la mâchoire. Réajuste inutilement le rétroviseur.

— Je n'ai pas réfléchi. J'avais oublié pour sa cousine.

Mon sang ne fait qu'un tour.

— Sa cousine Lori ?

— Oui.

Ryan passe sur un dos-d'âne. Callie roule de l'avant vers l'arrière en laissant échapper un petit « ouf ».

— Pardon, bredouille-t-il.

Je le regarde fixement jusqu'à ce qu'il se tourne vers moi.

— Qu'est-ce que tu lui as dit ? répété-je.

Il se gratte le nez, enroule ses mains autour du volant.

— Je lui ai révélé comment Ari a été tuée.

Été tuée. Pas « est morte ». J'ai l'impression d'un coup de poing dans l'estomac. « Morte », ça peut encore vouloir dire qu'Ari s'est arrêtée au relais routier, a fermé les yeux, et voilà. Une anomalie cardiaque, par exemple, ou une rupture d'anévrisme.

« Tuée », ça veut dire qu'elle savait exactement ce qui se passait. Je ravale ma salive tout en essayant de chasser les bruits dans ma tête. Ari qui supplie qu'on la laisse en vie. Qui hurle, qui tente de se défendre.

— Comment tu sais qu'elle a été tuée ? demandé-je à Ryan. Ils n'ont pas… Personne n'a révélé cette information.

Ryan reste silencieux ; je repense à la nuit dernière : il a affirmé que son oncle aurait été au courant si quelqu'un avait déclaré Ari disparue. Son oncle, le policier. Des perles de sueur apparaissent sur mes tempes. Tout ce que Ryan va me dire est vrai.

Ryan tapote le volant du bout des doigts, en rythme, comme un métronome. Je vais exploser.

— C'était mon amie, dis-je.

Il arrête de taper. Hésite.

— Tu ne dis rien à personne, d'accord ?

— À qui veux-tu que je le dise ? réponds-je, même si ce n'est pas le genre de garantie qu'il recherche.

Ryan soupire.

— Elle a été étranglée, dit-il. On l'a retrouvée nue.

J'avale ma salive. Ça ne veut pas forcément dire… Ryan, de son côté, semble avoir fait le lien. Dans le cas contraire, il n'aurait rien dit à Callie.

— Où l'ont-ils trouvée ? demandé-je, même si je connais la réponse.

— Près de l'I-70, pas loin du relais routier. Un type s'est arrêté sur le bas-côté pour pisser et il a vu ses habits. Il a appelé la police. On l'a retrouvée à quelques kilomètres de là. Près de la rivière.

Comme les autres filles. Je passe ma main sur le bord de mon siège, là où le rembourrage déborde à cause d'un trou. J'aimerais l'agrandir et ramper à l'intérieur. Et ne plus jamais en sortir.

Je n'aurais pas dû revenir.

— Je ne sais pas... Ça me rendait malade d'imaginer Ari comme ça, reprend Ryan en observant Callie dans le rétroviseur. Je ne sais pas pourquoi je l'ai dit à Cal... Ils n'ont même pas encore prévenu la famille d'Ari. S'il te plaît, ne dis rien.

Je regarde par la vitre, hypnotisée par les lampadaires qui défilent à un rythme régulier, scandant les noms dans ma tête. Marisa Perez. Rae Felice. Kristal Davis. Lori Cawley. Et maintenant, Ariel Kouchinsky.

— De toute évidence, la police ne veut pas que les médias l'apprennent, poursuit Ryan. Manquerait plus qu'on nous fasse croire qu'il y a un autre tueur en série.

Le silence qui s'ensuit est si long, si lourd, que je suis surprise de constater que Callie ne perçoit rien.

— Tu ne trouves pas ça bizarre qu'elle ait été tuée de la même façon et au même endroit que la cousine de Callie ? demandé-je.

Ryan passe son pouce sur sa mâchoire, pensif.

— Le type qui a tué ces filles est en prison. C'est forcément une coïncidence. Ou bien un malade mental fasciné par les meurtres.

Une coïncidence.

Un imitateur.

À moins que ça ne soit la troisième explication. Que je n'ose pas prononcer avec Callie dans la voiture, vu les conséquences pour nous.

Ça ne va pas du tout. La police s'est trompée sur l'identité du tueur de Lori et des autres filles – ils se sont trompés et le monstre est toujours là.

Callie et moi, nous les avons aidés à enfermer le mauvais type et Ari est peut-être morte à cause de ça.

Depuis la banquette arrière, Callie marmonne quelque chose. C'est à peine audible, à peine compréhensible, mais je réussis à le déchiffrer.

— Je n'ai jamais pu lui dire que j'étais désolée.

Chapitre 7

Ryan m'aide à mettre Callie au lit. Après son départ, je sors son téléphone de sa poche et envoie un message à Maggie. « Me sentais pas bien, Tessa et moi sommes rentrées. » Ensuite, j'ouvre la fenêtre de sa chambre pour aérer. Son corps a commencé à se débarrasser du poison qu'elle a ingéré plus tôt. Dehors, c'est le déluge.

Je me retire dans la chambre d'amis. Une fois en pyjama, je me faufile sous le lit et mets mes écouteurs. Je tremble tellement qu'il me faut trois tentatives avant de trouver la chanson que je cherche – « Red Rain » de Peter Gabriel.

Quand je ferme les yeux, je vois Ariel avec son sac à dos arc-en-ciel qui flotte dans l'Ohio River, le visage dans l'eau.

Je pense à Wyatt Stokes – sa queue-de-cheval blonde, ses yeux fatigués, sombres.

Wyatt Stokes, qui a étranglé ses victimes et les a abandonnées, nues, près de la rivière Ohio en Pennsylvanie.

Wyatt Stokes, qui n'a pas pu tuer Ariel vu qu'il est en prison.

Stokes avait vingt-trois ans lors du premier meurtre – Marisa Perez, une fugueuse de dix-sept ans. Huit mois plus tard : Rae Felice, vingt ans, une prostituée de relais routier.

Un an plus tard, ils ont trouvé les restes de Kristal Davis, dix-neuf ans, strip-teaseuse droguée qui avait disparu un mois plus tôt. Quelqu'un a signalé aux médias que le comté de Fayette hébergeait un tueur en série. Mais personne ne s'est vraiment inquiété. Le tueur ciblait des filles dont personne ne s'inquiétait.

Jusqu'à Lori Cawley. En deuxième année à Drexel. Deuxième de sa promo au lycée de Lehigh Valley. Qui a un si beau sourire que tout le monde la remarque.

Personne à Fayette n'a remis en question la culpabilité de Stokes. C'était un jeune délinquant ayant quitté le lycée tôt et qui avait passé deux ans en centre de détention pour mineurs pour avoir brûlé le garage de sa belle-mère. Il avait les cheveux filasse et les yeux exorbités. Si on l'avait croisé sur la route, on aurait verrouillé ses portières.

Comme l'a affirmé Charlie Volk, l'inspecteur qui l'a arrêté, dans une phrase désormais célèbre : « Wyatt Stokes avait une tête de tueur en série. »

Sans parler du fait que c'était un parfait connard.

Il ne se taisait jamais. Pendant l'interrogatoire, il a souri en touchant les photos des scènes de crime. Dans sa caravane, les policiers ont trouvé des dessins dérangeants de filles mortes et nues entièrement gribouillés de « salope ».

Après sa condamnation, Stokes a accordé une interview, affirmant que les médias lui avaient fait un procès d'intention et que, s'il avait été noir, la NAACP ou l'ACLU se seraient déjà manifestées pour le défendre.

Donc, oui, la plupart des gens estimaient qu'il avait sa place en prison, qu'il ait tué ces filles ou pas.

Le dossier contre Stokes n'a jamais été parfait. Des témoins l'ont aperçu aux relais routiers à la recherche de drogues ou d'un petit boulot, là où les filles avaient leurs habitudes. Stokes était un sale type qui avait menacé bon nombre de patrons et petites amies – tous ceux qui le contrariaient.

Mais la seule vraie preuve reliant Stokes aux meurtres, c'était une fibre bleue trouvée sur le corps de Kristal Davis et correspondant à un jean de Stokes. Un témoin affirmait avoir aperçu Kristal dans la caravane de Stokes le jour de sa disparition. Lorsque la police l'a interrogé, Stokes avait assuré ne pas avoir vu Kristal depuis des semaines avant de changer son discours et d'expliquer qu'ils avaient pris des drogues ensemble le matin.

Et Callie et moi avons enfoncé le clou. Nous avons témoigné devant une caméra reliée en direct à la salle d'audience lors de l'avant-dernier jour du procès. Nous avons décrit ce qui s'était passé ce matin-là à la piscine et désigné sous serment Stokes comme étant l'homme qui avait menacé Lori. Et comme celui qui s'était faufilé dans le jardin des Greenwood le soir de la mort de Lori.

Le jury a débattu pendant une journée et l'a trouvé coupable des quatre meurtres.

Puis Fayette et ses filles mortes sont retombées dans l'oubli.

Je ne peux ni dormir ni faire mon sac, donc je reste allongée dans le noir avec ma musique, repassant dans ma tête ma conversation avec Marie Durels jusqu'à ce que le visage d'Ariel se confonde avec celui de Lori.

Quelques chansons plus tard, je baisse le volume de mon iPod. Il y a quelqu'un dans la chambre. De sous le lit, je vois que la porte est entrouverte. J'enfonce mes ongles dans mes cuisses. Près de mon oreille, des pieds nus s'approchent. Les ongles sont peints en turquoise. Je soupire de soulagement.

— Tessa ? murmure Callie.

Je m'extrais de dessous le lit. Callie fronce les sourcils.

— Tu dormais là-dessous ?

Elle a meilleure mine que tout à l'heure. Son visage a repris des couleurs et elle s'est douchée. Elle s'est fait un chignon haut.

— Je… Qu'est-ce que tu fais là ?

Je me relève et m'assieds sur le lit – comme si c'était elle qui se comportait bizarrement. Le réveil m'indique qu'il est presque 1 heure du matin.

— Il faut qu'on parle, chuchote-t-elle.

Elle s'assied au bout du lit et ramène ses pieds sous ses fesses avec grâce. Puis elle observe la pièce, presque comme si elle n'était pas chez elle.

— De quoi ? demandé-je.

Je sais de quoi elle veut parler. Mais j'ai besoin de l'entendre dire. Nous ne devions pas parler du procès pendant qu'il était en cours, et nos mères nous ont tenues éloignées l'une de l'autre. Quand nous nous sommes revues, c'était comme si un séisme avait ébranlé notre relation. Et les rares fois où Callie m'invitait à jouer, Maggie restait dans les parages – à croire qu'elle craignait qu'on ne disparaisse dès qu'elle aurait le dos tourné.

Même si j'avais eu le courage de demander à Callie si elle avait vraiment vu le visage de l'homme dans le jardin, cela aurait été difficile : nous n'étions jamais seules.

— À propos de ce que Ryan t'a dit dans la voiture, dit Callie en fermant les yeux. Ça peut quand même être une coïncidence.

— Peut-être, concédé-je à voix basse.

Un silence s'installe, bercé par le bruit de l'horloge. Callie serre ses genoux entre ses bras.

— J'ai fait des recherches sur sa demande d'appel. Il y a plein de gens qui pensent qu'il n'est pas coupable.

— Je sais.

Je le sais depuis que j'ai l'âge de chercher moi-même des réponses à mes questions. Dès que j'ai pu naviguer Internet seule, j'ai compris que bon nombre de personnes pensent que Wyatt Stokes n'est pas le Monstre de l'Ohio River.

Callie baisse les yeux, tripote le vernis de son gros orteil.

— Il va peut-être avoir droit à un nouveau procès. S'il y a un lien entre Ari et les autres filles… il peut être libéré.

Wyatt Stokes, libéré de prison. Wyatt Stokes, qui connaît nos prénoms.

— Mes parents ne peuvent pas déménager de nouveau, reprend Callie. Moi, je vais à Stroudsburg, mais eux ne peuvent pas quitter Fayette ni mon père son emploi.

— Callie, dis-je, et son prénom me paraît étranger. Qu'est-ce que tu as vu cette nuit-là ?

Une larme roule le long de sa joue.

— Je n'ai pas menti.

— Je n'ai jamais dit que c'était le cas.

Nous nous regardons pendant quelques instants.

— Est-ce que tu as vraiment vu son visage ? lui demandé-je enfin.

Je m'attends à ce qu'elle se fâche. Parte en claquant la porte. Mais non.

— Je ne sais plus, admet-elle dans un murmure.

Un autre silence. Plus tendu.

— Comment ça ?

— Je n'étais qu'une gamine. J'ai pu me tromper. Évidemment, j'ai cru voir son visage. Stokes, c'était comme le grand méchant loup, et j'avais tellement peur qu'il s'en prenne à Lori après ce qu'il lui avait dit.

À présent, elle pleure vraiment. Et ne me regarde pas.

C'est pour ça que tu m'as rejetée ? me demandé-je. *Parce que tu pensais que je savais que tu avais menti ?*

— Même si j'ai eu tort, poursuit Callie, il y avait d'autres preuves. Il ne s'est même pas défendu. Le procureur avait assez pour le faire condamner.

— Peut-être.

Mais je n'ai jamais cru à ça. Sans doute parce que je sais bien des choses sur le déroulement de cette soirée.

Des choses que je n'ai jamais révélées. Ni aux jurés. Ni à Callie.

J'agrippe ma couette.

— Qu'est-ce que tu leur as dit ? me demande Callie. Quand ils t'ont demandé ce que tu avais vu ?

— Je leur ai dit que tu m'avais réveillée en m'expliquant qu'il y avait quelqu'un dehors. La personne a traversé le jardin en courant. Je savais que tu avais désigné Stokes et la police ne cessait d'insister sur le fait que nos histoires devaient coller. Alors j'ai dit que c'était Stokes, continué-je en tripotant la couette. Même si je n'ai jamais vu leurs visages.

— Son visage, corrige Callie.

Je ne réponds pas.

— Tu ne crois pas que Stokes soit coupable, murmure enfin Callie.

Son expression révèle ce que je craignais : dans cette maison, il n'existe pas pire trahison. On peut s'interroger sur ce qu'on a vu cette nuit-là, mais, chez les Greenwood, « Wyatt Stokes est le Monstre de l'Ohio River » est une certitude irréfutable.

— J'ai surtout envie de savoir ce qui s'est vraiment passé, dis-je.

C'est même pire que ça. Il faut que je sache. Sous peine d'exploser.

— Si le vrai Monstre court toujours, on ne peut pas se permettre de ne pas savoir, corrigé-je. Il peut s'en prendre à d'autres filles. Peut-être même qu'il ne s'est jamais arrêté mais que la police n'a pas encore retrouvé les victimes.

Cette idée me laisse un goût amer dans la bouche.

— Tu veux dire qu'il faut qu'on se rétracte, dit Callie. Ma famille ne me le pardonnera jamais.

— Non. On n'agit pas tant qu'on n'est pas sûres. Il faut qu'on soit sûres.

— Et comment on fait ? demande Callie en enroulant ses bras autour de sa taille. Ça s'est passé il y a presque dix ans. Si quelqu'un d'autre a vu quelque chose, il se serait manifesté depuis, non ?

— Non. Pas s'il a une bonne raison de se taire, dis-je, et une boule se forme dans mon ventre.

— Et comment tu comptes procéder ? continue Callie. On parle de retrouver un *meurtrier*.

Ou *des meurtriers*. Mais je n'ose pas le dire. Il se peut que Lori n'ait pas du tout été tuée par le meurtrier de la rivière Ohio – qui qu'il soit –, mais par quelqu'un cherchant à brouiller les pistes.

Je me frotte les paumes sur mon pyjama. La chambre a des airs de sauna : petite, étouffante.

— On était là lorsque Lori a été enlevée. On a sûrement raté quelque chose... quelque chose qui permettrait de reconstituer l'ensemble des événements.

— Mais tu rentres chez toi demain, dit Callie.

Que quelqu'un puisse désigner la Floride comme « chez moi » me paraît étrange. Pour moi, ce n'est que la maison de Gram. Une étape sur l'immense cercle que je parcours.

Parce que Fayette non plus, ce n'est pas chez moi. C'est mon point de départ, c'est tout. Un endroit que je quitterais bien à jamais. Et si Callie et moi parvenons à faire toute la lumière sur cette affaire, ce sera peut-être possible.

— Je vais modifier mon vol, dis-je.

— OK, dit Callie.

Puis, d'une voix plus pressante :

— Alors, par quoi on commence ?

— Je ne sais pas.

Ce qui est un mensonge, lié à la vérité que je garde pour moi depuis des années. Un morceau de l'histoire que je n'ai pas révélé au procureur parce que j'avais peur qu'elle n'ait des ennuis ou qu'on nous sépare. Et cette vérité, je m'étais convaincue qu'elle n'avait aucune importance. Jusqu'à maintenant.

Ma sœur sait quelque chose à propos de cette nuit. Elle sait qui, hormis Wyatt Stokes, aurait eu envie de faire du mal à Lori.

Je le sais parce que, avant que nous nous endormions cette fameuse nuit, j'ai entendu Lori appeler Joslin et lui dire de ne surtout pas s'approcher d'elle.

Chapitre 8

Oui, j'ai menti, mais j'aimerais préciser certaines choses à ce sujet.

Premièrement : je viens d'une famille de menteurs. Mon père était sans doute le pire, il appelait la banque et jurait que sa carte de crédit lui avait été volée juste pour faire sauter vingt dollars de son dernier relevé.

Ma sœur aussi est une menteuse. Lorsque la police est passée à la maison pour l'interroger, elle leur a dit, les mains dans les poches, qu'elle n'avait pas parlé à Lori depuis la veille au matin alors qu'elle lui avait parlé la veille au soir.

Deuxièmement : j'avais huit ans. Je ne savais pas grand-chose, mais je savais qu'il ne fallait pas mentir à la police, et que si je contredisais Joslin en parlant de ce coup de fil, je lui attirerais beaucoup d'ennuis.

Donc, quand le policer m'a demandé de tout lui raconter, j'ai oublié de mentionner ce que Lori avait dit à Joslin au téléphone.

Qu'est-ce que j'étais censée faire ? C'était ma sœur, et j'avais vraiment peur qu'on me la prenne ou qu'elle aille en prison pour avoir menti. Je devais garder son secret.

Ce n'est qu'après sa disparition que j'ai eu une révélation et pu envisager que ma sœur, pourtant incapable de tuer une araignée sans remords, puisse être impliquée dans la mort de son amie.

C'était un petit mensonge par omission. Un petit mensonge qui s'est transformé en mensonge monstrueux que j'avais trop peur d'avouer parce que, à l'époque, j'étais une mauviette.

Et que je ne peux toujours pas avouer à Callie. Parce que je suis toujours une mauviette.

* * *

Maggie me réveille à 6 heures et me dit que le petit déjeuner est prêt dans la cuisine. J'enfile un sweat-shirt par-dessus le débardeur dans lequel j'ai dormi et je descends. J'ai comme un nœud à l'estomac.

Maggie traîne une chaise jusqu'à la table et s'assied. Elle a les yeux rouges. Je prends place en face d'elle, devant une assiette contenant des œufs au plat. Après toutes ces années, elle se souvient de ma préférence pour les œufs au plat – j'ai du mal à y croire.

— C'était comment, la veillée ? me demande-t-elle.

— Difficile, réponds-je tout en crevant un jaune d'œuf d'un coup de fourchette.

La cafetière sonne, le café est prêt. Maggie repousse sa chaise et se lève.

— Tu veux vérifier l'horaire de ton vol sur l'ordinateur ? me demande-t-elle.

Je pose ma fourchette.

— Euh, en fait, je voulais appeler et repousser mon départ à la fin de la semaine. Pour aller à l'enterrement d'Ari. Si ça ne te dérange pas.

Maggie a l'air perplexe et mon cœur se serre. Soudain, j'entends des pas dans l'escalier. Callie entre dans la cuisine en se frottant les yeux.

— Regardez qui voilà, dit Maggie. Qu'est-ce que tu fais debout si tôt ?

Callie se sert une tasse de café, puis s'adosse au comptoir de la cuisine et hausse les épaules.

— Alors, ça ne te dérange pas ? reprends-je. Si je reste encore quelques jours ?

Maggie se tourne vers moi.

— Bien sûr que non. Tu peux rester ici le temps que tu voudras. Mais il te faudra quelque chose à porter pour l'enterrement. Et si on allait faire un tour chez *Target*, toutes les trois ?

— Je comptais emmener Tessa avec moi chez Emily ce matin. Elle a du mal avec tout ce qui s'est passé.

— Oh, répond Maggie en s'affaissant légèrement. OK. Alors demain, peut-être.

— Ça marche. D'ici là, Tessa peut m'emprunter des vêtements, déclare Callie.

Puis, tout en désignant l'escalier, elle ajoute :

— Viens, je vais te montrer ce que j'ai.

Personne ne commente le fait que Callie porte du 36 et moi du 40. De toute évidence, Callie cherche juste à me parler seule à seule, mais Maggie ne semble pas trouver bizarre que celle qui me comparait à une orpheline parasite il y a deux jours ait soudain envie de m'habiller.

Je remercie Maggie pour le petit déjeuner, débarrasse mon assiette et suis Callie dans sa chambre. La fenêtre est toujours ouverte et l'odeur d'alcool a été remplacée par celle de la terre humide. À Orlando, après la pluie, l'humidité stagne et c'est presque étouffant. Ici, l'odeur de la pluie me laisse penser qu'un jour, avant qu'on l'enlaidisse, Fayette devait être un endroit agréable.

Callie s'assied à son bureau et se tresse les cheveux.

— Je me disais… Enfin, je pensais : Ari n'a rien à voir avec ces autres filles.

— Lori non plus.

— OK, mais Ari était loin de ressembler à Lori, dit Callie avant de se ressaisir, cherchant peut-être à être moins méchante. Je veux dire, Ari était jolie, mais elle manquait de confiance en elle. Même si elle aimait se croire débrouillarde, elle était surtout naïve.

Selon Nick, Ari voulait quitter la ville ; peut-être était-elle simplement montée dans la mauvaise voiture.

Ou pire, me dis-je en pensant aux sous-entendus de Marie Durels.

— Est-ce qu'Ariel travaillait à Mason ? demandé-je.

— Je ne crois pas, répond Callie qui renonce à se coiffer et pose son élastique sur le bureau. Au collège, elle faisait du baby-sitting, mais quand sa mère est retournée travailler, son père l'a obligée à s'occuper de Kerry Ann et de Dave.

J'étends mes jambes sur le lit. Je ne sais pas comment évoquer ma conversation avec Marie Durels sans accuser Ari d'être une prostituée. Je me souviens alors des fois où nous jouions à l'« hôtel » chez Callie – Ari, sept ans, réceptionniste, portant un blazer et un foulard et assise gentiment derrière une table pliante. Quel que soit notre jeu, Ari acceptait d'endosser le rôle qu'on lui donnait.

Callie me regarde, remarque que je suis ailleurs.

— Quoi ? demande-t-elle.

— À la veillée, Marie Durels a plus ou moins insinué qu'Ari, euh, tu sais… se vendait.

— Ton ancienne voisine ? ricane Callie. Ouais, elle est super fiable. Ari n'était pas une prostituée.

Je plie les jambes et m'assieds en tailleur. J'ai des courbatures à d'avoir beaucoup marché hier.

— Marie ne l'a pas inventé.

— Dans cette ville, les gens racontent n'importe quoi, déclare Callie qui décide de se faire plutôt un chignon lâche. Mais les prostituées des relais routiers ne sont pas des lycéennes.

Peut-être dans ton monde, ai-je envie de dire pour lui rabaisser son clapet. Mais je résiste à la tentation.

— Tu serais étonnée, dis-je plutôt. J'ai entendu l'autre jour un reportage sur des étudiantes de Columbia qui le faisaient. Elles passaient par Craigslist et gagnaient plusieurs milliers de dollars par semaine.

Callie entrouvre les lèvres.

— À quoi tu penses ? lui demandé-je.

— Un jour, à la cafétéria, je l'ai entendue demander à Nick si elle avait besoin de la permission de ses parents pour ouvrir un compte bancaire.

— Ce qui serait logique si elle a envie de planquer l'argent qu'elle gagne, réponds-je tout en examinant mes chaussettes.

— Ou parce que son père est un vrai psychopathe qui doit tout contrôler, renchérit Callie, l'air sombre.

Daryl Kouchinsky a toujours terrifié Callie. Étonnamment, mon père, qui passait pourtant ses journées à fumer des joints et à boire sur le porche, ne la dérangeait pas. Sans doute parce que, malgré tous ses cris et ses menaces, il ne nous a jamais frappées, Jos et moi.

— Autre chose de bizarre qu'Ari t'aurait dit ? continué-je.

Callie hausse les épaules.

— Je ne lui ai pas parlé depuis la fin de la seconde.

En silence, Callie retire son tee-shirt du championnat de twirling de Pennsylvanie dans lequel elle a dormi. Puis elle croise mon regard dans le miroir et rougit.

A-t-elle oublié que je ne l'ai pas vue se changer depuis dix ans ?

Je détourne le regard pendant que Callie enfile un débardeur.

— Qu'est-ce qui s'est passé entre vous ? demandé-je.

— Comment ça ?

— Toi et Ari. Hier soir, tu as reconnu que tu n'avais pas eu l'occasion de lui dire que tu étais désolée.

Je ne peux évidemment pas avouer à Callie que je sais qu'elle a supprimé Ari de sa liste d'amis sur Facebook, à moins de reconnaître aussi que je la traque en cachette depuis des années – ce qui me ferait passer pour une folle.

Elle tripote son chignon, mal à l'aise.

— Rien, en fait. Je la traitais mal et, à un moment donné, elle a dû se lasser.

— C'est tout ? insisté-je.

— Après ton départ, elle t'a remplacée. Mais elle était tellement en manque d'affection, d'attention, de reconnaissance... Ça m'a vite gonflée.

Elle soupire, soulevant sa mèche au passage.

— Bref, en tout cas, si c'est vrai qu'elle faisait ça à Mason, elle n'a rien confié au groupe. Je le saurais, ils sont incapables de garder un secret.

— Quelqu'un devait être au courant, dis-je, sentant monter un sentiment de frustration.

Mais je préférerais encore m'arracher les yeux que d'aller frapper à la porte de Marie Durels pour savoir de qui elle tient cette information.

Callie lève la tête. Marque une pause.

— Il y a un moyen de savoir, dit-elle. Il suffit d'aller au relais routier et de demander aux gens s'ils l'ont vue.

C'est sans doute une perte de temps ; les autres filles qui bossent là-bas auront vite fait de disparaître de peur de voir rappliquer les flics, maintenant que la photo d'Ari a été publiée dans le journal. Et celles qui restent ne diront rien. Surtout pas à nous.

Mais la prison du comté de Fayette est sur le chemin. Quand Joslin a rendu visite à mon père, elle a peut-être laissé un indice.

— OK, dis-je. Commençons par là.

Quand Callie demande à Maggie si elle peut emprunter la voiture, je dois me retenir de ne pas sautiller sur place. Je vais repartir de cette prison avec une adresse ou un numéro de téléphone de ma sœur, je le sens. Il faut juste que je convainque Callie de s'y arrêter sur le chemin du retour.

Maggie nous demande de rentrer déjeuner, car il y a plein de charcuterie dans le frigo qu'il faut manger avant la fin de la semaine. Dans l'allée du garage, nous la saluons et elle disparaît de la fenêtre du salon en souriant. Alors que je boucle ma ceinture et glisse ma main dans ma poche à la recherche de mon iPod, Callie me lance un regard en coin.

— Il ne te quitte jamais, on dirait.

— Ça m'aide à chasser les bruits.

Callie plisse le front. Elle faisait pareil lorsqu'on était petites et que je balançais une vérité trop déprimante à son goût. Un soir, chez les Greenwood, Callie râlait parce qu'il fallait que je rentre chez moi après le dîner.

— Mais pourquoi, pourquoi, pourquoi est-ce qu'il faut que je fasse mes devoirs ?

Maggie, perdant patience, a répondu sèchement :

— Pour que tu aies de bonnes notes afin d'entrer dans une bonne université et avoir un bon métier.

Moi qui étais par terre en train d'enfiler mes chaussures, j'ai redressé la tête.

— À quoi ça sert, la vie, si c'est juste pour aller à l'école, puis au travail, et ensuite mourir ?

Callie a eu l'air horrifiée.

Oui, c'était bien moi, la petite nihiliste. Je tiens mon père pour responsable : ivre, il se lançait dans des discours enragés. Ça a empiré après qu'il a été viré de l'aciérie où il travaillait, environ six mois avant qu'elle ferme.

« Pendant quinze ans je me suis cassé le cul pour Ed, et il n'a même pas pu me le dire en face. Nous, les humains, on n'est que de la merde sur les semelles de celui qui nous a abandonnés sur cette putain de planète. »

Callie et moi n'avons pas eu la même éducation, ce que je souligne malgré moi à chacune de mes remarques.

Callie avance la main vers la radio.

— Ça t'embête ?

Je secoue la tête. Range mon iPod. Callie passe les stations en revue avant d'en trouver une qui diffuse du rock alternatif. J'attends les pubs avant de me racler la gorge et de parler.

— Je pensais… Si on veut en savoir plus sur Lori et ce qui s'est passé cet été-là, on devrait peut-être trouver ma sœur.

Callie éteint la radio.

— La trouver ?

— Je n'ai pas de ses nouvelles depuis qu'elle est partie, dis-je en regardant par la fenêtre.

— Ça craint, ça, Tess, dit Callie doucement. Je suis désolée.

J'entends bien la pitié dans sa voix, et j'ai envie de me fondre dans le siège. Je choisis mes mots avec précaution.

— Je crois qu'elle est dans les parages. Elle a rendu visite à mon père avant qu'il meure.

— Vraiment ? dit Callie, aussi étonnée que moi.

Pourquoi Joslin reviendrait-elle voir mon père et pas moi ?

— Eh bien, trouvons son numéro et appelons-la, suggère Callie.

— J'ai essayé. Elle a changé de nom. Mais je l'ai peut-être retrouvée. Je crois qu'elle vit à Allentown.

Callie reste silencieuse.

— Je ne dis qu'il faut qu'on aille à Allentown, m'empressé-je de préciser. Mais ça vaudrait le coup de lui parler.

— Ce n'est pas ça, dit Callie, et c'est elle qui cherche ses mots à présent. C'est juste que… Ne le prends pas mal, mais ta sœur t'a complètement abandonnée. Même si elle peut nous aider, elle n'aura peut-être pas envie.

Difficile de la contredire sur ce point : elle a même changé son nom ! Pendant un instant, je regarde par la fenêtre. De l'autre côté de l'autoroute, j'avise un panneau entouré de lumières orange : TRAVAUX SUR LA VOIE. DÉVIATION. J'ai une montée de panique. Si la route est bloquée dans l'autre sens, nous ne passerons pas devant la prison au retour.

Tout mon beau discours pour convaincre Callie s'envole par la fenêtre. « Eh, puisque c'est sur le chemin, peut-être que je pourrais aller voir à la prison s'ils ont le numéro de Joslin. » En plus, Callie m'a bien fait comprendre tout le mal qu'elle pense de ma sœur.

Voilà le panneau. CENTRE PÉNITENTIAIRE DU COMTÉ DE FAYETTE. PROCHAINE À DROITE. Je n'ai pas le temps de la convaincre de l'intérêt de retrouver Jos.

— Euh, bredouillé-je. Ça t'embête si on s'arrête là ? Je dois récupérer des affaires. Des affaires de mon père.

— Oh, répond Callie en se mordant la lèvre. Ils ne t'ont rien donné l'autre jour ?

— Je n'ai pas demandé, dis-je, ce qui est vrai. Mais je crois que j'aimerais bien les avoir.

— OK, répond-elle en haussant les épaules. Rentre l'adresse dans le GPS.

Dix minutes plus tard, nous pénétrons dans le parking. Callie n'a pas fini de se garer que j'ai déjà enlevé ma ceinture.

— Je n'en ai pas pour longtemps, dis-je. Reste là.

Et je ferme la portière avant qu'elle ne puisse protester. De toute façon, ce serait juste pour la forme. Et je ne lui en veux pas : moi non plus, je n'aurais pas envie de m'accompagner dans une prison. Surtout une prison où est détenu Wyatt Stokes.

Le hall d'entrée est désert. La surveillante à l'accueil, Wanda, me reconnaît. Elle pose son stylo. Elle est déjà sur la défensive, peut-être croit-elle que je viens l'engueuler parce que mon père est mort plus tôt que prévu, comme l'a fait Maggie. Nous nous défions bizarrement du regard, chacune attendant que l'autre parle en premier. Ce qu'elle ignore, c'est que je peux faire ça toute la journée. Mettre les gens mal à l'aise, c'est ma spécialité.

Elle finit par craquer – son instinct charitable a dû l'emporter.

— Comment tu t'appelles, mon chou ?

— Tessa.

Wanda croise les bras sur sa poitrine, recule dans sa chaise.

— De quoi tu as besoin, Tessa ?

— Ma sœur est venue l'autre soir, commencé-je, sans trop savoir comment formuler ma demande. J'essaie de la retrouver. Est-ce qu'elle a laissé un numéro de téléphone ou…

— On ne peut pas dévoiler ce genre d'informations, m'interrompt Wanda en secouant la tête.

Un élan de désespoir m'étreint.

— C'est ma sœur. J'ai juste besoin d'un numéro de téléphone ou n'importe quelle info.

Wanda s'adoucit légèrement. Elle s'est peut-être rappelé que je n'ai pas pu dire au revoir à mon père. Si je lui fais de la peine, tant mieux.

— S'il vous plaît, insisté-je, telle une triste orpheline. Je ne l'ai pas vue depuis des années.

Sans me quitter des yeux, Wanda donne un coup de pied et sa chaise roule jusqu'à un ordinateur derrière elle. Puis elle tape sur son clavier. Je m'agrippe la cuisse pour l'empêcher de bouger. J'entends ensuite le bruit d'une imprimante et Wanda revient et me tend un papier.

C'est une copie du permis de conduire de Brandy Butler.

Je serre le poing pour ne pas toucher la photo de son visage. Même si la copie est en noir et blanc, je vois que Joslin s'est teint les cheveux en blond platine. Mais pas les sourcils. Ils sont toujours épais, sombres – comme Brooke Shields, disait Lori.

Et cette expression sur son visage... Elle a les yeux écarquillés, comme chaque fois qu'elle doit poser pour une photo : pour s'empêcher de cligner les yeux au moment du flash, elle se forçait à les ouvrir très grand – ce qui me faisait hurler de rire.

Nous n'avons jamais eu d'appareil photo, mes parents n'ont pas de photos de nous bébé. Ma mère nous gardait à la maison les jours où le photographe venait à l'école pour nous éviter la honte de ne pas pouvoir le payer.

Mais je n'ai pas besoin de photos pour savoir que Brandy Butler est ma sœur.

Wanda me tend un post-it pour que je note l'adresse : 34 E Federal Street, Allentown, PA.

— Je ne suis au courant de rien, dit Wanda d'un ton amical.

Je la regarde, hoche la tête.

— Euh, reprends-je, cherchant encore mes mots. Et Annette ? La femme de Glenn. Est-ce qu'elle est venue lui dire au revoir ?

Ce qui était avant de la sympathie se transforme à présent en immense pitié. Bien entendu que ma mère n'est pas venue.

— Annette est toujours inscrite comme parent proche, dit-elle. Mais, pour autant que je sache, on ne l'a pas vue depuis des années. Le numéro qu'elle avait laissé était un numéro professionnel. Où elle ne travaillait plus depuis un moment.

Je hoche la tête, encore et encore. Et essaie de cacher à cette inconnue que personne ne m'en a jamais autant dit sur ma mère.

Ma mère ne me parlait jamais de Gram quand j'étais petite : elle nous avait fait croire que ses parents étaient morts. En revanche, Gram n'a pas eu l'air surprise d'apprendre que j'existais. Ni que ma mère avait menti.

— Je vais te dire ce que j'ai dit à ta sœur, reprend Wanda en se penchant en avant. Je n'ai pas le droit de révéler des informations sur les familles des détenus, mais le numéro de la *Black Rock Tavern* est public, et rien ne t'empêche de les appeler et de leur poser des questions sur une ancienne employée.

« Ce que j'ai dit à ta sœur ». Mes jambes flageolent. J'ai l'impression que quelqu'un m'a frappée avec une batte de baseball.

Wanda cligne des yeux. Elle doit penser qu'il n'y a rien de plus normal pour une jeune fille que de vouloir contacter sa mère. Dans la plupart des familles, c'est sans doute vrai.

— Ça va ? me demande-t-elle.

— Oui, c'est juste que…

Que je vais me vomir dessus.

— Non, rien, reprends-je. Merci.

C'est juste que Joslin déteste notre mère et pourtant elle a pris le temps de se renseigner sur elle. Alors qu'elle sait très bien où me trouver et qu'elle n'a même pas passé un coup de fil.

Près de la sortie, je me souviens de la raison de ma présence. Je me retourne. Je tremble comme une feuille. Callie a eu raison de dire que ma sœur ne ferait que me décevoir.

— Est-ce que mon père a laissé des effets personnels ? demandé-je à Wanda.

— Si personne ne réclame, en général, on jette. Je vais voir avec le surveillant de sa section.

J'enfouis mes mains dans les poches de mon hoodie pour les réchauffer. L'air conditionné me fait frissonner. Je pense à Callie dans la voiture, sous un soleil de plomb. La pauvre. Mais impossible de repartir les mains vides. Elle risquerait de se poser des questions.

Wanda raccroche son téléphone et me dit de patienter, le gardien arrive. Je sors mon portable de ma poche afin de prévenir Callie que j'en ai encore pour quelques minutes. Puis je me rends compte que je n'ai pas son numéro.

Je me concentre alors sur la petite télévision accrochée dans un coin de la pièce. C'est l'heure des infos locales.

C'est un reportage sur la canicule qui sévit actuellement. Comme ça ne m'intéresse pas, je reporte mon attention sur les infos qui défilent dans le bandeau inférieur. Et je me fige.

« La cour d'appel fédérale va examiner en octobre les nouvelles preuves dans l'affaire Wyatt Stokes, tueur en série condamné à mort. Si la demande d'un nouveau procès est rejetée, Stokes pourrait être exécuté en début d'année prochaine. »

Je remonte la fermeture Éclair de mon sweat-shirt le plus haut possible. Octobre. C'est dans quelques mois.

Quelles nouvelles preuves ? Que cachent ses avocats ?

Un grésillement au niveau de la porte me tire de mes pensées. Un homme trapu avec une barbe fournie et portant un uniforme entre dans le hall.

— Lowell ?

Je me lève, fébrile. Il tient dans sa main un sac-poubelle transparent.

— Voilà, c'est tout ce qu'il y a, dit-il avec un sourire pincé.

Les gens qui bossent dans des prisons ne devraient pas être aussi gentils. J'attrape le sac et pars sans même le remercier – apparemment, aujourd'hui, j'ai décidé de me montrer ingrate envers les gens qui sont désolés pour moi.

Dehors, je m'adosse au mur en brique. Je ferme les yeux. Je ne veux pas de ces merdes. Je ne veux rien qui puisse me rappeler celui qui nous a abandonnées quand l'argent est venu à manquer et qui nous appelait de prison une fois par an pour en réclamer davantage.

Je baisse les yeux vers le sac, dont je distingue le contenu à travers le plastique. Une bible – ce qui est à mourir de rire – et des papiers. Beaucoup, beaucoup de papiers, avec des dessins.

Alors comme ça, mon père s'est mis au dessin en prison. C'est toujours mieux que ses précédents loisirs, à savoir avaler des cachets et voler les honnêtes gens.

J'en suis convaincue, je me fous de ce qu'il y a dans le sac. C'est simplement par curiosité que j'attrape l'enveloppe près du bord.

Et sur laquelle un nom est écrit, de son écriture maladroite.

TESSA.

Je lève le visage vers le ciel, regarde le soleil jusqu'à ce que la pression derrière mes yeux disparaisse. Je ne vais pas m'émouvoir pour un raté de première qui pensait que voler de l'argent pour acheter de la drogue et des bières, c'était plus important que de voir grandir ses filles.

Ils l'ont attrapé alors qu'il venait de braquer un troisième magasin – celui où il a tiré sur Manuel Gonzalo, l'atteignant à la poitrine. L'avocat commis d'office l'a décrit comme un père de famille poussé à bout par la récession et le chômage. Avant, mon père était un homme bon, travailleur. Il n'a jamais eu l'intention de blesser Manuel Gonzalo ; simplement, il a paniqué en voyant l'employé sortir une arme de sous le comptoir et a tiré en premier.

J'avais beau n'être qu'une enfant, je savais bien que c'étaient des foutaises. Mon père était entré dans ce magasin avec une arme et un objectif. On a toujours le choix. Sa décision était prise.

Je retourne l'enveloppe, passe mon pouce sur le rabat. Quelqu'un l'a ouverte.

Elle est vide.

Je me tourne de nouveau vers le soleil. *Tu n'es plus que chair et os, et tu as quand même réussi à me décevoir.*

J'entends alors un véhicule approcher. C'est elle. Callie me fusille du regard, les mains écartées dans un geste qui signifie : « Putain, qu'est-ce que tu fous ? »

Je remonte dans le minivan et pose le sac à mes pieds.

— Désolée.

— Il faut qu'on rentre, dit-elle, et elle agrippe le volant si fort que les jointures de ses doigts sont blanches. Ma mère a appelé. La police veut nous parler d'Ari.

Je n'entends pas la suite. Mon esprit est focalisé sur ce que m'a révélé Wanda, et tout se complique.

Jos a toujours eu une longueur d'avance sur moi à Fayette. Elle a peut-être vu notre mère. Lui a peut-être parlé.

La seule piste qui mène à Jos, c'est ma mère – qui, suite à sa disparition, s'est comportée comme si je n'avais jamais eu de sœur.

* * *

Callie est tellement nerveuse qu'elle en oublie de mettre le frein à main lorsque nous arrivons à la maison. Un peu plus loin dans la rue, j'avise une voiture de police, seule. À travers la fenêtre du salon, j'aperçois un homme.

— C'est l'oncle de Ryan, marmonne Callie alors que nous gravissons les marches. Je suis dans la merde. Il y a une bouteille de vodka sous mon lit.

— C'est un inspecteur de la criminelle, dis-je. Il se fiche de tes réserves d'alcool.

Maggie ne sourit pas en nous voyant entrer dans le salon. Sur la table basse devant Jay Elwood se trouve une tasse de café. Un autre inspecteur est assis sur le fauteuil, à l'opposé de Maggie.

— Tessa, il y a des sandwichs dans la cuisine, me dit-elle. Tu dois avoir faim.

Jay m'observe. Il a la quarantaine bien avancée. Rasé de près. Il prend une gorgée de café, repose sa tasse. Me regarde fixement de ses yeux d'acier. Me reconnaît-il ?

— OK.

La cuisine voisine le salon. Du moment qu'ils ne murmurent pas, je devrais pouvoir tout entendre. Sur le comptoir, Maggie a posé un plateau de fromages et charcuterie, et des tranches de pain. Je mets un morceau de fromage dans ma bouche et m'approche du frigo, ce qui me donne une vue partielle du salon.

— Comment ça va ? demande Jay.

Pas de réponse.

— Lui, c'est Pete, continue Jay. J'espère que ça ne te dérange pas qu'on soit là.

— Si vous voulez des infos sur Ariel, vous feriez mieux de parler à ses amis, dit Callie.

— On a cru comprendre que vous étiez proches, explique Jay en sortant un stylo de sa poche.

Il appuie dessus, une fois, deux fois.

Callie hésite.

— Il y a longtemps. On ne s'était pas parlé depuis un moment. Elle était surtout proche d'Emily Raymes.

Clic. Clic.

— Et Nick Snyder ?

Je revois Nick tendre la bouteille d'alcool à Callie lors de la veillée. Il n'allait pas bien. Callie doit penser la même chose parce qu'elle hésite.

— C'est-à-dire ?

— Lui et Ariel sont sortis ensemble, c'est ça ? poursuit Jay.

— Oui. Pendant quelques mois. Mais ils se sont séparés avant la fin de l'année.

Clic. Clic.

— J'ai cru comprendre qu'il lui en voulait, non ?

Peter, l'autre inspecteur, se penche en avant.

— Tu connais bien Nick ?

— On traîne avec les mêmes gens, répond Callie.

— Est-ce qu'il s'énerve souvent ? continue Pete.

Callie reste silencieuse. Que les inspecteurs aient aussi rapidement orienté la conversation vers Nick la perturbe. Enfin ! Évidemment qu'ils vont s'intéresser à l'ex tourmenté d'Ariel.

Callie marmonne une réponse, et je m'avance vers la porte pour mieux entendre.

— Vous pensez qu'il a fait ça à Ari ?

Les inspecteurs ne répondent pas tout de suite. Jay reprend la parole.

— On veut juste se faire une idée des gens qu'elle fréquentait.

— Vous devriez commencer par son père, dit Callie. Il terrorisait Ari. Il dirigeait cette maison comme l'Allemagne nazie, et Ari avait très envie d'en partir.

— Callie, intervient Maggie. Ça suffit.

Encore des murmures incompréhensibles. Puis tout le monde se lève. Jay glisse son stylo dans la poche de sa chemise.

— Si Nick sait quoi que ce soit, il vaut mieux pour lui qu'il parle avant que ça prenne une mauvaise tournure.

— De quoi vous parlez ? demande Callie.

— Nick a dix-huit ans, répond Jay, le visage neutre. Si c'était un accident et qu'il l'admet, la justice sera plus clémente.

Callie reste muette. J'agrippe la poignée de la porte du frigo.

Le message de Jay est clair : Nick a l'âge d'être exécuté par l'État de Pennsylvanie.

Chapitre 9

Après le départ des inspecteurs, Maggie sort sur le patio avec le téléphone fixe. À sa voix, je comprends qu'elle appelle Rick ; les gens parlent différemment au téléphone en fonction de leurs interlocuteurs. Maggie a un ton très posé avec Rick, même si la visite de la police l'a secouée. Ce que je sais parce qu'elle fume, et je ne l'ai pas souvent vue fumer.

Je me glisse dans le salon. Callie envoie des textos à toute vitesse.

— Quelles conneries, dit-elle sans lever la tête. Ils perdent leur temps.

C'est aussi ce que je pense. La police sait que la façon dont Ariel a été tuée évoque les autres victimes du Monstre. Pensent-ils vraiment que Nick a tué Ariel et disposé de son corps à la manière du Monstre pour faire croire à un imitateur, ou bien cherchent-ils à boucler rapidement le dossier ?

Je n'ai rien lu dans la presse cette semaine sur un éventuel lien entre la mort d'Ariel et les meurtres de l'Ohio River. Le commissaire de police de Fayette a-t-il appelé la rédactrice en chef du journal local pour lui demander de taire tout ce qui pourrait réactiver l'idée que Wyatt Stokes est innocent ?

Jamais il n'y a eu une affaire plus retentissante à Fayette que celle des meurtres de l'Ohio River. L'un des inspecteurs qui a trouvé la fibre de jean sur Kristal Davis est devenu chef de la police. Le procureur adjoint qui a mené la charge contre Stokes est devenu ensuite procureur.

Bon nombre de personnes ont gravi les échelons suite à cette affaire. Si tout s'écroule maintenant, la chute risque d'être très douloureuse.

Ce qui sera aussi mon cas. Si Maggie apprend que je n'ai rien dit à propos du coup de fil, elle ne me considérera plus jamais de la même façon.

Et Callie… Je dois le dire à Callie. Ma sœur n'a pas besoin que je la protège. Elle s'est très bien débrouillée pendant toutes ces années pour mettre de la distance entre elle et le meurtre de Lori. Mais Callie a le droit de savoir, surtout maintenant que nous sommes toutes les deux à la recherche de la vérité.

Simplement, je ne sais pas comment lui expliquer pourquoi je n'ai rien dit pendant si longtemps. Au départ, je pensais que Joslin irait en prison comme mon père si je révélais qu'elle avait menti à la police. Et l'idée de la perdre m'était insupportable. Après son départ, cette peur a été remplacée par autre chose de pire encore.

Et si ma sœur avait bien quelque chose à voir avec la mort de Lori ? Et si je l'avais aidée à échapper à la police ?

Ce qui serait pour moi encore plus impardonnable que d'avoir menti sur Wyatt Stokes.

Je regarde Callie, ma confession sur le bout des lèvres. *Il faut que je te dise un truc.* Mais elle a les yeux rivés sur son téléphone.

— Je vais chez Ryan, déclare-t-elle. Personne n'arrive à joindre Nick. J'aimerais être sûre que tout va bien.

— OK, réponds-je, légèrement vexée qu'elle ne me propose pas de l'accompagner.

Elle sort sans tarder, annonçant à voix haute qu'elle revient bientôt. Maggie rentre. Elle est toujours en pyjama. D'un sourire timide, elle me dit qu'elle va prendre un bain.

Je suis seule.

Je peux me servir de l'ordinateur, maintenant.

D'abord, j'appelle Gram et lui explique que je ne serai pas sur le vol de 15 h 59 pour Orlando cet après-midi. Une amie vient de mourir, je vais rester pour l'enterrement, je vais bien, ne t'en fais pas. Ah, et aussi, cela fait quelque temps que je nourris le chat borgne qui traîne sous notre porche. Désolée. Et il y a des boîtes de nourriture pour chat sous mon lit, si ça ne te dérange pas trop. Encore désolée.

Puis j'appelle Jana, ma manager chez *Chili*, et je lui explique que j'ai besoin de quelques jours parce que mon père est décédé. Elle me dit de prendre tout le temps nécessaire. Ce dont j'ai vraiment besoin, c'est d'argent, mais je décide de la croire quand elle me dit que mon poste m'attendra à mon retour – même si on est à Orlando, où les rejetés de chez Disney prêts à nettoyer des tables dans un fast-food ne manquent jamais.

Si j'ai appris une chose, c'est que, dans la vie, tout le monde ne peut pas porter le costume de Mickey.

J'attends d'entendre l'eau couler avant d'allumer l'ordinateur, le même Dell que les Greenwood avaient il y a dix ans. Il a connu tellement de mises à jour qu'il se traîne comme un patient lobotomisé. Rick a eu une période où il était accro au porno sur Internet. La thérapeute que Maggie lui a conseillé de consulter lui a suggéré le poker en ligne.

Lorsque l'ordinateur est enfin prêt, je fais une recherche sur l'adresse de Joslin : 34 E Federal Street, Allentown, PA.

Selon Google, 34 E Federal Street à Allentown est à vendre. C'est une saisie immobilière. Sur les photos, j'aperçois des murs sales et décrépis. Une moquette qui a dû être beige. Une cuisine dont l'électroménager a été arraché.

AVEC UN STUDIO INDÉPENDANT ! puis-je lire sur une annonce. En pièce jointe, des photos de l'appartement.

Selon l'annonce, la maison est sur le marché depuis quatre-vingt-quatre jours. Quiconque vivait au 34 E Federal Street est parti depuis un moment. Joslin pourrait être n'importe où.

Je parcours quand même les photos. Bien que ce soit vraiment un taudis, j'éprouve une réelle jalousie pour Joslin – et j'en tremble presque. À un moment donné, elle a vécu là. Seule.

Je repense à Jos et moi allongées dans un lit double à l'étage de la maison. Je repense à la vieille chaise à bascule débitée en petits morceaux sur notre porche, dans une vaine tentative de remplir le poêle dans le salon. La maison sentait toujours la fumée, l'alcool et d'autres odeurs nauséabondes provenant des locataires précédents.

Jos a échappé à ça. À nous.

J'efface 34 E Federal Street de l'historique de recherche. Et, avant de changer d'avis, je cherche *Black Rock Tavern* dans Google.

J'obtiens l'adresse et le numéro de téléphone d'un restaurant à Clearwater. Son classement Yelp est inférieur au *Chili* où je bosse à Orlando – je ne pensais même pas que c'était possible.

Apparemment, ma mère n'a pas réussi à aller aussi loin que Jos. Clearwater est à environ une demi-heure au nord de Fayette. Je compose le numéro, vérifiant trois fois chaque chiffre avant d'appuyer sur la touche. Un homme décroche dès la deuxième sonnerie.

— *Black Rock.*

En décidant de retrouver ma sœur, je n'avais pas envisagé qu'il me faudrait passer par ma mère. Ce qui est un vrai problème, et ce pour deux raisons.

1) La seule personne de mon passé que j'ai encore moins envie de voir que mon père, c'est ma mère.
2) Au risque de me répéter : je suis une trouillarde.

Je raccroche.

Mon père m'a écrit une lettre de prison, un jour. Une seule feuille recto et verso, détaillant notre vie telle qu'il s'en souvenait. Il disait que, bébé, j'étais une « gueularde », et que lorsqu'il m'enfonçait la tétine d'un biberon dans la bouche pour me faire taire, Joslin lui disait : « Non, papa, pas comme ça » et lui montrait comment faire avec sa poupée.

Et puis il y avait nos soirées père-fille au *Boathouse*, un restaurant sur la rivière. On partageait une glace tout en jouant au morpion avec des crayons sur les sets de table en papier.

Moi, je n'ai pas les mêmes souvenirs. Je me rappelle mon père qui explique à Joslin en hurlant qu'elle a presque dix ans et est trop vieille pour traîner sa poupée partout avec elle. Je me rappelle qu'il m'emmenait de force au *Boathouse* tous les deux, trois mois, lorsqu'il avait un peu d'argent, avant que ma mère rentre à la maison. Il m'installait dans un box avec une glace et dépensait le restant de ses économies sur la boisson du jour.

Plus que tout, je me souviens de la réaction de ma mère quand elle a trouvé la lettre sous mon oreiller, dont les bords étaient gras et abîmés, et l'encre passée tant je l'avais pliée et dépliée. Ignorant mes pleurs, elle l'a jetée dans le poêle puis m'a attrapée par les épaules et a crié : « Papa ne reviendra plus jamais. »

Et là, j'ai su que c'est ce qu'elle avait toujours voulu : nous avoir pour elle toute seule, Jos et moi. Ma mère estimait que nous lui appartenions plus qu'à n'importe qui d'autre ; c'est sans doute pour cela qu'elle méprise à ce point Jos et mon père. Joslin est devenue comme lui, alors qu'ils ne partagent pas le même sang. Jos et mon père avaient le même humour trash : ils adoraient regarder *South Park* ou bien se couper les ongles des pieds avec un coupe-câble, ce qui, effet bonus, faisait hurler ma mère de rage.

Par-dessus tout, elle détestait le fait que Joslin n'avait pas besoin d'elle. Dès que ma mère se mettait à paniquer, parce qu'on saignait ou qu'on avait passé la nuit à vomir, mon père lui lançait : « Bordel, Nette, ressaisis-toi. C'est bien moins fragile que tu ne le croies, un gosse. »

Il est évident qu'il pensait à Joslin.

Je n'ai jamais reçu d'autre lettre. Ma mère les a sans doute interceptées et brûlées.

En réalité, je n'ai pas peur de ma mère. J'ai peur de ce que je lui ferai si je la vois.

Il ne me restait plus qu'elle, et elle a laissé Gram m'arracher à la seule vie que j'avais connue. C'est une blessure que le temps n'a pas encore guérie. Au contraire, le temps n'a fait que nourrir ma colère, au point que je serais capable de m'autodétruire si ça peut me permettre de l'éliminer aussi.

Avec le temps, je suis devenue comme mon père.

Prenant une grande respiration, je compose de nouveau le numéro.

—*Black Rock*.

Le type a l'air agacé, à présent.

—Euh, est-ce qu'Annette travaille ici ?

—Non, pas depuis un an, non.

—Ah, OK, désolée. Et vous savez où je pourrais la trouver ?

Le téléphone fixe des Greenwood se met à sonner, couvrant la réponse de l'homme. Je me plaque une main sur l'oreille.

—... habitait à Deer Run, répond-il. Mais, comme je l'ai dit, c'était il y a plus d'un an.

—OK, merci.

* * *

Deer Run est un ensemble de logements semi-permanents à la sortie de Clearwater. L'endroit dispose de son propre *Walmart*, ma mère n'aurait donc pas eu à venir sur Fayette – connu pour ses supermarchés discount.

Qu'Annette ait abouti là ne me surprend pas vraiment. Les logements de meilleure qualité sont un peu plus au nord. Là, ce sont surtout des maisons vides avec des panneaux d'expropriation et des mobile homes. Beaucoup de mobile homes.

Maggie est toujours dans la salle de bains, et la maison est calme. Peut-être que je peux m'éclipser discrètement pour une fois, sans avoir à me justifier. Je n'aime pas mentir à Maggie, mais je préfère mourir que lui révéler que ma mère ne m'a pas écrit, téléphoné ou rendu visite depuis dix ans et que je ne sais même pas où elle est.

Alors que je m'apprête à partir, une marche de l'escalier grince. Maggie rajuste son peignoir et me regarde.

— Tu pars ? me demande-t-elle.

— Oui. Pas longtemps.

— Si tu ne veux pas que je t'emmène en voiture, tu peux au moins prendre le vélo de Callie, dit-elle. Callie ne s'en sert pas. Il est dans le garage.

— Merci. Ce serait super.

Le vélo aux motifs tournesol que Callie utilisait quand on était petites est pendu à un crochet dans le garage. Un vélo taille adulte, bleu ciel avec un panier blanc, est dans un coin, appuyé à l'établi de Rick. Une araignée détale du panier lorsque j'agrippe le guidon. J'enlève les toiles sur les roues et sors le vélo du garage.

Je n'ai pas fait de vélo depuis que je suis toute petite. Je passe une jambe par-dessus la selle, mais j'ai trop d'élan et je manque de m'écraser sur le trottoir. J'espère que personne ne m'a vue.

Il paraît que le vélo, ça ne s'oublie pas. *Espérons que ce soit vrai*, me dis-je alors que je tangue dans la rue en essayant d'avancer droit. Au bout de quelques coups de pédales, ça va mieux, mais je fais quand même un tour de chauffe dans le quartier, parce que je ne veux pas mourir aujourd'hui.

La douleur dans mes mollets et le vent dans mon dos me ravivent instantanément. Quel bonheur de ne pas marcher. Je change de vitesse et pédale plus fort ; la chaîne grogne et je me dis que j'aurais peut-être dû la graisser avant de partir.

Le feu au coin de Main Street me surprend, et je freine brutalement. Soudain, quelque chose explose. La rue est vide. Je descends du vélo, le traîne jusqu'au trottoir.

— Et merde, sifflé-je. Putain de bordel de merde.

Aucune chance que je parcoure les vingt kilomètres aller-retour jusqu'à Deer Run avec un pneu crevé. Je ne suis qu'à dix minutes des Greenwood, je peux faire demi-tour. Mais la station-service est à cinq cents mètres. Je peux essayer d'y réparer le pneu.

Saisissant mon tee-shirt au niveau de l'épaule, j'essuie la sueur qui me coule dans les yeux. Il faut que j'aille à Deer Run et je ne peux pas y aller à pied. Il ne me reste qu'une option. Je pousse le vélo sur Main Street jusqu'au *Quik Mart*. Les garçons qui se trouvaient hier devant la maison d'Ari avec moi font du skateboard sur le parking. Decker Lucas s'arrête, attrape sa planche et m'observe.

—Eh, dit-il, et il me fait signe d'approcher avec son Twizzlers. C'est toi.

—Eh oui. Encore.

—Comment tu fais pour monter sur ça ? demande-t-il en désignant le pneu du vélo de Callie.

Decker me tend un Twizzlers, que je mâchonne pendant qu'il examine le pneu avant.

—Un beau trou, déclare-t-il. J'ai de quoi le réparer.

—Vraiment ?

Je pourrais l'embrasser. Je ne sais pas pourquoi, mais j'ai besoin de me rendre à Deer Run *maintenant*. C'en est même douloureux.

—Mais c'est chez moi, dit-il, et mon enthousiasme se dégonfle.

—Ah, réponds-je en mordant dans mon bonbon.

—J'habite juste au coin de la rue, derrière l'école, dit Decker. On peut y aller à pied.

—Super. Merci. Promis, je t'achèterai d'autres Twizzlers.

Decker rit et agite le bras. Il ne prévient pas ses potes de son départ et ils n'ont pas l'air de s'en soucier. Je pousse le vélo le long du trottoir pendant que Decker file sur sa planche.

— Alors, est-ce que… tu es de retour ? demande Decker en s'arrêtant pour que je le rattrape.

— À Fayette ?

La question est facile, mais j'ai quand même du mal à répondre.

— Oui. Tu es de retour pour de bon ?

— Non, dis-je en tripotant le caoutchouc sur le guidon. Mon père était malade. Je suis venue lui dire au revoir.

Je lève la tête. Decker écarquille les yeux.

— Ça craint, dit-il. Tiens, on va couper par le terrain de foot.

Je le suis, ravie qu'il ait laissé tomber le sujet. Nous longeons à ma droite la cour de récréation de l'école élémentaire, délimitée par une chaîne. Ils ont remplacé les jeux depuis mon passage.

— C'est de l'autre côté de la rue, dit Decker. Fais gaffe au caca d'oie.

Nous contournons les petits tas verts comme si nous parcourions un champ de mines, puis franchissons une petite zone boisée en bordure du terrain de foot avant de déboucher dans une rue calme. Une voiture passe, puis nous traversons.

Sa maison est de style ranch et couleur vert bouteille. Dans l'allée est garée une voiture vintage. Lorsque Decker défait le cadenas de la porte du garage, je comprends pourquoi la voiture n'est pas garée à l'intérieur. Il n'y a pas de place. Des cartons moisissant s'entassent du sol au plafond. Des piles de vieux annuaires. On se croirait dans une de ces émissions de télé que regarde Gram, où un type portant une combinaison entre dans une maison, trouve un ou deux chats morts, et tout le monde finit par pleurer de joie.

—Ah, dit Decker. Ma mère n'aime pas jeter.

—Pas de souci, dis-je, parce qu'il a les oreilles qui rougissent.

—Ce sont surtout des affaires de mon père, bredouille-t-il. Onze ans, et ma mère croit toujours qu'il va revenir les chercher.

Decker se tapote le menton, pensif.

—Ah oui ! se reprend-il ensuite. Ton pneu.

Decker disparaît dans l'antre du garage. Il farfouille puis revient avec une trousse transparente contenant des outils. Pendant qu'il s'affaire sur le vélo, je m'assieds sur la pelouse, mains dans les poches et un peu gênée.

—Alors, tu restes combien de temps ? me demande Decker.

—Je devrais déjà être repartie. Mais j'ai décidé de rester pour l'enterrement d'Ariel Kouchinsky.

—Je me souviens qu'à la maternelle vous jouiez beaucoup avec des petits ours en plastique. Mlle Brogan disait qu'ils servaient pour apprendre à compter, mais vous les transformiez en petits soldats.

Decker se balance sur les talons puis se penche pour inspecter la chaîne du vélo.

—J'arrive pas à croire qu'elle soit morte. Qui aurait envie de lui faire du mal ? Elle était tellement gentille.

Ce sont toujours les gentilles qui trinquent. À croire que l'univers éprouve un plaisir pervers à éliminer les filles gentilles une par une pendant que le monde entier regarde, anticipant le plaisir pervers qu'il y aura à pleurer une autre gentille fille.

—C'était sûrement un psychopathe qui passait par là.

Decker prend une pompe et gonfle le pneu arrière.

— J'ai entendu dire que c'était le MOR.

Il interprète mon silence comme un aveu d'ignorance.

— Le Monstre de l'Ohio River. Désolé, j'avais oublié que tu avais déménagé à ce moment-là.

Je serre les poings.

— Où est-ce que tu as entendu ça ?

— Ma mère, dit-il, embarrassé. Mais elle lit plein de trucs bizarres, avec des théories fumeuses qui affirment que les flics savent qu'ils ont sûrement arrêté le mauvais mec mais refusent d'admettre que le Monstre agit toujours.

Donc, Decker ne se souvient pas que j'ai témoigné contre Stokes. Ou peut-être qu'il ne l'a jamais su. Callie et moi n'avons jamais été citées comme témoins dans les journaux, vu que nous étions mineures et que le juge a scellé les dossiers pour nous protéger. De nombreuses personnes savaient que Callie et moi étions impliquées dans le procès, mais la plupart de nos camarades ignoraient que c'était pour ça que nous étions si souvent absentes en cours. Ils étaient même jaloux – si seulement ils avaient su.

Je ramasse une brindille dans l'herbe et la brise en deux.

— Je ne crois pas qu'il s'agisse du Monstre de l'Ohio River. Les flics ont l'air de penser que c'est son ex-petit ami.

— Nick Snyder ? s'étonne Decker, pensif. Ce type est idiot. Il m'a mis son poing dans la figure en seconde. Alors que je ne le méritais même pas. Du moins, pas cette fois-là.

Malgré moi, j'esquisse un sourire.

— Qu'est-ce que tu avais fait ?

— Rien, répond Decker en essuyant ses mains pleines de graisse sur son short. J'étais en train de sourire, pour moi, parce que ça m'arrive, des fois. Et Nick m'a vu et a cru que je me moquais de lui. Alors il m'a frappé.

Mon sourire s'évanouit. Decker me fait de la peine ; ça doit être difficile d'avoir un peu d'esprit dans cette ville. À chaque tournant, on croise quelqu'un qui a envie de l'écraser.

Je me lève, un peu trop vite. Ça tourne.

— Merci, dis-je en désignant le vélo.

Decker sourit, ravi.

— Y a pas de quoi. Eh, je vais peut-être bosser pour le magasin de vélo en ville. Je pourrai te trouver des nouveaux pneus pas chers.

Il a l'air d'avoir tellement envie de m'aider que je n'ose pas lui dire que ce n'est pas mon vélo.

— Oui, pourquoi pas.

Decker se gratte la nuque, soulevant son tee-shirt qui révèle son ventre pâle et poilu.

— Donne-moi ton portable. Je vais te filer mon numéro.

Je fouille dans ma poche arrière, et mon téléphone tombe dans l'allée avant de glisser jusqu'à Decker. Il le ramasse avant moi, puis, les sourcils froncés, entre son numéro de téléphone.

J'ai envie de le lui arracher des mains. Va-t-il voir que j'ai le numéro de la prison de Fayette ? Ça me stresse, mais l'expression sur son visage ne change pas. Quand il a terminé, il me tend le téléphone.

Il a enregistré son numéro sous « Decker, ton ami ^-^ ».

Je le salue et remonte sur le vélo de Callie. Je décide de ne pas effacer son numéro. Dans cette ville, on ne sait jamais quand on peut avoir besoin d'un ami.

* * *

Pour aller à Deer Run, c'est tout droit et plein sud. Le long de la route, la terre est sèche, marron. « On aurait bien besoin d'une bonne rincée », dirait ma mère. Et quand la pluie arrive enfin à Fayette, on a l'impression que ça dure des jours.

Un panneau annonce : BIENVENUE À DEER RUN, UNE COMMUNAUTÉ EN MOUVEMENT. Deux types torse nu, la vingtaine, abandonnent un instant leur partie de beer-pong pour me regarder.

Deer Run n'est pas mal famé. Dans ces caravanes, on ne fabrique pas de la meth. Ici, il y a surtout des familles – ce que je conclus en examinant les vêtements sur les fils à linge : pyjamas, langes, un tee-shirt avec Buzz l'Éclair.

Un instant, une image me saisit : ma mère et Joslin vivant ensemble dans une caravane – famille recomposée que personne ne m'aurait invitée à rejoindre. Je manque de faire demi-tour.

Je suis le bruit – des enfants qui crient, de l'eau qui éclabousse, une station de radio qui passe de la variété – et aboutis devant un bâtiment de maintenance blanc. À l'intérieur, une femme lit *People* devant un ventilateur. Je me racle la gorge et elle lève la tête.

— Je cherche Annette Lowell.

La femme repose ses yeux sur son magazine, tourne une page.

— Elle ne vit plus ici.

Ce que j'avais compris toute seule, merci beaucoup. Un autre jour, je serais sûrement partie sans demander mon reste, la queue entre les jambes, mais je n'ai pas pédalé pendant des heures sous ce cagnard pour rentrer bredouille.

— Il faut que je la trouve, dis-je, et la fermeté dans ma voix me surprend.

La femme pose son magazine.

— Eh bien, quand tu l'auras trouvée, tu lui diras qu'elle me doit deux mois de loyer.

Je serre les poings.

— Pas grave. Je vais frapper à chaque porte jusqu'à trouver quelqu'un qui peut me renseigner.

Je m'attends à ce qu'elle s'énerve ou affirme d'un air moqueur que personne ici ne connaît Annette Lowell. Mais elle hausse les épaules.

— Tu devrais commencer par Nicki.

— Nicki ?

Je frémis. Nicki est-elle la fille de ma mère ? Ça fait si longtemps, ma mère a très bien pu se refaire une famille.

— La baby-sitter, répond-elle. Elle est derrière.

Je hoche la tête, sors et fais le tour du bâtiment. Derrière, sur une dalle de ciment sont installés des balançoires et un bac à sable. Une aire de jeux réduite au minimum syndical. Au-delà, j'avise une piscine où jouent des enfants plus âgés.

Une petite fille poussant une poussette recouverte d'une couverture immonde s'arrête et me regarde. Elle porte un bas de maillot de bain rose pétant, et c'est tout. Afin de me parler, elle retire son pouce de sa bouche.

— Bonjour.

— Bonjour, réponds-je. Nicki est là ?

Elle désigne une rangée de transats. Dans l'un d'eux est assise une adolescente de quinze ans maximum, qui a les yeux rivés sur son téléphone. À ses pieds, un bébé en couche titube, un pissenlit serré bien fort dans sa main.

Je m'approche de Nicki, soudain troublée. Elle porte un haut de maillot de bain et un short en jean. Chez elle, tout est dur, de ses mèches à son mascara, mais elle est jolie. Peu importe que j'aie au moins trois ans de plus qu'elle, j'ai l'impression d'être minuscule.

— C'est toi, Nicki ?

Elle pose son portable sur sa cuisse.

— Ouais, répond-elle, agacée.

— Je suis à la recherche d'Annette Lowell. Tu la connais ?

— Elle surveillait les enfants, répond-elle en haussant les épaules. Avant moi.

— C'était quand ?

— Elle est restée un certain temps. Plus d'un an. Phoebe l'aimait beaucoup.

Le regard de Nicki se pose sur la petite fille avec la poussette qui ajuste à présent la couverture avec soin. Elle doit avoir cinq ou six ans. Il faut que je m'en aille, loin de cette enfant qui me déprime comme c'est pas permis avec son bébé invisible. A-t-elle pleuré quand ma mère est partie ? Je préfère ne pas y penser.

— Et une jeune femme blonde de vingt-sept ans ? continué-je en glissant mon index dans un passant de mon jean. Qui cherche aussi Annette. Est-elle passée par ici cette semaine ?

Nicki cligne des yeux et me regarde, peut-être pour la première fois. Un élan d'espoir me saisit. Elle attrape son téléphone.

— Non.

Sa réponse me déçoit. Ce qui me déçoit moi-même.

— Quand est partie Annette ?

— Il y a deux mois, dit Nicki. Elle nous a dit qu'elle emménageait dans le chalet de sa famille. C'est tout ce que je sais.

Elle revient à son téléphone. Le bébé à ses pieds rampe sous le transat et ressort de l'autre côté. En direction de la piscine.

Je pivote, prête à partir, puis me reprends.

— Tu devrais surveiller ce bébé. Le portail de la piscine est ouvert.

Je n'attends pas de voir sa réaction. Alors que je m'éloigne, une petite main attrape la mienne.

— Est-ce que Nettie va bien ? me demande Phoebe en me regardant de ses grands yeux bleus.

— Je ne sais pas. Mais je vais essayer de la retrouver.

Phoebe plisse les yeux et retire sa main. Sans savoir comment, je l'ai contrariée.

— Tu ne peux pas la retrouver, murmure-t-elle. Elle se cache. Elle a peur du Monstre.

Chapitre 10

Avant de remonter sur le vélo de Callie, je donne un coup de pied un peu violent dans la béquille et me fais mal. Je râle. Jos n'est pas venue ici retrouver ma mère, et je n'ai pas progressé d'un millimètre.

Le temps d'arriver sur la route principale, j'ai réussi à me convaincre que j'ai mal compris. Aucune chance que Phoebe ait dit que ma mère se cachait *du Monstre*. Elle a peut-être dit *d'un monstre* ou *des monstres*. Et comme je suis fatiguée et que j'ai chaud, j'ai entendu *du Monstre*.

Mais quel genre de monstre ? Ma mère a-t-elle fréquenté un ancien taulard ou un homme violent à Deer Run ? Est-elle partie pour lui échapper et en a parlé à Phoebe pour qu'elle ne soit pas triste ?

Cependant, Phoebe a peut-être tout inventé – c'est une enfant et c'est ce que font les enfants.

Mais si ma mère a vraiment dit à Phoebe qu'elle se cachait *du Monstre* ? Ma mère sait-elle qui a tué ces filles ?

Jos et ma mère sont-elles au courant ? Est-ce pour cela que ma mère a autorisé Gram à m'emmener – pour me protéger du Monstre ?

J'ai le cerveau en ébullition. Mon père connaissait bien des voyous, certains à qui il devait même de l'argent. Des hommes aux joues creuses et aux vestes en cuir abîmé. Des hommes avec des armes à feu et des chiens aux yeux injectés de sang. N'importe lequel d'entre eux aurait pu commettre un meurtre.

Peut-être que le Monstre a en effet tué Lori, et que Jos n'a pas pu l'en empêcher. Elle n'a rien dit parce qu'elle le connaissait – peut-être qu'on le connaissait tous. Si elle est partie, ce n'est pas pour protéger un secret, mais pour se protéger, elle.

Rien ne le prouve, mais c'est possible. Je repense à l'enveloppe vide avec mon nom écrit dessus. Je sais que c'est farfelu, mais contenait-elle l'identité du Monstre ?

Tous les membres de ma famille cachent quelque chose. Sans doute que mon père aussi.

Chez les Greenwood, je constate que Callie n'est pas encore rentrée. Je grimpe les marches de l'escalier deux par deux, essuyant la sueur sur mon visage avec l'encolure de mon tee-shirt. Je sens mauvais, comme si j'avais dormi avec les poules.

Les affaires de mon père sont toujours sur le lit, là où je les ai laissées avant de partir pour Deer Run. Je les déverse sur la couverture, attrape l'enveloppe déchirée.

Mon père avait quelque chose à me dire. L'enveloppe portait mon nom. Pas celui de Jos, pas celui d'Annette. Peut-être qu'il savait que je ne viendrais pas lui dire au revoir et qu'il m'a écrit. Je revois ma mère se tenant au-dessus du poêle dans notre ancien salon tandis que les flammes lèchent le papier. Ma lettre.

Ma poitrine se comprime.

Ma mère n'a pas pu ouvrir l'enveloppe. Selon Wanda, elle n'avait pas rendu visite à mon père depuis des années. Quiconque l'a ouvert avait une bonne raison. Peut-être est-ce simplement un surveillant malhonnête qui pensait y trouver de l'argent.

Ou quelqu'un qui ne voulait pas que je lise cette lettre.

Ma mère n'a pas rendu visite à mon père, mais Joslin, oui.

Je repousse l'enveloppe. Je ne veux pas la voir.

J'aimais ma sœur par-dessus tout. Ça mettait ma mère en colère de voir Jos me caler sur sa hanche et me faire tourner dans la pièce. « Repose-la », grognait-elle d'un ton menaçant. Ce n'était pas parce qu'elle avait peur que je me fasse mal ; c'était parce qu'elle ne supportait pas de voir Joslin me faire rire.

Je craignais qu'un jour ma mère ne m'éloigne de ma sœur, la personne que j'aimais le plus au monde.

Une seule fois, j'ai eu peur de Jos. Elle et ma mère se disputaient souvent, surtout après que Jos a eu seize ans. C'était violent, et j'avais pour habitude de me cacher dans le placard.

Le sujet principal de discorde : ma mère refusait que Jos passe son permis de conduire. Quelques mois auparavant, un terrible accident avait eu lieu près du lycée. Deux garçons qui rentraient de leur entraînement de football américain – des terminales, dont un qui avait reçu une bourse pour Penn State – ont été pratiquement coupés en deux après avoir percuté un poteau télégraphique. Le conducteur roulait trop vite. Il y a toujours une croix en bois au bord de la route, là où l'accident a eu lieu.

Ma mère évoquait souvent les garçons – Rob McQueen et Tyrone Williams –, comme si Joslin ne les avait jamais fréquentés, ne les avait jamais encouragés lors des matchs à domicile. Ils étaient devenus des fantômes, des exemples servant d'avertissement, et la raison pour laquelle Jos n'avait pas le droit de toucher un volant avant d'avoir dix-huit ans.

Cette nuit-là, quelque chose est tombé par terre et s'est cassé, et je me suis précipitée en bas.

Jos était dans la cuisine, hors d'elle, tenant dans sa main un morceau de verre brisé. « Comme si elle était possédée », plaisantait mon père les rares fois où il avait été là pour les séparer. Jos brandissait le tesson de bouteille comme une arme et hurlait : « Ne t'approche pas ! Putain, ne t'approche pas ! »

Lorsqu'elle m'a vue en train de pleurer dans l'encadrement de la porte, elle a complètement changé d'attitude – comme si on avait appuyé sur un interrupteur. Jos a lâché le morceau de verre et s'est précipitée pour me réconforter.

— Tessa, jamais je ne te ferai de mal.

Quand j'essaie de me convaincre que Joslin n'aurait pas pu faire de mal à Lori, je reviens toujours à ce moment. Et ça m'énerve. Ça m'énerve aussi de me demander ce que Joslin aurait fait avec cette arme improvisée si je n'étais pas arrivée.

Mon ventre gargouille, alors je sors de mon sac la dernière barre de céréales que Gram y a mise et déchire l'emballage avec les dents tout en examinant les dessins de mon père.

Je dois le reconnaître, il se débrouille bien. Se débrouillait bien. Est-ce un loisir qu'il a perfectionné en prison ou bien a-t-il toujours su dessiner sans que je sois au courant ? Il y a un dessin d'une cascade qui est tellement détaillé qu'on devinerait presque chaque gouttelette de son écume.

Il y a quelque chose d'écrit dans un coin. *Rattling Run, 1986*.

J'examine les autres dessins – surtout des paysages. Mais ils ont quelque chose de très précis, c'est même étrange : une fenêtre qui donne sur un jardin, deux petites filles sur des chaises en bois.

Anniversaire de Jos, été 2001.

Ce ne sont pas des dessins. Ce sont des souvenirs.

À toute vitesse – et oui, c'est nul –, je parcours les autres dessins en espérant le trouver. J'ai besoin de savoir qu'il s'en souvient aussi. Notre voyage aux Laurel Caverns quand j'avais cinq ans. Le seul voyage qu'on a fait en famille.

À mi-chemin, je m'arrête devant le dessin d'un chalet.

Je l'approche de la lumière afin de mieux voir – j'ai les mains qui tremblent. Chalet, c'est un bien grand mot. C'est plutôt une cabane posée sur une sorte d'estrade en bois et entourée d'une galerie. La moustiquaire d'une des fenêtres est déchirée.

Bear Creek, 1986.

J'ai beau me creuser les méninges, Bear Creek, ça ne me dit rien du tout. D'ailleurs, qui me dit que c'est en Pennsylvanie ? Mon père y a-t-il séjourné quand il était petit ? Pourquoi n'en a-t-il jamais parlé si la maison appartient à sa famille ? Un instant… Phoebe ne m'a-t-elle pas dit qu'Annette était partie dans un chalet appartenant à sa famille ?

Je remets tout dans le sac et le glisse sous le lit. En jetant un œil dehors, je constate que Callie n'est toujours pas là. Je passe la tête dans le couloir ; sa porte est entrouverte.

Je vérifie que Maggie n'est pas dans sa chambre avant d'entrer dans celle de Callie. La carte plastifiée bleue est toujours au même endroit sur sa commode. Bibliothèque de Fayette.

Dans la cuisine, Maggie prépare le dîner. Elle est au téléphone, mais ce n'est pas Rick au bout du fil. Je me faufile dans le garage par une porte annexe afin de récupérer le vélo de Callie.

« Eh, Maggie, est-ce que je peux vérifier les horaires de vol sur l'ordinateur ? » C'est aussi facile que ça. Et, évidemment, elle dirait oui. Mais je ne peux pas prendre le risque qu'elle voie mes recherches. Je ne pourrai répondre aux questions qu'elle se posera forcément.

* * *

La bibliothèque n'est pas loin de la maison de Decker, dans la même rue que l'école primaire. Même si je n'ai pas de cadenas, je glisse le vélo dans un rail à vélo. Personne ne va le voler.

Les portes coulissantes s'ouvrent dans un grand souffle et une bouffée d'air frais me lèche le visage. Quand j'étais petite, ma mère nous emmenait ici les jours où il faisait très chaud pour profiter de l'air conditionné gratuit.

D'ailleurs, la pratique est toujours d'actualité. Je dois me frayer un chemin parmi les gens, dont une petite fille qui frappe sa Barbie sur la moquette. Sur une étagère mettant en avant les nouveautés, je vois un titre de James Patterson qui est sorti l'année dernière, ce que je sais parce que j'ai aidé Gram à le télécharger sur sa liseuse.

Je poursuis jusqu'à la salle informatique où se trouvent les ordinateurs. Me servant du code sur la carte de Callie, je me connecte à Internet.

Ma première recherche porte sur Bear Creek. Google me suggère plutôt Bear Mountain, qui se trouve à deux heures et demie de route d'ici, d'après la carte. Bear Mountain était une station de ski qui a fermé dans les années 1980. On trouvait dans la petite ville de Bear Creek des restaurants et des magasins, mais ils ont apparemment tous fermé aussi.

Impossible de trouver le nombre d'habitants. C'est même à se demander s'il y a des gens qui vivent à Bear Creek. Il est fort probable que mon père soit allé une fois skier à Bear Creek et qu'il ait dormi dans un chalet.

Ma famille ne possède rien. Ce que j'accepte sans trop de mal. Les gens qui possèdent des trucs ne volent pas les trucs des autres.

Je recule dans ma chaise, quelque peu submergée par cet accès illimité à Internet. Je finis par faire ce que je fais toujours lorsque je suis devant un ordinateur : me renseigner sur Wyatt Stokes.

Un nouvel article publié ce matin détaille ce que j'ai vu à la télé de la prison. Le juge a fixé en octobre une audience préliminaire qui vise à déterminer si les nouvelles preuves sont suffisamment importantes pour que la demande d'appel de Stokes soit accordée. Rien de plus sur ces nouvelles preuves. Cependant, le dernier paragraphe me fournit quelques informations.

Bien que les avocats de Stokes n'aient pas révélé quelles nouvelles preuves ils comptent présenter devant la Cour suprême, certains avancent qu'il s'agit d'éléments scientifiques omis lors du premier procès. Les enquêteurs ont trouvé un profil ADN incomplet sous les ongles de deux des victimes, mais n'ont pas pu déterminer si cet ADN correspondait à celui de Stokes. Rachel Steinhoff, professeure de justice criminelle à l'université de Northeastern, explique que si l'échantillon d'ADN a été enregistré dans Codis, la base de données du FBI pour les criminels violents, il y a de fortes chances pour qu'un jour un nouveau suspect apparaisse.

Je quitte l'article. Cela fait des années que je sais que Kristal Davis et Lori Cawley n'ont pas l'ADN du tueur sous leurs ongles. Une simple anomalie que le procureur a justifiée sans problème : aucune trace d'ADN n'a été trouvée sous les ongles de Kristal et de Lori parce qu'elles ne se sont pas défendues.

Je ferme les yeux et je la vois. Joslin avec son tesson de bouteille.

Parfois, je me dis que j'ai exagéré l'importance de ce coup de fil. Souvent, entre amies, on se dispute. Jos et Lori semblaient inséparables, mais c'étaient des adolescentes. À un moment donné, forcément, elles allaient se fâcher, sûrement sous un prétexte idiot. Sauf que, dans ce cas précis, elles n'ont jamais eu l'occasion de se réconcilier.

J'ai essayé de trouver un autre moment avant cette soirée où Lori aurait pu se sentir menacée par Joslin – un murmure, un regard étrange –, mais c'est le noir complet.

Concernant Joslin ou ma mère, je n'ai fait aucun progrès aujourd'hui. Je refuse de quitter la bibliothèque sans rien. Même si ce n'est qu'un nom. Quelqu'un qui vit ici, à qui je peux parler. Qui pourrait éclairer la relation entre Joslin et Lori et me dire si elles avaient des problèmes ?

Quelqu'un susceptible de parler à une fille qui vient frapper à la porte comme une journaliste en quête d'un scoop.

Mais oui ! Les journaux. Le journal local a très certainement interviewé des gens à Fayette qui connaissaient Lori, et sans doute Jos.

Je ferme ma session et me dirige vers le bureau d'accueil. La bibliothécaire est une femme toute sèche portant un poncho et dont les cheveux teints en rouge descendent jusqu'aux fesses.

— Qu'est-ce qu'il te faut ? me demande-t-elle en me voyant arriver les mains vides.

— Des vieux journaux.

— On n'archive que la *Gazette*, dit-elle d'un air désolé.

— Ça me va.

La femme m'observe de la tête aux pieds, puis fronce les sourcils.

— Darius, demande-t-elle ensuite à un homme en train de ranger des livres, où est-ce qu'on range les vieux exemplaires de la *Gazette* ?

Darius marmonne une réponse qui, même si j'étais à côté de lui, resterait inintelligible. La bibliothécaire me renvoie d'un petit geste de la main.

— Darius va t'aider.

— Merci.

Darius s'approche, mais n'a pas l'air content de quitter son chariot. Il me conduit néanmoins au sous-sol et me pose une question qui ressemble à :

— Pourquoi t'as besoin de vieux journaux ?

— Je cherche un truc, réponds-je en haussant les épaules.

— Comme nous tous.

Darius appuie sur un interrupteur, puis remonte l'escalier. Les néons fluorescents au-dessus de ma tête vrombissent comme des milliers d'abeilles. Je m'apprête à dire à Darius qu'il ne m'a pas indiqué où étaient les journaux quand je les vois : des cartons. Des piles et des piles de cartons sur lesquels figurent des dates. La mère de Decker serait ici dans son élément.

J'avise des cartons marqués « 2004 » en haut d'une pile et je me dis que je n'ai pas de chance. Je ne vois pas comment je vais les bouger. Mais j'essaie quand même, et, quel soulagement, ils ne sont pas très lourds. Je dispose les cartons autour de moi et m'installe au centre, derrière ma forteresse.

La *Gazette* de Fayette sort un vendredi matin sur deux. Lori a été tuée tard dans la soirée du jeudi, son corps a été retrouvé le vendredi soir – elle n'a donc pas fait la une. Cette semaine-là, le journal parle de l'explosion d'une maison à Arnold, une ville au sud de Fayette. Un labo de meth dans la forêt où les choses ont mal tourné.

Je passe au numéro suivant, daté de deux semaines après la mort de Lori.

La photo de Lori en une, à côté de l'article, me glace le sang. Le titre me fait frissonner.

L'ÉTUDIANTE DE L'UNIVERSITÉ DREXEL REPOSE EN PAIX

Par Shana Rosenberg

Des funérailles ont eu lieu pour Lori Michelle Cawley, 19 ans, de Chestertown. Mlle Cawley séjournait chez sa tante et son oncle à Fayette, qui ont signalé sa disparition dans la soirée de jeudi. Le père de la victime, James Daniel Cawley, a été tué dans un accident de moto lors d'un rallye l'année dernière. Avant sa mort, il avait offert à sa fille un collier en argent portant son nom. Lori a été enterrée avec son collier et le blouson en cuir de son père.

Les autorités estiment que Mlle Cawley est la dernière victime en date du « Monstre de l'Ohio River », un tueur en série qui s'attaque à des femmes dans les comtés de Fayette et de Westmoreland. Alors que le tueur sévit depuis deux ans, la police a annoncé cette semaine avoir une piste solide. Un habitant de Fayette, Wyatt Paul Stokes, a été arrêté dans le cadre de cette enquête. Ses autres victimes potentielles sont Marisa Perez, 17 ans, Rae Felice, 20 ans, et Kristal Davis, 19 ans.

Comment Shana Rosenberg était-elle au courant pour le collier de Lori ? Même si l'enterrement avait lieu à plus de cent kilomètres de là où habitait Lori, Maggie s'inquiétait de voir débarquer les médias, et la police avait promis d'empêcher l'accès à tous les journalistes. Shana Rosenberg avait dû mentir pour entrer dans l'église, à moins qu'elle n'ait attendu dehors et convaincu un proche de parler.

Tant d'efforts déployés pour inclure un détail sans importance dans son histoire…

Du moins, un détail qu'elle croyait sans importance.

Un souvenir se précise dans ma tête : Lori, qui sort de l'eau après avoir plongé dans la piscine et vérifie que son collier est toujours là. Elle évoquait rarement son père, mais elle ne retirait jamais son collier.

Si Lori a été enterrée avec son collier, ça veut dire que le tueur ne le lui a pas volé.

Et merde.

Je roule le journal et le glisse dans ma jambe de pantalon pour que personne ne me voie sortir avec.

* * *

Ça craint. À mort.

Les bijoux volés n'ont pas été mentionnés lors du procès. Notamment parce que la police n'a jamais trouvé le moindre objet appartenant aux victimes dans la caravane de Wyatt Stokes. Que le Monstre prenne des bijoux aux victimes a été révélé bien des années plus tard, entre autres pour pimenter les documentaires ou les romans tirés d'une histoire vraie et faire bander les fans de tueurs en série.

Des proches de Marisa Perez et de Kristal Davis ont remarqué qu'elles ne portaient pas de bijoux lorsqu'elles ont été retrouvées, ce qui était étrange. Mais Kristal avait l'habitude de vendre ses bijoux pour s'acheter de la drogue, et personne n'a pu certifier qu'elle en portait ce jour-là.

Quelques années après la condamnation de Stokes, la mère de Rae Felice a expliqué qu'elle n'avait pas remis la main sur le pendentif en or de Rae qui avait appartenu à son arrière-grand-mère. Elle l'avait cherché partout dans l'appartement de Rae, sans succès. Son histoire n'a intéressé personne.

Une simple phrase d'ambiance dans un canard local – « elle a été enterrée avec son collier ». Sans s'en rendre compte, Shana Rosenberg suggérait que Lori n'avait pas été tuée par le Monstre de l'Ohio River.

Mais par quelqu'un qui n'avait pas pris son collier parce qu'il ou elle ignorait que le tueur en série avait pour habitude de le faire.

La défense de Stokes doit être au courant. Ils ont dû éplucher les moindres détails de l'affaire pour faire appel.

Que Lori puisse ne pas être la victime du Monstre de l'Ohio River remettrait tout en cause. S'il y avait deux meurtriers actifs au moment de la mort de Lori, comment être sûr que Wyatt Stokes était bien coupable de celui-là ?

Est-ce le collier, leur nouvel élément ? Ou bien ont-ils un atout encore plus déterminant ?

Que de questions, que d'angoisse. Des gouttes de sueur perlent sur mon front.

Deux tueurs. Et si Wyatt Stokes est bel et bien innocent, ils courent tous les deux encore.

Avant de quitter la bibliothèque, je prends le risque de m'installer à un des ordinateurs. J'entre mon mot de passe. Ouvre ma boîte mail. Et rédige un message adressé aux services pénitentiaires du comté de Fayette.

Chapitre 11

Je rentre à la maison juste à temps pour le dîner, ce qui fait immensément plaisir à Maggie qui dépose un énorme poulet rôti devant moi. Personne ne commente l'état de mes vêtements, mais Callie fronce le nez en s'asseyant à côté de moi.

— Où es-tu allée ? me demande Maggie tout en me passant un plat de petits pois. J'espère que tu t'hydrates correctement.

Callie m'observe par-dessus son verre, curieuse de savoir comment je vais répondre.

Je hausse les épaules.

— J'avais oublié à quel point j'aime faire du vélo. C'est difficile, en Floride, il fait trop humide.

— Il fait bien humide ici aussi en ce moment, dit Maggie.

Puis, se tournant vers Rick :

— Tu devrais finir d'installer l'air conditionné dans la chambre d'amis pour que Tessa en profite.

Tandis que Rick marmonne une réponse incompréhensible, Callie me donne un coup de genou sous la table.

« Ma chambre, articule-t-elle. Après le repas. »

Je transpire, et ça n'a rien à voir avec le vélo. Combien de temps encore vais-je pouvoir garder mes secrets ? Callie peut être impitoyable. Lorsqu'on était enfants, elle réussissait toujours à me tirer les vers du nez, comme cette fois où, à huit ans, parce qu'elle était amoureuse d'Evan Merrill, elle s'était persuadée que j'étais aussi amoureuse de quelqu'un et m'avait harcelée jusqu'à ce que je lâche le premier prénom qui m'était passé par la tête.

Si Callie comprend que je lui cache des choses, elle va me presser comme un citron.

À un moment donné, entre la discussion sur l'air conditionné et Maggie nous annonçant qu'elle a croisé Emily Raymes tenant la caisse de l'épicerie, je décide que je vais tout dire à Callie ce soir. Et, oui, tout : le coup de fil, le collier, et la possibilité terrifiante qu'il n'y ait pas qu'un seul tueur encore en liberté, mais deux.

Une fois le dîner terminé, Callie demande à sortir de table. Je suis tellement stressée que je culpabilise à peine de ne pas aider Maggie à débarrasser et suis Callie dans sa chambre.

— Il faut que je te montre ce que Ryan a trouvé, annonce-t-elle dès que la porte est fermée.

Nous nous installons à son bureau, devant son ordinateur ouvert sur un site : « Connexion », est-il écrit en simples lettres noires. « Discrétion assurée. »

— Qu'est-ce que c'est ? je demande.

— Un site flippant qui permet aux gens de trouver des plans cul pas loin de chez eux, m'explique Callie. Certaines annonces sont vraiment répugnantes.

Je parcours les liens sur la page d'accueil. « Couple aventureux cherche un troisième joueur (environs de Philadelphie). »

Callie fait dérouler un menu et clique sur « Rencontres sans prise de tête ». Puis elle rentre des critères dans l'espace de recherche. Âge maximum : 19 ans. Lieu : Comté de Fayette et de Somerset.

Un message peu convaincu et convaincant nous enjoignant de dénoncer toute exploitation de mineurs apparaît sur l'écran avant les résultats de notre recherche.

Callie parcourt la liste rapidement, et je comprends qu'elle sait où elle va. Elle clique sur « Gentille fille cherche un homme qui n'a pas peur d'être un peu coquin – photos ».

— « JF brune de 19 ans disponible pour des hommes mûrs cherchant de la compagnie, lit Callie. Trouvons un arrangement. Profils sérieux uniquement. »

La jeune femme sur la photo porte une robe noire tellement serrée qu'on se demande comment elle a pu l'enfiler. Elle se tient devant un miroir et met ses fesses en valeur tout en cachant une grande partie de son visage. Ses longs cheveux bruns lui descendent jusqu'à la taille.

Callie désigne la main de la fille, celle qui tient l'appareil photo. Entre le pouce et l'index, la couleur de la peau est plus claire et forme une tache qui, selon Callie et moi, ressemble à l'Alaska.

— Ariel, murmuré-je.

Callie ferme la page avant que je puisse lire la suite.

— Ryan dit que c'est le vocabulaire utilisé par les call-girls, continue Callie. « Trouvons un arrangement. » C'est comme ça qu'elles font comprendre ce qu'elles ont à offrir. Mais je ne comprends pas pourquoi.

— Pour ne pas se faire arrêter pour prostitution, réponds-je.

— Non, s'agace Callie. Pourquoi elle a fait ça ? OK, ta vie est pourrie et t'as envie de te tirer, mais coucher avec n'importe qui pour de l'argent ?

Elle détourne le visage, mais j'ai le temps de voir qu'elle a les larmes aux yeux.

— Je l'ai traitée de pute, avoue-t-elle d'une petite voix après s'être raclé la gorge.

Elle se recroqueville sur elle-même dans un coin de son lit.

— Je l'ai traitée de pute parce qu'elle est sortie avec un garçon que j'aimais bien. J'étais bourrée, je me suis lâchée. C'était il y a deux ans. C'est pour ça qu'on ne se parlait plus.

Je ne dis rien. J'ai l'impression que c'est ce que veut Callie.

— Je ne savais pas, continue-t-elle. Je n'aurais jamais dû lui dire ça. Mais j'étais loin de penser…

Pour la première fois depuis mon arrivée ici, je comprends Callie. Je comprends ce qu'elle ressent – en apprenant la vérité sur la vie d'Ari, c'est aussi son monde à elle qui s'est en partie écroulé.

Il est possible de connaître – vraiment connaître – un autre être humain. Mais j'ai le sentiment que la plupart d'entre nous n'ont pas envie de faire cet effort, du moins pas avant qu'il soit trop tard.

Callie s'essuie les yeux avec un mouchoir extrait d'une boîte sur sa table de nuit. Moi aussi, j'ai envie de pleurer ; je crois que, finalement, je ne vais pas parler de Jos à Callie ce soir.

Les remords, les regrets, les « si j'avais su » : à un moment donné, ça peut nous briser à jamais.

* * *

Sans accès à l'ordinateur d'Ari, Callie et moi ne pouvons pas savoir avec qui elle a eu rendez-vous *via* le site Connexion. Nous décidons alors de poursuivre une autre piste : retrouver toutes les personnes qui ont pu graviter autour de Jos et de Lori cet été-là, et vérifier que la police a bien parlé à tout le monde.

Pour commencer : Danny, le petit ami de Jos. Jos lui arrivait à la poitrine. Il était maigre comme un clou et son jean lui descendait tout le temps sur les fesses. Il avait les dents tachées par la nicotine, et le temps qu'a duré sa relation avec ma sœur, il a dû m'adresser six mots au total : « Touche pas à mon vélo, fillette. »

Danny vit sûrement encore à Fayette. Je doute qu'il ait eu le courage et l'intelligence de partir. S'il ne sait pas où se trouve Jos actuellement, il sait peut-être pourquoi elle et Lori se sont disputées ce soir-là.

Quand Jos n'était pas avec Lori, elle était avec Danny. « Tu passes trop de temps avec ce garçon », disait ma mère. Un garçon qui avait tout d'un homme : Danny avait dix-neuf ans, deux ans de plus que Jos.

« Je pars à la fin de l'été. Lui, tu peux le voir toute l'année », lui a dit Lori un matin alors que Jos se rendait chez Danny plutôt que de venir à la piscine avec nous.

Que pourra m'apprendre Danny si je le retrouve ? Aucune idée. En revanche, je sais ce que j'aimerais qu'il me dise : que les filles se sont disputées à propos de lui. Et Danny a tout entendu parce qu'il était bien avec Jos ce soir-là, comme elle l'a affirmé. Et si Jos n'a pas parlé de ce coup de fil à la police, c'est parce que ça n'avait aucune importance. Le Monstre a bien tué Lori et ma sœur n'a rien à voir avec tout ça.

Allongée dans mon lit, je laisse ce fantasme m'envahir tout entière. Et je m'endors sans musique pour la première fois depuis mon arrivée en Pennsylvanie.

* * *

J'ai trop dormi. Je le sais parce que les rayons de soleil inondent la chambre. Mais ce n'est pas ça qui m'a réveillée ; mon téléphone sonne.

Une crampe me saisit à l'estomac lorsque je vois les premiers numéros. On trouve les mêmes sur le site Internet de la prison.

Ce qui paraissait hier être une bonne idée le paraît beaucoup moins après une bonne nuit de sommeil. Et l'idée de parler à Wyatt Stokes me semble à présent très mauvaise. J'ai l'impression d'avoir une grenade entre les mains. Je pensais avoir au moins quelques jours de répit avant qu'il m'appelle.

Je ne sais pas quoi lui dire.

Je décroche juste avant que le répondeur ne se déclenche. Une voix enregistrée déclare :

— Ici le centre pénitentiaire du comté de Fayette. Vous avez un appel en PCV de…

Une pause. Une toux grasse. Puis une voix qui me glace les os.

— Wyatt Stokes.

Je perds toute sensation dans mon corps. La voix enregistrée reprend :

— Appuyez sur 1 pour prendre l'appel.

— Allô ?

Ma voix résonne dans ma tête, comme si j'étais sous l'eau.

— Allô.

Sa voix est différente. Moins rocailleuse que dans mes souvenirs. Moins effrayante. Il semble las. À croire qu'il m'appelle parce qu'il n'a rien d'autre à faire – ce qui est peut-être le cas, d'ailleurs.

Je prends une grande respiration.

— Je m'appelle Tessa Lowell. Je ne sais pas si vous vous souvenez de moi.

— Si, je me souviens.

Un bruit étouffé à l'autre bout du fil. Un éternuement.

— Tu comptes m'expliquer pourquoi tu as demandé à faire partie de mes contacts ? Je sais que ce n'est pas la foi qui te motive.

Il fallait bien que je coche une des cases lorsque j'ai demandé à parler à un détenu. Ça a marché. J'ai du mal à y croire. Soudain, ma main transpire tellement que mon téléphone glisse.

— Parce que j'ai quelques questions à vous poser.

— Qu'est-ce qui te fait croire que je vais répondre à tes questions ?

Là, je retrouve l'homme de mes souvenirs. Celui qui a mis hors d'eux les policiers qui l'interrogeaient ; celui que le juge et le procureur toisaient avec mépris. *Cul-terreux, suppôt de Satan, dégénéré, psychopathe, monstre.*

Dans le documentaire relatant les meurtres figure une scène où le journaliste demande à Stokes pourquoi, à son avis, la police s'est acharnée contre lui. Il regarde fixement la caméra et répond d'un air assuré : « Ils veulent croire que c'est moi le coupable. Ils n'ont pas peur de moi parce que je suis différent. Au contraire. Ils ont très peur que le Monstre soit en réalité un des leurs. »

Je change de main et essuie ma paume sur ma couette. Tends l'oreille. Pas de bruit.

— J'étais proche de Lori Cawley, dis-je à Stokes d'une voix basse. J'aimerais comprendre ce qui lui est arrivé.

— Je ne suis pas débile, répond Stokes. Ces jours-ci, les seuls qui veulent me parler, ce sont des gens qui pensent que je ne suis pas coupable. Donc soit tu admets que tu as changé d'avis, et on peut reprendre notre conversation, soit je raccroche.

— Je ne pense pas que vous ayez tué Lori Cawley, lâché-je. Je ne sais pas qui a tué ces filles ni si vous avez quelque chose à voir là-dedans, mais je crois que la personne qui a tué Lori a voulu mettre ça sur le dos du Monstre.

— Je n'ai pas tué les autres filles.

J'agrippe mon téléphone.

— Je vous crois.

Et je suis sincère. Quelqu'un a tué Ariel Kouchinsky et a balancé son corps nu près de la rivière. Beaucoup d'incertitudes persistent – les dix ans d'absence du Monstre, si Ariel avait des bijoux sur elle –, mais, pour une fois, je cherche des réponses qui sont accessibles et non enfouies dans mes souvenirs de la nuit de la mort de Lori.

Stokes reste silencieux.

— Tu sais que c'est enregistré, dit-il ensuite.

— Oui, je sais.

Un bruissement, comme s'il changeait de main lui aussi.

— Eh bien, Tessa Lowell. Si je n'ai pas tué ton amie, alors qui ?

J'aimerais bien ne pas avoir de réponse à cette question. J'aimerais bien ne jamais avoir vu Joslin prête à se jeter sur notre mère avec un tesson de bouteille à la main ni entendu la peur dans la voix de Lori lorsqu'elle a crié sur ma sœur cette nuit-là.

Je pensais qu'en restant à Fayette je pourrais dissiper mes doutes – cette interrogation qui ne me quitte pas depuis que j'ai compris avec qui Lori se disputait. J'espérais pouvoir réorganiser les indices pour qu'ils me racontent une autre histoire, qui se terminerait autrement.

Joslin sait qui a tué Lori. Elle le sait mieux que personne : elle a enroulé ses mains autour du cou de son amie et elle a serré très fort.

Chapitre 12

Je fais pipi, me frotte les yeux et descends à la cuisine où Callie, déjà habillée, se prépare un café. Elle me regarde et se mord la lèvre inférieure. Soupçonne-t-elle quelque chose ? M'a-t-elle entendue au téléphone ?

Je sens mes jambes flageoler, mais ensuite elle dit :

— Tu te lèves tard.

Sur l'horloge du four, je vois qu'il est un peu après 9 heures. En général, je me lève à 7 heures tous les jours, une habitude que je n'ai jamais réussi à perdre. Au moins, je n'ai jamais été en retard à l'école.

— Je devais être épuisée.

Je me glisse sur une chaise à la table de cuisine où Maggie a posé une assiette en papier avec deux bagels. Je n'arrive pas à manger. Pourquoi ai-je parlé à Wyatt Stokes ce matin ? J'aurais dû faire ça ailleurs. Quelle idiote !

Callie ne comprendrait pas que j'aie eu besoin de lui parler. Elle m'aide à remuer le passé uniquement parce qu'elle craint que la police ne fasse porter le chapeau à Nick pour le meurtre d'Ari – ce qui impliquerait que le vrai Monstre soit libre de s'attaquer à d'autres filles. Elle s'en veut pour la façon dont elle a traité Ari, elle a peur que ce ne soit sa faute si elle est morte. Elle ne veut pas non plus passer pour une menteuse aux yeux de tous.

Mais elle ne veut pas que Stokes sorte de prison. Elle pense qu'il s'en prendra à nous, qu'il voudra se venger parce qu'on a menti.

Est-ce pour cela que je lui ai parlé ? Pour me convaincre qu'il ne veut pas nous faire du mal ?

Je déchire un morceau de bagel. La mie me colle au palais.

Callie prend une gorgée de son café, m'observe de nouveau.

— J'ai repensé à ce que tu as dit hier soir, sur le petit ami de ta sœur. C'est sûrement une bonne idée de commencer par lui.

Je hoche la tête, avale mon morceau de bagel avec difficulté.

— Mais je ne connais pas son nom de famille.

— Peut-être dans un vieil almanach du lycée ?

— Je ne sais pas où il est allé au lycée, mais ce n'était pas à Fayette. Et je ne pense pas qu'il ait eu son diplôme.

— Je n'ai pas d'autre idée, dit-elle en serrant sa tasse entre ses mains. Je ne l'ai pas vu depuis cet été-là.

— Donc il a pu quitter la ville peu de temps après Jos.

Et moi, est-ce que je l'ai vu dans les mois suivant le départ de Jos ? J'ai beau fouiller dans mes souvenirs, je ne trouve pas.

— Tu crois que ça veut dire quelque chose ? demande Callie d'un air sceptique.

— Qu'ils ont pu planifier de s'enfuir ensemble ? Je ne sais pas.

Je n'ai jamais envisagé la possibilité que Danny ait pu jouer un rôle dans les événements de cette nuit-là. Lui et Jos se voyaient seuls – peut-être que ça lui donnait l'illusion de sortir avec une fille plus âgée. Il ne traînait pas avec Lori, à peine la saluait-il lorsque nous les croisions par hasard. J'ai parfois entendu Jos lui reprocher de ne jamais vouloir passer du temps avec Lori, ce à quoi Danny lui répondait qu'il la trouvait snob.

Mais, pour autant que je sache, Danny ne détestait pas Lori. Il la considérait de la même façon que moi : un parasite un peu agaçant qui l'empêchait de profiter pleinement de sa copine.

— Jos n'a-t-elle pas dit qu'elle était avec Danny la nuit du meurtre ? reprend Callie en me regardant.

Je vois les rouages tourner dans sa tête. J'avale ma salive.

— Ouais. Et si on se renseignait à la piscine ? dis-je dans l'espoir de recentrer le débat. Danny travaillait pour la boîte chargée de son entretien.

Ma sœur ne s'est jamais intéressée aux garçons de son âge, et peu importait que ma mère lui rabâche sans cesse que les hommes plus âgés n'apportaient que des ennuis. Ma mère ne parlait jamais du vrai père de Jos, sauf pour dire qu'il avait vingt et un ans quand elle était tombée enceinte à dix-sept ans et qu'il avait promis de s'occuper d'elle, mais qu'il ne l'avait jamais fait.

Jos a rencontré Danny pendant le week-end de Memorial Day, avant que Lori vienne passer l'été à Fayette. Je m'en souviens parce que ma mère nous avait interdit de sortir de la maison pendant qu'elle travaillait, mais que, à peine la porte d'entrée fermée, Jos avait soulevé son tee-shirt pour me montrer qu'elle portait son maillot de bain. Les Greenwood étaient partis camper, il n'y avait qu'elle et moi à la piscine.

Je m'entraînais à fermer la bouche sous l'eau, comme Jos me l'avait appris, lorsque je l'ai surprise en train d'observer le type qui nettoyait les gouttières du pool house. Danny lui a souri ; Jos ne lui a pas souri. Mais elle avait cet air déterminé sur le visage : elle avait vu quelque chose qu'elle désirait et, pour elle, l'affaire était close.

Callie passe un doigt sur l'écran de son téléphone portable.

— La piscine est ouverte jusqu'à 17 heures. On y va.

* * *

Le permis de stationner collé sur le minivan de Maggie est périmé, donc nous décidons de marcher jusqu'à la piscine. Ça me rappelle trop de souvenirs, et pour que ça cesse de me perturber, je compare les deux situations. Je n'ai pas de serviette de bain sur l'épaule. La nouvelle maison des Greenwood est plus loin de la piscine que l'ancienne et nous devons prendre un autre chemin.

Mais, comme c'est plus long, il faut bien meubler, ce qui craint. Heureusement, au bout d'un temps, Callie abandonne tout effort de me parler pour envoyer des textos depuis son téléphone.

Ça me désole, et même si elle ne me pose aucune question là-dessus, j'ai très envie de lui parler de ma nouvelle vie. De lui dire que je vais à l'université de Tampa à la rentrée et que je compte faire des études d'astronomie ; de lui parler de la résidence pour retraités de Gram et de son connard de voisin, Frank, qui affirme que ma présence enfreint la règle des « plus de cinquante-cinq ans » ; des enveloppes roses contenant les lettres d'Ariel qu'elle concluait toujours par des « écris-moi !!! » suppliants, même si je le faisais toujours.

Je me sens nulle et j'en veux à Callie de me donner ce sentiment de nullité sans même le faire exprès. Et, pour le moment, j'évite encore de lui parler de Jos – elle ne comprendrait pas pourquoi je ne lui ai rien dit plus tôt.

Le brouhaha de la piscine – éclaboussures, coups de sifflet du maître-nageur, cris – nous parvient avant même qu'on arrive. Le parking est plein et nous slalomons entre les voitures pour atteindre le portail, un vieux truc grinçant et rouillé sur lequel est accroché le règlement intérieur.

Le bar a disparu, remplacé par une dalle de béton et des transats. Un des anciens employés a témoigné lors du procès – Kevin, qui nous refilait parfois des frites gratuitement.

À présent, un homme en nage trimballe une glacière et harangue sans conviction les gens pour qu'ils lui achètent des glaces Snickers ou Bob l'Éponge.

Callie avise un groupe de filles qui se rhabillent – short en jean pour tout le monde – et ramassent leurs affaires. Elles nous observent – ou du moins, elles observent Callie – et chuchotent ensuite entre elles.

Callie remet ses lunettes de soleil.

— Dieu, que je déteste cet endroit.

Parle-t-elle de Fayette ? De la piscine ? Des deux ? Aucune idée.

— Viens, lui dis-je, à présent très mal à l'aise d'être ainsi scrutée.

Le poolhouse/bâtiment administratif n'a pas changé en dix ans : toujours aussi vert foncé et moche. Un type au visage marqué par l'acné feuillette un journal près du distributeur automatique. Malgré la chaleur, il est en jean et je serais incapable de lui donner un âge.

— Bonjour, lui dit Callie. On est à la recherche de quelqu'un qui travaillait ici avant.

L'homme plie son journal.

— On ne garde pas les dossiers des employés. Allez plutôt à la mairie.

— Il n'était pas employé par la municipalité, continué-je. Il travaillait pour l'entreprise de nettoyage.

— Laquelle ? demande-t-il en se levant de son tabouret pour chasser un pigeon. Il y en a eu au moins quatre ou cinq différentes.

Dans ma tête, je revois le pick-up que conduisait parfois Danny.

— Avec le logo d'une feuille, je crois.

Callie lève les yeux au ciel. *Hyper utile*, semble-t-elle dire.

— C'était il y a dix ans environ.

— Je ne travaillais pas ici à ce moment-là, répond-il en haussant les épaules. Désolé.

— Merci quand même, dit Callie qui se détourne pour partir.

J'observe l'homme. Il pourrait avoir le même âge que ma sœur.

— Vous étiez au lycée de Fayette ? lui demandé-je.

Il hoche la tête.

— Vous vous souvenez de Joslin Lowell ?

À côté de moi, Callie se raidit.

— Oui, ça me dit quelque chose. Elle devait avoir deux ou trois ans de moins que moi.

— Et un type qui s'appelait Danny ? continué-je. Maigre, fumeur, cheveux blonds.

Plus je tente de le décrire, plus il m'échappe. Avait-il une tache de naissance ? Les dents écartées ? Je ne m'en souviens pas.

Le type cligne des yeux, et Callie me prend le bras.

— Merci quand même, lui dit-elle avant de m'entraîner dehors.

— Il a pu connaître Danny, protesté-je en tirant sur mon tee-shirt. Ce n'était pas complètement idiot.

— Ce n'est pas ça, dit-elle en fonçant vers le parking. Il faut vraiment que je parte d'ici.

Je lui cours après et elle ralentit pour que je la rattrape. Elle est livide, a du mal à respirer. Je reconnais facilement les signes, j'ai déjà vécu la même chose.

— Depuis quand tu as des crises de panique ? lui demandé-je.

— Je devais avoir onze ans. Quelques mois après notre déménagement dans la nouvelle maison. Je me suis rendu compte qu'il y avait encore des fenêtres que je ne connaissais pas, une porte menant au sous-sol. J'ai pété un câble, il y avait tellement de moyens d'accès à la maison et je ne les connaissais pas tous et comment faire pour empêcher quelqu'un d'entrer ?

Nous avançons sur le trottoir, contournons un arbre.

— Moi aussi, j'en ai eu, dis-je après un temps. Lorsque j'ai commencé à ma nouvelle école et que j'ai vu qu'il n'y avait pas de toilettes dans la classe comme dans mon ancienne école primaire.

J'évite de lui raconter que je me suis fait pipi dessus et qu'on m'a envoyée à l'infirmerie. Quand Gram leur a expliqué que j'avais été témoin d'un meurtre l'année précédente, ma maîtresse s'est montrée plus bienveillante – ce qui ne m'a pas remonté le moral, au contraire, je me suis sentie franchement pathétique.

En plus, je n'avais pas vraiment été témoin d'un meurtre. J'ignore si Gram a dit ça parce qu'elle n'avait pas tout suivi ou parce que c'était plus simple à expliquer et à comprendre.

— Je n'ai pas remis les pieds à la piscine depuis, poursuit Callie d'une petite voix. Je devais y aller avec Sabrina en quatrième, mais j'ai fait une crise en arrivant et sa mère m'a ramenée chez moi.

Callie se tourne vers moi.

— Je veux... Je veux juste partir d'ici. Je ne vais jamais m'y sentir en sécurité, et ça craint parce que c'est le seul endroit que je connaisse. Au moins, toi, en Floride, tu es loin de tout ça.

Je hoche la tête et donne un coup de pied dans un morceau de ciment qui s'est détaché du trottoir. Callie se confie à moi pour la première fois depuis dix ans, je ne compte pas lui dire qu'elle se trompe.

Nous ne sommes en sécurité nulle part. Ça ne sert à rien de partir loin pour tenter d'oublier cette nuit, les monstres nous retrouvent toujours.

* * *

Pour ne pas avoir à expliquer à Maggie pourquoi on est rentrées si tôt de la piscine, on traîne dans le parc à côté de la piscine. Callie cherche le numéro de téléphone du département des parcs et infrastructures de loisirs de Fayette et me le lit.

La standardiste me donne le nom de l'entreprise de nettoyage employée par la ville dix ans auparavant – *Faber & Fils* –, mais notre recherche en ligne aboutit sur une impasse : le nom de domaine n'existe plus. Il y a un numéro de téléphone, auquel personne ne répond.

— Ils ont sans doute fait faillite, dit Callie en raccrochant. Comme tout le reste dans cette ville de merde.

Rien à dire à ce sujet. J'imagine que plein de gens pensent du mal de leur ville, mais Fayette est vraiment une ville de merde. Dès la bretelle de sortie de l'autoroute, on sent déjà l'odeur de bouse de vache.

C'est un endroit trop urbain pour être rural, trop à l'est pour le Midwest, trop au nord pour être joliment campagnard. C'est le genre d'endroit auquel personne ne pense. Où, quand les gens déménagent, on les oublie vite.

— On va le retrouver, dis-je, autant pour moi que pour Callie.

Il faut que je parle à Danny, et pas seulement parce qu'il sait peut-être ce qui s'est passé entre Lori et Jos ce soir-là. Ça n'a même plus rien à voir avec le meurtre de Lori. Mon père est mort, ma mère est Dieu sait où. Je ne quitterai pas Fayette sans avoir retrouvé ma sœur.

Les premiers temps chez Gram, j'ai essayé de parler de Jos. Lorsqu'elle me servait des macaronis au fromage : « Ma sœur aussi me faisait des macaronis au fromage. » Lorsqu'on s'installait devant une série comique : « Ma sœur aimait *Friends*. » Gram prenait un air désolé, comme si tout ça n'était que le produit de mon imagination hyperactive. Une sœur imaginaire inventée pour gérer le traumatisme de l'abandon de ma mère.

Je ravale mon amertume vis-à-vis de ma grand-mère, qui refusait qu'on parle de ma famille. Elle n'a jamais rencontré Glenn Lowell ou Joslin, et dès que je mentionnais ma mère, elle se renfrognait. Ma mère était pour elle une immense déception, mais qu'elles ne se parlent plus la chagrinait tout autant. Assez vite, j'ai tout simplement cessé d'aborder le sujet.

Peut-être que j'ai eu tort. Peut-être que si j'avais insisté j'aurais assez d'informations à présent pour retrouver Annette et ma sœur. Peut-être que j'aurais moins le sentiment d'être perdue dans cette ville où j'ai passé la moitié de ma vie.

Callie et moi rentrons en silence. Quelle qu'ait été sa motivation pour me parler de ses crises d'angoisse, c'est terminé. Elle ne dit plus rien jusqu'au moment où elle ouvre la porte d'entrée de la maison.

— Putain ! s'écrie-t-elle en faisant un pas en arrière.

Maggie est assise dans le fauteuil de Rick. De toute évidence, elle nous attendait.

— J'en ai eu marre d'attendre que tu ranges ta chambre, déclare-t-elle – elle parle d'une voix étrange, mange ses mots. Alors je l'ai fait moi-même.

Devant Maggie se dresse une bouteille de vodka. Elle est presque vide. Callie se fige. C'est certainement la bouteille qu'elle a cachée sous son lit.

N'ayant rien à faire là, je disparais discrètement dans la cage d'escalier.

Quelques bribes de leur dispute me parviennent avant que je ferme la porte de ma chambre.

Maggie : — … ainsi qu'on t'a appris à gérer tes problèmes.

Callie : — J'ai passé une semaine atroce, OK ? Et c'est pas comme si je pouvais t'en parler.

Maggie : — C'est ridicule, Callie. Tu peux me parler de tout.

Callie : — De tout, sauf de Lori !

Je sors de la chambre et m'aplatis devant l'escalier, guettant la réponse de Maggie.

Mais c'est Callie qui enchaîne. Elle pleure.

— Tu ne m'as jamais demandé si je voulais témoigner.

— Évidemment que tu voulais témoigner. Tu voulais aider.

— Non. Tu m'as donné le sentiment que je n'avais pas le choix, que si je ne disais pas que Tessa et moi l'avions vu dans le jardin, il serait libéré…

— Arrête, Callie ! s'écrie Maggie. Tu ne sais pas ce que tu dis.

— Si, parfaitement, répond Callie. Je n'ai plus huit ans. Je suis assez grande pour savoir qu'on s'est peut-être trompées et que ce que ce salopard d'inspecteur de police nous a fait était complètement tordu…

Un claquement. Peau contre peau. Je déglutis. Maggie l'a giflée.

—Callie, attends. Je suis désolée…

Des pas en direction de l'escalier. Je me précipite dans la chambre d'amis et ferme la porte, mais il est trop tard. Callie passe devant moi. Elle sait que j'ai tout entendu.

Ensuite, le bruit de Maggie qui trébuche dans l'escalier. Je retiens ma respiration.

—Je ne sais pas pourquoi j'ai fait ça, pleure Maggie. J'ai perdu les pédales. S'il te plaît, laisse-moi entrer.

Pas de réponse. Je me colle contre la porte.

—C'est elle qui t'a dit ça ? continue Maggie. Est-ce qu'elle essaie de te convaincre que tu n'aurais pas dû témoigner ?

Elle – à savoir, moi. Maggie pense que je suis revenue à Fayette avec cette idée bizarre que, en réalité, on n'a pas vu Stokes dans le jardin ce soir-là.

Maggie abandonne et, quelques instants plus tard, la porte de sa chambre se referme. J'attends vingt minutes, puis descends sans un bruit et sors de la maison.

Je saute sur le vélo de Callie et m'éloigne de la maison des Greenwood. Je suis la route principale jusqu'à Deer Run ; je fais le tour du camping, me demandant ce que Phoebe, la petite fille avec la poussette, fait en ce moment. Ou si Nicki surveille un peu mieux les enfants au bord de la piscine.

Je pédale sans but jusqu'au coucher du soleil. Et puis je m'arrête. Il y a peut-être quelqu'un qui s'inquiète pour moi.

Lorsque je rentre, Maggie est toujours enfermée dans sa chambre. Rick est là. Callie lui dit que Maggie ne se sent pas bien et a dormi tout l'après-midi. Rick demande à Callie de nous commander des pizzas.

Après le dîner, je remonte dans ma chambre. J'étudie les dessins de mon père jusqu'à ce que mes paupières se ferment. Les paroles de Maggie tournent en boucle dans ma tête – et font toujours aussi mal.

« Est-ce qu'elle essaie de te convaincre que tu n'aurais pas dû témoigner ? »

Maggie a fait pression sur Callie pour qu'elle condamne Stokes. Je m'en suis toujours doutée. Maggie avait besoin de nous pour faire enfermer Stokes, pour mettre un terme à cette histoire et amoindrir le chagrin.

Elle avait besoin que Stokes soit coupable. Elle était convaincue qu'il avait tué ces autres filles et que nous pousser à témoigner était la bonne démarche.

J'ai passé des heures allongée dans mon lit à me dire que toutes mes interrogations sur la mort de Lori et la disparition de Jos allaient me dévorer de l'intérieur. J'avais peur des années qui passent, de mourir un jour sans connaître jamais la vérité.

Je pensais que l'incertitude me détruirait. Mais maintenant je me demande si ce n'est pas le contraire qui est dangereux : si ce n'est pas plutôt ce qu'on croit être vrai qui a le pouvoir de nous détruire.

Je repense à Bonnie Cawley hurlant à Wyatt Stokes qu'il allait brûler en enfer pour avoir tué son bébé. À Maggie, le visage fermé, qui accompagne Callie dans la salle de tribunal et refuse de le regarder.

Elles étaient convaincues que c'était à cause de Stokes que Lori leur avait été enlevée. Si on leur retire ça, si elles ne peuvent plus faire de lui un meurtrier, à quoi pourront-elles s'accrocher ?

Afin de calmer les battements frénétiques de mon cœur, je mets mes écouteurs et monte le son. C'est Pink Floyd, « Us and Them ». Mon père me la passait en boucle après avoir compris que ça m'aidait à m'endormir.

Et j'ai bien besoin d'aide. Demain, c'est l'enterrement d'Ariel.

Chapitre 13

Il est 9 h 30. La cérémonie commence dans une demi-heure. Je porte le jean noir que j'avais sur moi en venant ici, un tee-shirt que je mets au travail – on va sûrement me prendre pour une employée du traiteur. Quand Callie sort de sa chambre et m'aperçoit dans le couloir, elle soupire. Elle porte une jupe crayon noire et un chemisier. Elle a les yeux gonflés.

Elle retourne dans sa chambre et revient avec un truc noir en boule. Un gilet qui descend jusqu'à mes cuisses. Il sent très fort le parfum, comme si elle l'avait sorti de son panier à linge sale et parfumé à fond pour couvrir l'odeur.

— Merci.

J'enfile le gilet et la suis au rez-de-chaussée.

— Est-ce que ça va ? lui demandé-je après avoir vérifié que nous sommes seules.

— Oui, répond-elle d'un ton sans appel.

Elle s'arrête près de la cafetière.

— Elle a bu plus de la moitié de la bouteille, hier. Je suis étonnée qu'elle soit encore en vie.

Nous allons à l'enterrement ensemble. Rick descend dans le salon, s'assied dans son fauteuil. Il porte un costume gris dont le pantalon est trop court. Il a pris sa journée. Maggie descend en dernier. Elle m'adresse un sourire timide. Elle y est allée un peu fort sur le fond de teint.

Je m'efforce de lui sourire en retour. Feins de ne pas avoir entendu la dispute entre elle et Callie. Ignore ce sentiment persistant qu'après l'enterrement elle va me demander quand je compte rentrer en Floride.

Nous faisons le trajet jusqu'à l'église en silence. Je n'y suis allée qu'une fois. L'été de sa mort, Lori nous a emmenées, Callie et moi, à une fête foraine organisée par l'église. On a mangé de la tarte aux myrtilles sur des serviettes en papier tandis que Lori écumait les stands de bijoux faits maison. Jos travaillait.

Rick se gare sur le côté du bâtiment, près de l'école de catéchisme. L'église n'a pas changé hormis la présence d'un nouveau message sur le panneau dehors : SEPT JOURS SANS PRIER RENDENT FAIBLE.

Une queue s'est formée à l'entrée alors que nous avons vingt minutes d'avance. Quelqu'un interpelle Callie. J'aperçois Sabrina qui joue des coudes dans la foule pour venir vers nous.

— T'as une sale tronche, dit-elle.

Callie jette un œil vers ses parents, mais Maggie et Rick bavardent avec le couple derrière nous.

— La nuit a été longue, marmonne-t-elle.

À l'intérieur de l'église, nous quittons Maggie et Rick, et nous installons au bout d'un banc au quatrième rang. J'étouffe dans le gilet de Callie. Les ventilateurs servent tout au plus à brasser de l'air chaud.

Devant, quelqu'un a installé un grand portrait d'Ari pris au début de l'année de terminale – et elle a les cheveux plaqués sur la tête à cause de la chaleur. Le cercueil à côté, recouvert d'œillets blancs, est vide. Comment je le sais ? Parce qu'une personne derrière moi a expliqué à sa voisine que le corps d'Ariel était toujours dans un caisson métallique à la morgue. Il faudra attendre pour l'enterrer.

Je regarde droit devant moi et tente d'ignorer les démonstrations de chagrin en pensant à Lori Cawley dans son cercueil, avec son collier autour du cou. Je ne me rends pas compte que j'agite le genou jusqu'à ce que Callie me lance un regard furieux.

Ari portait-elle un collier quand on l'a retrouvée ? Des boucles d'oreilles, peut-être. Ou une de ces bagues qui changent de couleur selon les émotions et qu'elle aimait tant.

Qu'est-ce que le Monstre lui a pris ?

— C'est horrible, murmure Sabrina.

Elle et Callie observent la famille Kouchinsky, regroupée près de l'autel pour accueillir les invités. Les frères et sœurs d'Ari sont alignés les uns à côté des autres, comme s'ils étaient exposés – Kyle, son grand frère, qui transpire dans son tee-shirt ; David, le plus jeune, qui joue avec une planche à roulettes miniature. La dernière fois que je l'ai vu, il portait encore des couches. Maintenant, il est plus grand que Kerry Ann, celle qui est née juste avant lui et qui doit avoir quatorze ans. Katie, désormais la plus grande sœur, se tient à côté de Kerry Ann, dans une robe noire toute simple qui pend sous ses genoux. Elle appartenait sûrement à Ari.

Kyle serre la main de Mme Kouchinsky. On dirait qu'il l'empêche de s'écrouler. J'ai du mal à les regarder.

— Est-ce qu'on va lui parler ? demande Callie.

Je me tourne vers elle et me rends compte qu'elle s'adressait à Sabrina, pas à moi.

— On devrait peut-être attendre que…

Elle ne termine pas sa phrase. Elle n'en a pas besoin.

M. Kouchinsky se tient de l'autre côté de sa femme. Il a une main posée sur l'épaule de sa fille Katie. C'est un geste qui n'a rien de protecteur.

Katie est immobile. Clignant des yeux, je me répète que ce n'est pas Ariel. Katie est la seule à ressembler à Ari. Grande, la peau mate, les cheveux bruns. Les autres enfants ont le visage rond, la peau blanche et les cheveux blonds de leur mère.

Katie et Ari tiennent de leur père. M. Kouchinsky est grand, anguleux et long comme une mante religieuse. Il a la même raie sur le côté depuis plus de vingt ans. Sa moustache épaisse cache à peine le fait qu'il grogne tout le temps.

Il nous a toujours fichu les jetons.

— Il paraît qu'il lui a fait sa fête, murmure Sabrina.

— À qui ? Ari ? demande Callie.

— Non, Katie. Elle a menti pour que Ari puisse faire le mur. C'est pour cela qu'elle n'a été déclarée disparue que le lendemain.

Il fait pratiquement mille degrés dans cette église, mais Katie porte une robe à manches longues. Sous le tissu, combien de bleus et de traces de coups ?

Le révérend tapote sur son micro. Ça résonne dans toute l'église et il demande aux gens de s'asseoir.

Par-dessus, j'entends les coups de feu tirés par M. Kouchinsky et les hurlements d'Ariel qui pleure son chien.

* * *

Après la cérémonie, on nous invite à boire un verre dans le bâtiment annexe. Alors que nous suivons Sabrina dans un couloir, le téléphone de Callie vibre.

— Ma mère, marmonne-t-elle. Elle dit qu'elle nous retrouvera à la voiture.

Maggie et Rick ont dû s'éclipser avant la fin de la cérémonie. Une vive appréhension me saisit. Et si Maggie tente d'enfoncer le clou auprès de Callie sur les dangers de l'alcool en m'obligeant à rentrer chez moi ?

Nous sortons. La lumière du soleil est vive et Callie plaque son bras sur ses yeux. Je me dépêche de retirer mon gilet – espérons que mon tee-shirt est suffisamment sombre pour masquer les traces de transpiration sous mes aisselles.

— Eh !

C'est la voix d'un garçon. Ryan nous retrouve en bas de l'escalier de l'église. Il s'est rasé et a mis une cravate pour l'occasion. Il est méconnaissable.

— Je ne vous ai pas trouvées à l'intérieur, bredouille-t-il en glissant les mains dans ses poches. Vous avez vu Nick ?

Callie me regarde ; je hausse les épaules. Il y avait tellement de monde dans l'église que j'aurais eu du mal à trouver Nick même en le cherchant.

— Je crois qu'il n'est pas venu, explique Callie d'un ton hésitant.

Ryan fait craquer les jointures de ses doigts. Observe la foule qui sort de l'église.

— J'espère que tu as tort.

— Ça n'a pas tellement d'importance. Plein de gens ne sont pas venus.

— Ouais, mais c'est à lui que les flics veulent parler, répond Ryan en baissant la voix. Ça la fiche mal auprès de la police, Cal.

— Arrête, on dirait ton oncle, s'agace Callie.

— Certains pourraient prendre ça comme un compliment.

Jay Elwood se tient derrière nous. Son coéquipier n'est pas loin. Sous leur veste, on devine sans peine leur arme à feu.

— Vous avez eu des nouvelles de Rick Snyder aujourd'hui ? demande l'inspecteur Elwood.

Son regard se pose à peine sur moi, me donnant le sentiment que je ne suis pas là. Callie et Ryan secouent la tête.

— Vous en êtes sûrs ?

— Oui, dit Ryan. Pourquoi ? Qu'est-ce qui se passe ?

Son coéquipier lâche une sorte de grognement et remonte son pantalon. Jay masse la fossette sur son menton sans quitter son neveu des yeux.

— On est passés chez son beau-père, ce matin, dit Jay. Apparemment, Nick Snyder s'est fait la malle hier soir.

Chapitre 14

Rick s'arrête au deli pour acheter du pain à sandwichs. Pendant ce temps, Callie et moi restons silencieuses à l'arrière. Incapable de nous regarder, Maggie joue avec les boutons de la radio.

Callie me donne un coup de coude et me montre son téléphone. Elle a rédigé un message.

Il ne l'a pas tuée.

Je pose ma main sur ma poche et me souviens alors que j'ai laissé mon téléphone sur mon lit. Je fais signe à Callie de me donner le sien. J'hésite un instant avant d'écrire.

Comment tu le sais ?

Callie reprend son téléphone, fronce les sourcils. Je me penche sur le côté tandis qu'elle efface ce que j'ai écrit et tape : Je le connais.

Dans ma tête, je revois une scène de *Unmasking the Monster*. Le réalisateur a interviewé la mère de Wyatt Stokes – ce qui n'est pas un mince exploit, il fallait au préalable qu'elle soit suffisamment sobre pour tenir devant une caméra. Ils ont tout filmé dans sa caravane. Assise sur un vieux canapé, elle affirme dans un halo de fumée de cigarette qu'elle connaît son fils. Ce n'est pas un tueur de filles.

Callie connaît-elle Nick aussi bien qu'elle le croit ? Ou bien est-ce que la façon dont la police traite Nick lui rappelle la façon dont elle a traité Stokes et elle veut éviter une nouvelle injustice ?

À moins que Nick Snyder n'ait tué Ariel. Je ne connais pas ce type. Mais ma première impression, c'est qu'il n'est pas assez intelligent pour faire passer le meurtre de son ex-petite amie pour celui d'un tueur en série d'il y a dix ans.

Les choses étaient différentes à l'époque de la mort de Lori. Les victimes du Monstre s'accumulaient. La presse a fourni tellement de détails sur le mode opératoire du tueur que ça aurait été plus que facile de l'imiter.

Rick sort du deli avec un sac en papier kraft. J'attrape le téléphone de Callie et écris : C'est quoi, son histoire, à Nick ?

Le temps que Callie me réponde, Rick est sorti du parking.

Avant, il vivait avec son père en Caroline du Nord, mais ils ne s'entendaient pas. Il est venu vivre ici avec sa mère et le petit ami de sa mère en troisième. Elle est décédée il y a deux ans. Cancer des ovaires. Son petit ami est un vrai connard, mais Nick n'arrive pas à le virer de chez lui.

Après avoir lu, je réponds : Que s'est-il passé avec son père ?

Callie plisse le front : Quelle importance ?

Je hausse les épaules. De toute manière, je ne trouve pas les mots pour exprimer correctement mes pensées. Posant ma tête sur l'appuie-tête, je repense au visage de mon père tel qu'il apparaît sur la vidéosurveillance de l'épicerie après qu'il a tiré sur Manuel Gonzago. Je repense à ma sœur avec son tesson de bouteille.

Je repense à Bobby Bec-de-lièvre et à ce que lui cogner la tête contre un casier a libéré en moi. Sans l'intervention d'un prof, je ne sais pas si j'aurais pu m'arrêter.

On est tous capables de violence, mais, pour certains, ça coule dans nos veines dès la naissance. Il paraît qu'avant ma naissance mon père a tellement tabassé un homme dans un bar qu'il lui a fallu vingt points de suture.

Nick pourrait avoir ça dans le sang aussi. Parfois, il suffit de regarder les racines pour savoir si l'ensemble de l'arbre est pourri.

* * *

Arrivée à la maison, j'explique à Callie qu'il faut qu'on sache s'il manque un bijou à Ariel.

— Non, répond Callie. Elle n'a même pas encore été enterrée. Qu'est-ce que tu veux que je fasse ? Que je demande à Katie de fouiller dans les affaires de sa sœur décédée ?

Nous sommes dehors, assises autour de la table sous le patio, une bouteille de jus dans la main. L'idée, c'est surtout d'éviter Maggie qui passe l'aspirateur dans le salon. Elle doit sans doute espérer que le bruit va étouffer tout souvenir des funérailles d'Ari ou de Lori. Maggie a envie d'être seule. Je l'ai lu sur son visage lorsqu'on a proposé de débarrasser la table après le déjeuner et qu'elle a répondu qu'elle s'en occupait.

— Il faut que quelqu'un fasse l'inventaire de ses bijoux, insisté-je, observant de près le visage de Callie. S'il manque quelque chose, ce sera un signe qu'il s'agit bien du Monstre.

— Bordel, Tessa. Ils n'ont même pas encore annoncé aux parents d'Ari comment elle a été tuée. On ne va pas pouvoir fouiller les affaires d'Ari, ni même approcher Katie, d'ailleurs.

Un flocon de pollen tombe sur mon genou et je le dégage d'une pichenette.

— Ses funérailles, c'était ce matin, continue Callie. On peut au moins la laisser reposer en paix, non ? Trouve autre chose.

Je ne dis rien. J'ai bien reçu le message : on ne va pas embêter la famille d'Ariel. On en revient donc à l'entreprise *Faber & Fils*, là où Danny travaillait avant.

Nous n'avons rien trouvé sur cette entreprise sur Internet hier et nous avons prévu d'aller en ville poser des questions. J'ai envie d'attendre ici que Callie demande la permission de prendre la voiture, mais elle insiste pour que je l'accompagne à l'intérieur.

Nous hésitons un instant dans l'entrée. Puis Callie se racle la gorge.

— Est-ce que ça vous dérange si Tessa et moi, on va chez Emily Raymes ? Elle a invité quelques personnes.

Rick est dans le salon télé avec une bière, et je ne sais pas s'il nous entend. Maggie se renfrogne.

— Je préférerais que tu restes ici, Callie, dit-elle.

Elle n'a pas parlé à Rick de la vodka, mais elle ne va pas oublier comme ça.

Callie se décompose.

— Elle n'a rien dit pour moi, signalé-je à Callie dès que Maggie part rejoindre Rick dans le salon télé.

— Oui, mais qu'est-ce que tu vas faire sans moi ? chuchote Callie. Tu ne connais plus personne, ici.

— Si, réponds-je, et le visage de Decker Lucas surgit dans ma tête – son triste garage, tous ces vieux cartons et ces vieux annuaires ; son sourire tordu, amical.

Des annuaires. La mère de Decker garde tout ce qu'elle peut depuis plus de onze ans. *Faber & Fils* est peut-être répertorié dans l'un d'eux.

Comme j'ai laissé mon téléphone en haut, je me précipite dans l'escalier.

— Qu'est-ce que tu…, bredouille Callie.

— Je te dirai si je trouve quelque chose, lancé-je tout en grimpant les marches.

J'attrape mon téléphone posé sur la table de nuit et fais défiler mes contacts. Son numéro est parmi ceux du début de la liste : Decker, ton ami ^_^

Eh, question bizarre mais est-ce qu'il y a dans ton garage un annuaire vieux de dix ans ?

Je lui envoie un message : parler au téléphone, c'est une indignité. Je ne comprends pas que certains parlent encore aux gens de vive voix. Tout le monde déteste ça.

Enfin, tout le monde sauf Decker. Moins d'une minute plus tard, mon téléphone sonne.

— Pourquoi t'as besoin d'un annuaire vieux de dix ans ? me demande-t-il.

— Je cherche quelqu'un.

La porte de la chambre est légèrement entrouverte et je la referme du bout du pied.

— Tu as essayé Google ?

Ah, ah. J'appuie ma paume sur mon front.

— Oui, merci, j'ai essayé. C'est une entreprise qui a fait faillite il y a quelques années. Mais si je peux retrouver l'adresse, je peux peut-être aussi retrouver le propriétaire.

— OK, dit-il. Donc c'est pour un truc genre Sherlock Holmes.

Je sais qu'il plaisante, mais ça me stresse. S'il savait…

— Ça t'embêterait que je vienne consulter les annuaires ? Je te promets de faire vite.

— Oui ! Je veux dire non, ça ne m'embête pas...

Mais je suis déjà partie dans le garage récupérer le vélo de Callie.

* * *

Decker m'attend dans l'allée de son garage. Il porte le même triste short en jean que l'autre jour. Les manches courtes de son tee-shirt Old Navy pendent sous ses bras. Ce sont des brindilles comparées aux troncs d'arbre de Ryan Elwood – tout ce que Decker doit soulever, c'est sa télécommande.

Quand est-ce que j'ai commencé à remarquer la taille des bras des garçons ? Aucune idée. Mais ça n'a rien de sexuel.

— Salut, dit Decker.

— Merci. Ça ne devrait pas prendre longtemps.

Du moins, j'espère. Il règne une forte odeur de moisi dans le garage. Decker attrape un carton posé au-dessus d'une pile d'annuaires. J'y aperçois des petites voitures.

— Je n'arrête pas de dire à ma mère qu'il faudrait qu'on participe à un vide-greniers.

Il a l'air gêné. Ne m'a-t-il pas dit que la plupart de ces affaires appartenaient à son père ?

— Est-ce que tu le vois ? demandé-je. Ton père ?

Decker hausse les épaules, puis attrape une petite voiture verte dans le carton et passe son doigt sur les roues arrière.

— Pas vraiment. Il vit dans le New Jersey.

Les annuaires ne sont pas en ordre chronologique. Il me faut quelques minutes avant de trouver celui correspondant à l'année où Lori a été tuée.

— Et toi, tu voyais ton père ? me demande Decker. Tu sais, quand il était…

— En prison ? achevé-je sans lever la tête. Non.

Je tourne les pages, ignorant les annonces d'avocats sans scrupule et les offres sur des pièces détachées de voiture. Comme Decker ne dit plus rien, j'en conclus que notre conversation est terminée, mais je me trompe.

— Pourquoi ?

Je me mords l'intérieur de la joue.

— Ma mère ne voulait pas.

— Et toi, insiste Decker. Tu voulais ?

Et ma réponse m'étonne :

— Oui, j'en avais vraiment envie.

Decker me regarde d'un air horrifié et je hausse les épaules.

— Ma mère estimait qu'un enfant n'a rien à faire dans une prison.

— Ah.

Je n'ajoute rien. D'ailleurs, pourquoi lui ai-je parlé de ça ? Personne n'a jamais compris ce que c'était que d'avoir un parent en prison. Callie n'a jamais pu, pourquoi Decker serait-il différent ?

Je continue mes recherches jusqu'à la section « Services : jardins et piscines ». Et là, je tombe sur une unique ligne référençant *Faber & Fils* avec le numéro de téléphone qui ne fonctionne pas et un nom : Joe Faber.

SERVICE DE QALITÉ – SATISFACTION GARANTIE

Dommage que personne n'ait proposé à Joe Faber une relecture de qualité.

Je m'envoie l'adresse par texto pour ne pas l'oublier : 312 South Township Road.

* * *

Decker a proposé de me conduire au 312 South Township Road, mais il y avait un tel bazar à l'arrière de la voiture et dans le coffre que je ne pouvais pas ranger le vélo de Callie. Et puis j'avais envie de faire ça toute seule, de toute façon, pour ne pas avoir à expliquer à une autre personne à quel point j'ignore tout de ma famille.

C'est dangereux de pédaler sur South Township Road. La croix en bois en mémoire de Rob McQueen et de Tyrone Williams est là pour nous rappeler de ralentir. En plus, on trouve dans cette rue le Motel-bar de South Township, un endroit vraiment mal famé. Quand j'étais petite, les gens appelaient ça le MST, et maintenant que je comprends la blague, je trouve ça un peu trop vrai pour être drôle.

La rumeur affirme que Rob et Tyrone se sont arrêtés au MST avant leur terrible accident – mais tout le monde continue de dire que c'est la faute des virages. À présent, il y a une barrière le long de la route, et je la longe le plus possible, même si je croise peu de voitures. L'autre endroit remarquable sur South Township Road, c'est le lycée, fermé en ce moment.

Le 312 South Township jouxte apparemment le MST. Je descends de vélo et m'approche pour bien voir le numéro. À la place de *Faber & Fils*, il y a un deli. Qui est fermé. En semaine, il est ouvert jusqu'à 17 heures Il est 17 h 15.

De rage, je donne un coup de pied dans le trottoir.

Il y a un autre magasin mitoyen, un salon de coiffure, le *Lemon Tree*. J'appuie mon vélo contre la vitre afin de le garder à l'œil et je rentre. Mon cœur s'emballe.

Joslin détestait que notre mère lui brosse les cheveux. Annette tirait trop fort, surtout sur les nœuds.

Elle s'acharnait sur nous jusqu'à pratiquement nous faire saigner, et nous allions nous coucher au bord des larmes. Pour couronner le tout, elle ne nous coupait pas les cheveux ; elle affirmait qu'elle avait toujours voulu avoir les cheveux longs quand elle était petite, mais que sa mère préférait un carré court plus pratique.

Un soir, Jos en a eu assez. Elle s'est cachée dans notre placard et s'est coupé les cheveux. Ma mère l'a traînée au *Lemon Tree* pour tenter de remédier au désastre, et j'ai dû les accompagner.

— Sans rendez-vous ?

La voix provient des bacs où une jeune femme rousse d'environ vingt ans lave les cheveux à un homme. Il me faut quelques secondes avant de comprendre qu'elle me parle.

— Euh, non… Je viens pour un renseignement.

— OK, deux secondes.

Elle rince la tête de l'homme et frotte avec une serviette. Dès qu'il est bien installé dans son fauteuil, la coiffeuse me rejoint devant l'accueil.

— Est-ce que vous connaissez l'entreprise d'entretien et de jardinage *Faber & Fils* ? demandé-je. Leurs locaux étaient juste à côté du salon.

— Depuis que je suis ici, il y a le deli.

Elle n'a jamais non plus entendu parler de Joe Faber. Je la remercie et sors, le cœur lourd. Par la porte ouverte du MST, j'entends de la musique.

Un panneau sur la fenêtre annonce : JEUDI SOIR : JAZZ LIVE ! J'entends aussi des voix en provenance du côté du bâtiment. Soudain, un garçon et une fille apparaissent ; il se penche vers elle et allume sa cigarette avec la sienne. Ils discutent un peu, puis il retourne à l'intérieur et j'ai désormais un bon aperçu de la fille.

Emily Raymes, qui s'inquiétait pour Ariel le soir du feu de camp. Elle tire sur sa cigarette et s'adosse au bâtiment en brique. Elle ne me voit pas à l'autre bout du trottoir. De la fumée lui sort par le nez tandis qu'elle consulte son téléphone. Puis elle le remet dans sa poche et disparaît derrière le bar.

Traînant le vélo de Callie, je passe devant le bar. Dans l'entrée, un homme bâti comme une armoire à glace me tourne le dos. Je suis Emily et contourne le bar, dépassant un ensemble de poubelles. Un peu plus loin, il y a une porte arrière maintenue ouverte avec un parpaing.

Je jette un œil. Pas de videur ici. Juste une odeur de toilettes et un couloir mal éclairé. Je me glisse à l'intérieur.

Dans la pénombre, je devine à peine le lino sale et le lambris des murs. À l'avant, un homme avec un micro tente de convaincre des gens de participer à un karaoké. L'une des télés au-dessus du bar affiche les numéros de la loterie du jour. Sur l'autre télé est diffusé un match de baseball.

Dans ce bar, les clients sont soit des hommes, soit ont plus de quarante ans, soit les deux. Sauf Emily, qui se tient dans un coin avec le type qui était dehors et un autre mec. Quand ils se séparent et se dirigent vers le billard, je me rends compte qu'ils sont bien plus âgés que je ne le pensais. Ils ont au moins trente ans.

Alors qu'Emily lève son verre, je m'approche d'elle. Quand elle me voit, elle ouvre grand ses yeux aux paupières tombantes.

—Eh. Comment t'es rentrée ?

—Porte arrière, réponds-je.

Comme toi.

—Ah, souffle-t-elle tout en grignotant le bord en plastique de son verre. Moi, j'ai une fausse carte d'identité.

Mais si tu restes dans ton coin et ne fais pas d'ennui, Tom s'en fiche.

Elle m'indique le videur à l'entrée. Il abandonne son poste et se faufile derrière le bar dont il entreprend de nettoyer le comptoir. Il est chauve, mais a une barbe rousse épaisse. J'en conclus qu'il s'agit du barman/videur/propriétaire.

Emily agrippe son verre des deux mains. Elles tremblent.

— Ça va ? lui demandé-je.

— Oui, ça va, répond-elle en croisant mon regard. Mieux qu'Ari en tout cas.

Elle prend une gorgée de son verre, pince les lèvres.

— Tu étais là, ce matin ?

Les funérailles. J'ai l'impression que c'était il y a un siècle et que je suis à Fayette depuis des semaines.

— Oui.

— J'avais envie de dire quelques mots, dit-elle – elle se passe l'index sous l'œil et vérifie ensuite qu'il n'y a pas de traces de mascara. C'était ma meilleure amie.

C'est le pasteur qui a prononcé l'éloge funèbre – deux paragraphes rédigés par Mme Kouchinsky, incapable de les lire.

— Elle était tellement gentille, continue Emily. Impossible de lui faire dire du mal de qui que ce soit. Même de ceux qui avaient vraiment abusé.

— Comme Callie ?

J'espère donner l'impression que je ne fais que discuter, pas que je cherche des infos. Parce que j'ai l'impression que Callie ne m'a pas tout dit sur sa dispute avec Ari, et c'est peut-être important.

Emily croque un glaçon et déporte son regard au loin.

— Ouais. Ce que Callie a fait, c'est vraiment pas cool. Mais maintenant qu'elle va à l'université, elle s'estime au-dessus du lot, donc…

Je me sens tout à coup liée à Emily. Je comprends ce qu'elle ressent. Callie a la capacité de donner aux gens l'impression d'être totalement superflus. Faciles à oublier.

À l'autre bout du bar, un homme bafouille dans le micro. Des paroles défilent sur l'écran à côté de lui. « J'ai des amis dans les bas-fonds. »

— Callie semble bien s'entendre avec Nick, me surprends-je à dire.

Sauf que ce que je veux vraiment savoir, c'est pourquoi Callie est à ce point sûre que Nick n'a pas tué Ari. Si Callie me cache quelque chose, j'ai peut-être là l'occasion de le découvrir.

— Ils ne sont pas proches, répond Emily. Il n'est proche de personne. J'avais prévenu Ari que je le trouvais bizarre, mais je crois que ça l'a encore plus attirée à lui. Elle était tellement naïve. Elle aurait aimé s'endurcir, mais elle n'en était pas capable.

J'observe le barman, qui remplit un verre de bière à la pression. Il nous regarde, le front plissé. Je glisse les mains dans mes poches et pivote légèrement vers Emily.

— Comment ça, bizarre ? À cause de cette histoire avec son père ?

Je me dépêche. Je ne sais pas combien de temps il me reste avant que Tom me jette dehors.

— Son père ? répète Emily, perplexe.

— Callie m'a dit qu'il l'avait jeté dehors.

— Ah, soupire Emily. Tu veux parler de l'histoire avec son petit frère.

Elle a l'haleine chargée d'alcool et de nicotine. Ses yeux sont rouges.

— Tellement n'importe quoi, dit-elle en tripotant son piercing au nez du bout de ses doigts. Personne ne sait ce qui s'est vraiment passé. Mais Nick avait un demi-frère plus petit. Un jour, sa belle-mère est partie, genre, au supermarché, et quand elle est revenue, les ambulanciers étaient là. Apparemment, le gamin est entré dans la chambre de Nick qui s'est énervé et l'a plaqué contre le mur. Il s'est méchamment cogné et a été hospitalisé pendant quelque temps.

J'ai un haut-le-cœur. Je n'ai pas envie de penser au crâne d'un enfant qui se fracture contre un mur.

— Vraiment n'importe quoi, reprend Emily, et son regard se perd de nouveau.

Puis elle revient, me regarde.

— Mais bon, ça n'a rien à voir avec le fait de tuer quelqu'un, poursuit-elle d'une voix basse. D'ailleurs, tout le monde dit qu'il s'est calmé. Pourquoi est-il parti s'il n'a rien fait de mal ?

De toute évidence, Emily n'a jamais vu *Le Fugitif* – ce que je pourrais signaler si je ne me posais pas la même question à propos de ma sœur.

Emily baisse ensuite les yeux, observant son verre comme si c'était la chose la plus passionnante du monde. Au bar, Tom empile des verres.

— Au fait, qu'est-ce que tu fais ici ? demande-t-elle sans agressivité.

Le barman fait à présent le tour des tables.

— J'essaie de trouver quelqu'un qui travaillait à côté, dis-je. Il s'appelle Joe Faber.

— Mmm. Je ne le connais pas, dit-elle en touchant de nouveau son piercing. Tu devrais essayer Facebook. Tu as une page Facebook ?

Oui, et elle me sert à espionner mes anciennes amies de Fayette.

— Je ne m'en sers pas vraiment, réponds-je.

— Je t'ajouterai comme amie en rentrant tout à l'heure, bafouille-t-elle.

Encore faudra-t-il qu'elle se souvienne de cette conversation.

— Faut que je retourne voir les garçons, l'happy hour est bientôt terminée.

Elle me passe un bras autour des épaules et me serre contre elle, puis part retrouver un groupe de garçons qui jouent au billard. Je m'avance vers la porte. Une masse me bloque le chemin. Tom, le barman.

— Pardon, marmonné-je. Je m'en vais.

— Tu t'intéresses à Joe Faber ? me demande-t-il.

Il a une voix grave impressionnante, mais son visage ne présente aucune menace. Peut-être est-ce la barbe ? Je hoche la tête.

— Pourquoi diable une fille comme toi chercherait-elle Joey Faber ? continue Tom.

— Je cherche quelqu'un qui travaillait pour lui, dis-je en enroulant mes bras autour de ma taille. Il s'appelle Danny.

— Joe a quitté Fayette il y a quelques années.

Je ne sais pas si c'est l'absence de sommeil ou simplement l'ambiance de cet endroit, mais je suis au bord de craquer. Tom m'observe, une pile de verres en équilibre contre son épaule.

Je me frotte les yeux. Les ferme. *Ressaisis-toi.*

— J'essaie juste de retrouver ma sœur. Elle est sortie avec un type qui travaillait pour Joe.

Tom s'adoucit. Il passe sa pile de verres sur son autre bras et pose son chiffon sur son épaule.

— L'ex-femme de Joe, Melissa, vit toujours ici. Mais, même si elle sait où il se trouve, je ne suis pas sûr qu'elle te le dise.

C'est quand même un début, un espoir.

— Vous savez où elle habite ?

— Une maison sur Main Street. En face de l'église qui a brûlé en 2001. Mais je t'aurai prévenue.

— Merci. Je vous suis très reconnaissante.

Tom me tend la main, ce qui m'étonne. Mes doigts se perdent dans sa grosse pogne.

— C'est marrant, dit-il en m'observant, mais j'ai l'impression qu'on s'est déjà vus.

Je hausse les épaules. Faut absolument que je sorte d'ici.

— On me dit ça souvent.

Je ne compte pas lui dire que je suis une Lowell. Il a été gentil avec moi, je ne veux pas gâcher ça.

Chapitre 15

Il fait presque nuit lorsque j'arrive chez les Greenwood. La lumière du porche est allumée et Maggie a laissé la porte ouverte. J'avance avec précaution. La cuisine est éteinte, il y a des voix en provenance du salon télé. Maggie et Rick. Je monte à l'étage.

La porte de la chambre de Callie est fermée. J'ai mal aux jambes d'avoir autant pédalé et je n'ai qu'une seule envie : m'allonger. Je lui parlerai de l'ex-femme de Joe Faber demain matin.

Lorsque je me réveille, il fait encore sombre. Roulant sur le côté, j'attrape mon téléphone portable. Il est 00 h 45.

La fenêtre est ouverte. Dehors, sur le porche, ça grince. Il y a quelqu'un.

Sans doute un chat, me dis-je tout en ravalant la boule qui s'est formée dans ma gorge. Je me lève et vais à la fenêtre. Une silhouette vêtue d'un sweat-shirt avec la capuche remontée sur la tête s'éloigne dans l'allée du garage. À la lumière du porche, j'aperçois quelques mèches de cheveux blonds.

Callie.

Je tape sur la moustiquaire de la fenêtre. Callie s'arrête. Je recommence.

Elle relève la tête, comme un rat pris au piège dans une cage. Je lui fais un signe de la main. Elle se cache derrière le minivan de Maggie et, quelques secondes plus tard, mon téléphone vibre. Maggie a dû lui donner mon numéro.

Retourne te coucher, puis-je lire.

Dans ses rêves ! Callie est-elle vraiment bête au point de faire le mur pour un plan cul avec Ryan alors que Maggie l'a à l'œil ? Si Rick ou Maggie la surprennent, ils peuvent la punir en décidant de me renvoyer chez moi. Je lui réponds.

Je descends.

À la faible lumière de la lune, je trouve mes baskets. J'attrape mon sweat-shirt sur la chaise et me rends compte qu'il a été plié. Je le renifle. Lavé aussi. Je repense à ce que Maggie a dit sur moi, que je cherche à convaincre Callie qu'on a mal agi. Est-ce pour se faire pardonner qu'elle se comporte ainsi ? Est-ce par pitié ?

Ces pensées ne servent à rien. J'ouvre la porte, tends l'oreille. Le seul bruit en provenance de la chambre de Maggie et de Rick provient de l'air conditionné. Je rabaisse mes manches au maximum et descends.

Callie est assise sur le siège conducteur du minivan. Elle ouvre la porte côté passager et me fusille du regard.

— Je n'ai pas beaucoup de temps. Mon père va se réveiller dans quelques heures.

— Ryan a besoin de plus d'une minute ? demandé-je tout en réprimant un fou rire.

— Tu ne sais pas de quoi tu parles.

Elle pose une main bien à plat sur le haut de son front. Elle tremble.

— Callie. Qu'est-ce qui se passe ?

— Nick, répond-elle. Il est dans un motel pas loin de l'I-95. Il m'a envoyé un SMS pour me demander de l'aider.

Emily a dit que Callie n'était pas proche de Nick. Alors pourquoi laisse-t-elle tout tomber pour se précipiter auprès de lui au milieu de la nuit ?

— L'aider ?

— De quoi manger, un peu d'argent, des trucs, dit Callie. Jusqu'à ce qu'ils trouvent le vrai meurtrier et qu'il puisse rentrer chez lui.

En bref, elle assiste un suspect potentiel dans une enquête pour meurtre.

— C'est une très mauvaise idée. Et si ta mère le découvre ?

— Je ne sors pas de ce van, déclare Callie en agrippant le volant avec force.

— OK, alors on y va, dis-je en bouclant ma ceinture.

— Tessa…

— Non, dis-je, et la force dans ma voix me surprend. Il n'est pas question que tu ailles seule dans un motel pourri retrouver un garçon. Peu importe que tu croies pouvoir lui faire entièrement confiance.

Je m'attends à ce qu'elle proteste, mais elle se tait et démarre le moteur. Et elle ne dit rien jusqu'à ce qu'elle s'arrête à une station essence.

— Tu viens ? me demande-t-elle.

Je défais ma ceinture et la suis dans le magasin. À l'intérieur, Callie retire quatre-vingts dollars au distributeur puis disparaît dans une allée. Je traîne près des journaux, observe les éditions d'hier. En une, un article sur la capture d'un taliban expérimenté.

Callie me retrouve devant les caisses. Elle y dépose un paquet de Cheetos, un litre de jus d'orange, de la viande de bœuf séchée et des barres de céréales au chocolat. J'ai envie de lui demander ce qu'elle a en tête, hormis ce qui me paraît évident : elle souhaite que Nick ait la diarrhée.

Mais Callie me tuera si je dis quoi que ce soit devant le caissier – ça se voit sur son visage.

Une fois revenues dans le minivan, Callie entre une adresse dans le GPS de son téléphone. Une voix nous indique de revenir sur l'autoroute. Callie regarde droit devant elle.

— Pourquoi es-tu si sûre que Nick ne l'a pas tuée ?

— Nick n'est pas assez malin, répond-elle d'un ton qui sous-entend qu'elle a longuement réfléchi à la question, plus que je ne l'aurais cru. Mettre en scène un meurtre pour faire croire à un crime du Monstre ? Nick a longtemps pensé que Vladimir Poutine était un personnage de *Twilight*.

Je détecte une réelle affection dans la voix de Callie. Et lui, se fait-il passer pour un idiot parce que c'est plus simple ?

Le GPS nous dit de rester sur l'I-95 pendant une quinzaine de kilomètres.

Nous arrivons ensuite au *Doyle Motor Inn*, qui se trouve près d'un *Dennys* et d'un magasin pour adultes baptisé *Playtime*. Nick est dans la chambre 112, sous la cage d'escalier et près du distributeur à glaçons qui est hors service.

Callie frappe à la porte. Je me plante derrière elle et joue avec la fermeture Éclair de mon sweat-shirt, imaginant la tête de Rick et de Maggie s'ils se réveillaient et nous voyaient parties.

Des bruits de pas, une pause. Une chaîne qui glisse dans un rail. Nick ouvre la porte. Dès qu'il me voit, il s'assombrit.

— Tu es venue avec quelqu'un ?

— Salut, dis-je. Moi, c'est Tessa.

— Ça va, dit Callie. Laisse-nous entrer.

Nick fait un pas sur le côté puis referme la porte derrière nous. La pièce pue la cigarette. La télé est allumée mais sans le son. Nick l'éteint.

— Personne ne t'a suivie ?

— Qui veux-tu qui me suive à 1 heure du matin ? rétorque Callie.

Nick m'observe, et je me tourne vers la porte histoire de m'assurer qu'on peut sortir vite et bien si la situation dégénère.

Callie dépose les courses sur le lit et Nick se jette sur la viande séchée, ouvrant le paquet avec les dents. Callie s'assied, passe les mains sur le couvre-lit. Elle paraît mal à l'aise.

— Peut-être qu'on devrait appeler Ryan, dit-elle. Voir s'il peut parler à son oncle…

— Putain, tu crois que je fais quoi, ici ? répond Nick – il a l'air terrifié. Ils ne veulent pas discuter. Ils veulent me jeter en taule.

Nick lance le paquet de viande séchée. Se passe les mains sur le visage.

— Les flics sont venus me demander un échantillon d'ADN. J'ai paniqué.

— Pourquoi tu n'as pas accepté ? dis-je. Ça t'aurait éliminé de la liste des suspects.

Nick me regarde. « Qui es-tu ? », semble-t-il dire.

— Alors ? Pourquoi tu n'as pas accepté ? reprend Callie d'une voix sèche.

Nick fait craquer ses jointures.

— Parce qu'elle est venue chez moi ce matin-là et qu'on a couché ensemble.

Callie expire bruyamment.

— Putain, quel idiot. Pourquoi tu ne leur as pas dit la vérité ?

— À ton avis ? Je leur ai dit, aboie-t-il. Mais la petite sœur d'Ari, cette débile, leur a dit qu'Ari a été avec elle toute la matinée. Le père d'Ari ne voulait pas qu'elle me voie et Katie avait peur que son père ne lui botte le cul s'il découvrait qu'elle avait menti pour protéger sa sœur.

Nick se lève, fait les cent pas dans la pièce. Il s'arrête brusquement, puis pointe son index vers Callie.

— Qui est-ce que la police va croire ? Je n'allais pas leur filer mon ADN pour qu'ils m'accusent d'avoir violé Ari ou un truc dans le genre. Pas après ce qui s'est passé avec mon ordinateur.

— Ton ordinateur ? répète Callie.

Elle agite la main devant elle. Une mouche vole autour de nous et va se cogner contre la fenêtre.

— Il a fallu que je leur donne, explique Nick. C'est comme ça qu'ils sont tombés sur l'annonce d'Ari sur Connexion. Ils m'ont demandé comment je l'avais trouvée, ont sous-entendu que j'avais dû être super énervé de découvrir que ma copine gagnait cinq cents balles par semaine en se tapant d'autres mecs.

Nick s'approche du bureau près du mur, attrape un annuaire et le lance contre la fenêtre, écrasant la mouche. Je sursaute. Nick me regarde, cligne des yeux, ne comprenant toujours pas ce que je fais là. Il secoue la tête.

— J'étais au courant pour Connexion, dit-il. Elle m'a montré le site il y a un mois.

— Elle te l'a montré ? m'étonné-je. Alors que vous sortiez ensemble ?

— Pour commencer, on n'a jamais vraiment été ensemble. Et je ne comptais pas lui dire ce qu'elle devait faire. Elle gagnait cinq fois plus d'argent qu'en faisant du baby-sitting. Pour une heure de boulot.

À l'entendre, on aurait pu croire que le « boulot » d'Ari consistait à faire cuire des burgers au *McDo*.

— À l'automne dernier, elle a envoyé une photo d'elle à un site de mannequins, continue Nick. Sauf que ce n'était pas un site de mannequins. Si elle voulait toucher des sous, il fallait qu'elle discute avec des types sur Skype et fasse, vous savez… des trucs. Elle l'a fait pendant un temps. Elle aurait accepté n'importe quoi pour qu'on prête un peu attention à elle ou qu'on lui dise qu'elle était jolie.

Une immense tristesse m'envahit. Je me tourne vers Callie, qui a les yeux rivés sur le dessus-de-lit. Ari est sortie avec un type alors qu'elle savait qu'il plaisait à Callie. Elle a perdu sa meilleure amie à cause d'un mec. Et, au final, un homme lui a ôté la vie.

Nick prend une gorgée de son soda.

— Ari adorait l'argent mais détestait les clients. C'était des sales types. Elle a commencé à en parler à une autre fille sur le site, qui rencontrait des mecs sur Craigslist avant que ce service soit fermé. La fille lui a dit qu'elle pouvait gagner bien plus d'argent si elle rencontrait vraiment les mecs. Et comme ils n'étaient pas derrière un écran, ils se contrôlaient un peu. Elle lui a parlé de Connexion et l'a aidée à créer sa page. Ari la mettait à jour depuis mon ordinateur pour que son père ne soit pas au courant. Mais la police a vu dans mon historique que le site était très souvent consulté et, avant que je comprenne ce qui m'arrive, ils m'interrogent pendant cinq heures en essayant de me faire dire que c'est moi qui consultais sa page. Selon eux, je la traquais en ligne et j'ai ensuite décidé de la tuer.

Nick cesse d'arpenter la pièce. Il s'effondre sur la chaise du bureau.

— S'ils avaient son téléphone, ils verraient bien tous les messages envoyés par ces pervers. Mais le tueur l'a pris. Ainsi qu'un bracelet que je lui avais offert.

— Un bracelet ? répété-je, et mon cœur se met à battre la chamade.

Nick se détourne, se passe la main sur le visage.

— Un truc avec des perles tout pourri. Je l'ai trouvé dans les affaires de ma mère. Il plaisait à Ari et je lui ai dit qu'elle pouvait le garder.

— Comment sais-tu que le tueur l'a pris ? demandé-je. Ce sont les flics qui t'ont dit ça ?

— Oui, je crois, répond-il en se frottant les yeux. Ils m'ont posé des questions sur ce qu'elle avait sur elle, et je leur ai dit qu'elle ne sortait jamais sans son téléphone et son bracelet. Mais ils ne les ont pas trouvés.

Je me tourne vers Callie. Elle me regarde, les lèvres pincées.

— Le Monstre a pris des objets aux autres filles aussi, dis-je.

— C'est qui, ce foutu Monstre ? me demande Nick d'un ton agacé.

— Wyatt Stokes, le tueur en série, expliqué-je. Il a tué quatre femmes aux alentours de Fayette il y a dix ans. Comment peux-tu ne pas être au courant ?

— Je ne vis ici que depuis quatre ans, répond-il. Mais quel rapport avec Ari ?

Callie m'observe. Dans son regard, je vois qu'elle pense la même chose que moi : si Nick ment, il mérite un oscar.

— Le meurtre d'Ari ressemble aux autres meurtres, dit Callie.

— Alors pourquoi est-ce que les flics me harcèlent ? demande Nick. S'il y a un tueur en série quelque part, faudrait peut-être le retrouver, non ?

Callie et moi restons silencieuses. Puis elle reprend :

— Tu as fui. Ça et les trucs sur ton ordinateur, c'est suspect.

— Je vous jure, ce n'est pas moi, insiste Nick. Et puis, si c'était moi qui l'avais tuée, pourquoi je l'aurais déposée près de l'autoroute, où tout le monde peut la voir ? Je vis sur deux hectares de terrain. J'aurais pu l'enterrer sous la grange.

Je commence à comprendre pourquoi les flics s'intéressent à Nick.

— Surtout, ne dis pas ça à la police.

Callie jette un œil à son téléphone.

— Faut qu'on y aille, dit-elle, et elle tend les quatre-vingts dollars à Nick. Ne bouge pas et ne parle à personne. Tessa et moi, on va trouver une solution. Tu me dois au moins ça.

— Je te dois la vie, répond Nick en nous accompagnant à la porte.

— Espérons que non, répond Callie, le visage sombre.

* * *

Alors que nous quittons le motel, je pense à dix mille questions que j'aurais dû poser à Nick. Si Ariel lui a parlé de ses clients, peut-être en a-t-elle mentionné un en particulier qui lui faisait peur. Peut-être qu'elle lui a parlé du client qu'elle devait rencontrer le soir même.

Les paupières de Callie s'affaissent au bout de dix minutes de conduite. Je lui donne un petit coup de coude.

— J'ai trouvé quelque chose dans une vieille édition de la *Gazette*, lui dis-je. Un article écrit après la mort de Lori. Elle a été enterrée avec son collier.

— Ben, sûrement, dit Callie en allumant les essuie-glaces. Elle le portait tout le temps.

— Est-ce qu'elle l'a enlevé avant d'aller se coucher ? demandé-je.

Callie réfléchit quelques instants.

— Non. Elle ne l'enlevait jamais, elle avait trop peur de le perdre.

— Donc elle l'avait sur elle quand elle a été tuée.

— Sans doute. Le contraire aurait été étonnant.

— Il n'a pas pris le collier, dis-je. Il a pris un objet à chacune des filles, un bijou, mais il a laissé à Lori le collier portant son nom.

Le bruit régulier de la pluie envahit un instant l'habitacle.

— Comment… Comment les flics ont-ils pu rater un truc aussi énorme ?

— Parce que…

Je lui parle de la mère de Rae Felice, qui a révélé des années après la mort de sa fille qu'il lui manquait un collier. Callie m'écoute religieusement, de plus en plus stupéfaite.

— Putain de merde, dit-elle en agrippant le volant de toutes ses forces. Putain de merde.

— Que… Que le tueur choisisse Lori, ça n'a jamais fait sens, dis-je. Celui qui l'a tuée… C'était personnel.

— Mais pourquoi ? murmure Callie. Qui aurait pu la détester à ce point ?

« Ne t'approche pas de moi. »

Un détail peut changer toute une histoire. Un collier. Un coup de fil. De si petites choses, qui pourtant peuvent faire la différence entre la vie et la mort.

Ce n'est pas à moi de décider quel détail est plus important qu'un autre. Je l'ai enfin compris.

— Joslin, lâché-je. Elle et Lori se sont parlé au téléphone ce soir-là. Elles se sont disputées. Je ne sais pas à quel sujet. Je l'ai entendue alors que j'allais faire pipi. Lori répétait en boucle : « Ne t'approche pas de moi. » Lorsqu'elle a raccroché, j'ai rappelé. Je suis tombée sur le répondeur, chez moi.

Callie ne dit rien. Devant nous, une voiture s'arrête. Callie freine brusquement. Alors que ma tête cogne contre l'appuie-tête, je me dis : *Elle va tout raconter à Maggie, et ce sera terminé.*

— La police a interrogé Jos, continué-je. Elle ne leur a pas parlé du coup de fil et je n'ai rien dit non plus. J'ai eu peur que, si je la dénonçais, elle n'aille en prison. Au fil des ans, tant de choses sur cette soirée m'ont paru de plus en plus illogiques. Elle a peut-être menti parce qu'elle l'a fait. Elle a peut-être tué Lori.

Le visage de Callie est fermé. On dirait qu'elle est à des milliers de kilomètres d'ici. Enfin, elle dit :

— Pourquoi tu ne m'as rien dit ?

— Callie, c'est ma sœur. Si tu avais parlé à qui que ce soit… J'avais peur de ce qui pouvait lui arriver. Je sais, j'ai vraiment merdé. Si j'avais dit la vérité, la police se serait intéressée à d'autres personnes que Stokes. Si Jos a tué Lori et s'en est tirée, c'est à cause de moi.

— Tessa, dit Callie d'une voix claire. Tu n'as rien fait de mal.

Quelque chose en moi cède. J'ignorais à quel point j'avais besoin que Callie me dise ça.

— Mais si Jos a tué…

— Tu ne m'écoutes pas, m'interrompt Callie. Ça n'a pas pu se produire.

— Comment ça ?

— La fenêtre de la chambre d'amis, dit Callie. Stokes, ou qui que ce soit qui a enlevé Lori, a découpé la moustiquaire pour entrer.

Je fronce les sourcils, perplexe. Il n'est nulle part fait mention de la fenêtre dans le PV du procès. J'ai tout lu.

— Tu es sûre ?

— Oui. On a dû le remplacer avant de vendre la maison, continue Callie. Réfléchis. Joslin n'aurait pas eu à découper la moustiquaire pour entrer dans la maison.

— Vu qu'elle savait où vous cachiez le double de la clé.

Les Greenwood n'avaient pas eu le temps de faire un double pour Lori, mais elle allait et venait comme elle voulait en se servant du double caché sous un caillou que Callie avait peint. Combien de fois sommes-nous rentrées toutes les quatre de la piscine, Callie, Jos et moi bien enveloppées dans nos serviettes tandis que Lori récupérait la clé et nous ouvrait en l'absence de Maggie ?

— Jos pouvait très bien passer par la porte d'entrée, dit Callie. Donc ça n'a pas de sens.

C'est vrai. Que le grillage de la fenêtre ait été éventré suggère que c'est un étranger qui est entré dans la maison.

— Pourquoi Lori n'a-t-elle pas fermé la fenêtre ? demandé-je. Elle savait qu'on avait vu quelqu'un dehors. Et elle dormait au rez-de-chaussée.

— Il n'y avait pas l'air conditionné dans la chambre d'amis, répond Callie en enroulant une mèche de cheveux autour de son index. Peut-être qu'il faisait trop chaud. Ou peut-être qu'elle ne nous a pas crues.

Une pensée me traverse l'esprit.

— Ou peut-être qu'elle attendait quelqu'un.

— Un mec ? s'étonne Callie. Lori avait un petit ami à l'université.

Je pose ma tête sur l'appuie-tête.

— Peut-être que c'est autre chose. Elle a peut-être fait de mauvaises rencontres lorsqu'elle était ici.

— Quoi ? ricane Callie. Des drogués ? Lori n'était pas comme ça.

J'entends un « mais » à la fin de sa phrase. *Mais ta sœur, si.*

Je ne sais pas si Joslin se droguait. En tout cas, ça expliquerait son comportement les derniers mois avant son départ – les sautes d'humeur, la perte de poids, les horaires décalés. Mais elle venait de perdre une amie. Et elle avait menti à propos des événements de cette nuit-là. Je n'ai jamais pensé qu'il ait pu y avoir autre chose qui la rongeait.

— Danny vendait peut-être de la drogue, suggéré-je. Ma mère et Jos se sont souvent disputées à cause de lui, vu qu'il avait abandonné ses études et tout ça.

Callie réfléchit un instant.

— Si Lori avait découvert que Danny vendait de la drogue, elle aurait pété un plomb.

Et il l'a peut-être tuée pour qu'elle se taise.

— Jos était supposée être avec Danny ce soir-là, dis-je. Peut-être qu'il l'a menacée pour qu'elle ne révèle rien sur le meurtre à la police. Et elle a quitté Fayette pour s'éloigner de lui.

Callie est de nouveau silencieuse.

— Quoi ? Tu n'y crois pas ?

— Ce n'est pas que je n'y crois pas, répond-elle. Ça expliquerait beaucoup de choses. Mais si c'est vrai et qu'on retrouve Danny… Qu'il ne veuille pas nous parler sera le cadet de nos soucis, si tu vois ce que je veux dire.

Oui. Mais je ne vais pas laisser tomber pour autant. Si c'est à cause de Danny que ma sœur est en cavale depuis tant d'années – et que j'arrive à prouver qu'il a tué Lori –, elle n'aura plus à se cacher.

Ma sœur n'a pas tué Lori.

Si je découvre le coupable, peut-être qu'elle rentrera enfin à la maison.

Chapitre 16

Nous regagnons nos chambres sans nous faire remarquer. Peu de temps après m'être endormie, je me réveille avec une intense envie de faire pipi. La pendule à coucou indique qu'il est 4 h 10 du matin. Sur le palier, j'entends le bruit de la douche. Rick, qui se prépare à aller travailler. Je tends l'oreille, attendant de l'entendre ouvrir la porte et sortir, mais rien ne vient.

Ne pouvant me retenir plus longtemps, je décide d'aller aux toilettes en bas.

La cuisine est allumée. En sortant des toilettes, je vois Maggie assise à la table, la tête entre ses mains. Elle se redresse, me voit. Une odeur de muffins emplit la pièce. Le minuteur du four fait tic-tac.

— Tu cuisines ? m'étonné-je.

À 4 heures du matin ?

Maggie se frotte les yeux. Ils sont rouges.

— Je n'arrivais pas à dormir. Je me suis dit que j'allais préparer quelque chose à déposer chez les Kouchinsky.

Je m'assieds à côté d'elle. Elle pose une main sur la mienne, m'agrippe comme si on allait sauter dans le vide.

— Ça fait remonter de terribles souvenirs.

Je me souviens de Maggie criant sur Rick ce soir-là, après qu'il avait frappé à la porte de sa chambre et que personne ne lui avait répondu. *Comment ça, Lori est partie ?* Je me souviens des affiches « Personne disparue » qu'ils avaient frénétiquement élaborées. Ils n'avaient même pas eu le temps de les coller que la police avait retrouvé le corps de Lori.

— Est-ce que tu te souviens d'elle ? me demande Maggie d'une voix basse.

Elle parle de Lori, pas d'Ariel. Je hoche la tête.

Une image me revient : Lori, dans un legging noir brillant et un tee-shirt vert. Un bandeau blanc dans les cheveux pour masquer sa frange. Elle courait tous les matins, même sous la pluie. Elle y allait seule, ce qui contrariait Maggie. Mais Lori se vantait de courir à Philadelphie, et Philadelphie, c'était bien plus dangereux que Fayette.

Et peut-être que c'est pour ça qu'il a choisi Lori, si c'est bien le Monstre qui l'a tuée et pas quelqu'un qu'elle connaissait. Peut-être que c'est pour ça qu'il laissait leurs corps dans un endroit bien visible – il leur donnait une bonne leçon. *Vous pensiez être en sécurité, eh bien, pas du tout.*

Maggie retire sa main, se penche en avant.

— Ma sœur a eu beaucoup de mal après la mort de son mari. C'est pour ça que Lori passait ses étés ici. L'alcool… Notre père avait un problème.

Elle se reprend. Ferme la bouche. Elle n'en dira pas plus sur l'incident avec la bouteille de vodka sous le lit de Callie. Je vois au minuteur que les muffins sont presque cuits.

— Je m'inquiète pour Callie, poursuit Maggie. Je sais que, à tes yeux, elle a eu la vie facile, mais elle gère très mal les déceptions. Elle a pleuré pendant des jours quand tu es partie.

Je me suis toujours doutée que Maggie me ferait une telle révélation un jour et je pensais que ça apaiserait ma colère envers Callie, qui m'a abandonnée. Étonnamment, ça fait surtout surgir en moi un besoin étrange de voir ma mère. Elle se faisait tellement de souci pour Joslin et moi qu'on aurait dit que ça la rongeait de l'intérieur, grignotant ses formes et ses rondeurs que j'appréciais tant quand j'étais enfant.

Est-ce qu'Annette se fait encore du souci pour moi ? Si je la retrouve un jour, que restera-t-il de la mère que j'ai connue ?

* * *

Je retourne me coucher après ma conversation avec Maggie, mais sans parvenir à me rendormir. Lorsque l'heure me paraît raisonnable, je sors du lit. Sur le palier, je remarque que la porte de la chambre de Callie est ouverte et qu'elle n'est pas là.

Elle n'est pas non plus dans la cuisine, où Maggie transfère les muffins refroidis sur une assiette.

— Bonjour, ma chérie.

— Bonjour, dis-je en bâillant. Où est Callie ?

— Le mardi, elle travaille, répond Maggie. Elle donne des cours de twirling à des maternelles. Elle sera rentrée vers midi.

Je n'ai pas envie d'attendre que Callie rentre pour aller parler à l'ex-femme de Joe Faber, que j'espérais croiser avant qu'elle parte travailler – si l'ex-Mme Faber travaille. Si je la rate, il faudra que j'attende ce soir qu'elle rentre.

Maggie termine sa tasse de café et la pose sur la table.

— Je vais me doucher et apporter ça aux Kouchinsky. Tu veux venir ?

L'idée me fait frémir. Je n'ai même pas pu aller parler à la famille d'Ari lors des funérailles, et je m'en veux.

— Je…, bredouillé-je. Je comptais rappeler ma grand-mère…

Ce n'est pas vraiment un mensonge. Elle m'a laissé deux messages depuis hier.

— Ah, très bien. Je me demandais quand tu allais lui parler. Je suis sûre qu'elle s'inquiète.

Je lui souris, puis remonte à l'étage, quelque peu contrariée par le fait que Maggie s'est aperçue que je n'ai pas parlé à Gram de toute la semaine. Qu'a-t-elle remarqué d'autre ?

Dès que Maggie est sous la douche, je descends au garage récupérer le vélo de Callie. Encore une raison de me sentir coupable. Je m'en veux de mentir à Maggie, surtout vu tout ce que je lui cache. Et je m'en veux d'ignorer ma grand-mère.

Parfois, je me dis que la seule émotion que je suis capable de ressentir, c'est de la culpabilité.

* * *

J'aperçois d'abord l'église. C'est un vieux bâtiment tout triste, aux fenêtres éventrées. Qu'on puisse vivre en face d'une telle ruine pendant quinze ans sans exiger que le bâtiment soit rasé en dit long sur une personne.

En face se tient une maison toute clôturée. Pour se garer dans l'allée, il faut descendre de voiture et ouvrir le portail. Un pick-up immatriculé dans le New Jersey est à moitié garé sur la pelouse.

Je jette un œil dans la boîte aux lettres. Sur le dessus, il y a une enveloppe publicitaire adressée à Melissa Lawrence.

Des aboiements. Une porte qui grince. Une femme qui crie depuis le porche.

— Je vous ai dit de déposer le papier devant le portail et de vous barrer !

Deux énormes chiens galopent jusqu'à moi, agitant les babines, ce qui envoie de la bave partout. Ils s'arrêtent devant le portail. À côté, j'avise trois bols en métal vides. Deux chiens. Trois bols.

Je me fige. Pas tant à cause des chiens, qui se jettent chacun leur tour contre le portail, que de la femme qui avance d'un pas décidé.

Si on veut être poli, on pourrait dire que Melissa Lawrence est une femme « qui n'a besoin de personne ». Comme je ne suis pas polie, je pense que Melissa Lawrence est le genre de femme qui peut vous casser le nez pour l'avoir regardée de travers.

— Tu es sourde ? crache-t-elle alors que les chiens lui tournent autour.

L'un d'eux se dresse sur ses pattes arrière et pose ses pattes avant sur sa poitrine. Sans même vaciller, elle le repousse avec vigueur. Puis elle attrape un ballon en cuir éventré et le lance dans le jardin. Les chiens partent en courant.

Melissa m'observe. Me voyant sans papiers, elle met les mains sur les hanches.

— Je ne te connais pas.

— Je cherche Joe Faber, réponds-je.

Melissa me regarde de ses yeux globuleux et intimidants.

— Quelqu'un l'a vu dans les parages ?

— Non. J'espérais que vous, oui.

Melissa éclate de rire – c'est flippant.

— Joey sait qu'il n'a pas intérêt à s'approcher de moi à moins de vingt kilomètres. C'est à quel sujet ?

— Un mec, un garçon, prénommé Danny, dis-je. Il travaillait pour Joe.

— Oui, j'ai connu Danny. Il était ami avec les fils de Joe.

La voix de Melissa se durcit, ce qui me stresse. En même temps, j'ai enfin trouvé un lien avec Danny.

— Vous connaissez son nom de famille ?

— Je ne lui ai jamais posé la question. Ils faisaient venir des filles et s'enfermaient dans la grange.

— Est-ce que cette fille est venue ici ? demandé-je en dépliant la photo de Lori que j'ai trouvée dans l'article de la *Gazette*.

Melissa l'observe. Son visage s'assombrit.

— Tu crois que je ne sais pas qui est cette fille ? aboie-t-elle – ensuite elle tousse et crache par terre. Ouais, je l'ai déjà vue.

— Ici ? Lori est venue ici ?

Melissa hoche la tête.

— Une ou deux fois, avec cette Lolita rachitique avec qui Danny traînait. Un soir, ils faisaient la fête dans la grange et la blonde s'est fâchée et est partie. Je ne l'ai jamais revue.

— L'autre, dis-je, incapable de prononcer le prénom de ma sœur, elle ne l'a pas suivie ?

— Elle a essayé de la convaincre de rester, mais la blonde était dans tous ses états, dit Melissa. Les connaissant, Tommy ou Mike ont sûrement essayé de se la faire.

— Où sont-ils à présent ? demandé-je. Les fils de Joe.

L'expression sur le visage de Melissa me fait comprendre que cette conversation est bientôt terminée.

— Joe les a fait sortir de Pennsylvanie. C'est tout ce que je sais, et c'est ce que j'ai dit à la police.

La police. Ils ont interrogé les Faber après la mort de Lori ? Je croyais qu'ils ne s'étaient intéressés qu'à Wyatt

Stokes. Melissa pivote sur ses talons, repart en direction de sa maison.

— S'il vous plaît, lancé-je. Je cherche ma sœur. La petite amie de Danny.

Je pense qu'elle va m'ignorer, mais elle s'arrête. Et ce qu'elle me dit est encore plus surprenant.

— Ta sœur, c'est que des ennuis. Comme les autres. Ne t'avise pas de revenir ici me poser des questions.

Elle crie après les chiens qui rappliquent et la suivent dans la maison. Du coin de l'œil, je vois un rideau onduler. Sans doute me regarde-t-elle partir.

* * *

Maggie n'est pas rentrée. Elle doit être encore chez les Kouchinsky. Elle m'a envoyé un SMS pour me dire qu'elle m'a laissé un double de la clé dans la remise et que je dois le garder avec moi une fois rentrée. À l'intérieur, tout est calme hormis le ronronnement de l'air conditionné.

Je me sers un verre de thé glacé que je bois d'un seul coup. Puis je lave le verre, le sèche et le remets dans le placard – rien n'indique que j'ai été dans la cuisine, même si Maggie m'a dit des centaines de fois de faire comme chez moi.

Je m'installe sur la chaise du bureau et démarre l'ordinateur. En attendant qu'il s'allume, je sors la photo de Lori extraite de la *Gazette* et la pose à côté de moi.

Je n'ai toujours pas le nom de famille de Danny, mais j'en ai deux autres : Tommy et Mike Faber. Je trouve rapidement leurs photos sur Internet. Enfin, plutôt leur portrait officiel de prisonnier.

Thomas J. Faber et Michael E. Faber, de Fayette, Pennsylvanie, ont été arrêtés neuf mois avant la mort de Lori Cawley pour une histoire de drogue et ont passé trente jours en prison. Le lien accompagnant les photos ne fonctionne pas.

Je fais une recherche associant les Faber à Lori. Si la police s'est intéressée à la famille Faber, l'un des détectives virtuels du site Cyber Sleuths est peut-être au courant. Peut-être qu'il existe tout un forum dédié à Tommy et Mike Faber, leur passé, leur rôle éventuel dans la mort de Lori.

Mais non, rien – même en fouillant les archives. Après Cyber Sleuths, j'essaie sur Crime Watchers et Justice for Stokes, mais je ne trouve rien.

Le lendemain de la mort de Lori, plusieurs personnes ont contacté la police pour leur parler d'un homme habitant près de chez les Greenwood. Elles l'avaient vu parcourir la rue dans tous les sens le matin même, comme s'il faisait des repérages. Les flics l'ont disculpé après lui avoir parlé. En fait, il cherchait son chat.

Cependant, les participants aux forums estiment que la police aurait dû enquêter davantage. Ils ont trouvé son nom, et c'est un délinquant sexuel. Sa première année à l'université, il avait été surpris avec sa copine lycéenne à l'arrière d'une voiture.

Il aurait dû être interrogé, estimaient les apprentis détectives. Ils avaient trouvé son numéro de téléphone professionnel et l'avaient posté en ligne.

L'homme avait perdu son travail et dû quitter Fayette.

Ce qui signifie que si la police a interrogé les fils Faber sur leurs liens avec Lori, ils sont parvenus à le faire sans que personne soit au courant.

J'efface l'historique des recherches et éteins l'ordinateur. Puis je me dis que je devrais arrêter de me comporter comme une connasse et appeler ma grand-mère.

De toute manière, j'ai quelques questions à lui poser.

Je monte à l'étage parce que l'air conditionné en bas me donne la chair de poule. Gram décroche à la dernière sonnerie, juste avant que l'appel soit orienté vers le répondeur. Elle respire mal, comme si elle avait couru pour décrocher à temps.

Encore une fois, je m'en veux. Ma grand-mère a pour mauvaise habitude de ne jamais décrocher son téléphone ou bien de mettre des jours à rappeler les gens. Mais quand j'étais en quatrième, j'ai eu une période où je croyais tout le temps qu'elle était morte, et ça a été tout un truc.

Si je rentrais à la maison et que Gram n'était pas là, je paniquais et l'appelais des dizaines de fois, tout en sachant que son portable n'avait sans doute plus de batterie ou bien était rangé dans un tiroir de la cuisine. Je frappais à toutes les portes de l'immeuble ou bien restais scotchée devant la télé à attendre l'annonce d'une terrible catastrophe.

Un jour, elle est rentrée toute souriante, les poches pleines de galets. Elle avait décidé d'aller se promener alors qu'elle n'était jamais partie se promener depuis que j'avais emménagé avec elle.

Je lui avais hurlé dessus : « À quoi ça sert d'avoir un fichu portable ? »

Quelques mois plus tard, vu que je broyais toujours du noir, elle m'a emmenée chez un psy pour ado. Le diagnostic : une névrose de l'abandon avec une légère tendance dépressive. Le traitement : cinq milligrammes de Lexapro. « Pas de quoi terrasser un pitbull », avait murmuré Gram à sa copine June, à Albany.

— C'est gentil de me rappeler, grogne Gram, mais je sais qu'elle n'est pas vraiment fâchée.

— Salut, dis-je.

— C'est calme, ici, sans toi, dit-elle, ce qui est censé être drôle parce que je ne fais jamais de bruit, même quand je pète.

— Qu'est-ce que tu fais de beau ?

— Oh, rien. Je fais désormais partie de ces gens qui attendent le courrier tous les jours, répond-elle.

Puis, après un silence :

— Je pensais que tu aurais hâte de rentrer.

— C'est le cas… Est-ce que je peux te poser une question ?

— Bien sûr.

Je m'assieds sur le lit et glisse mes jambes sous mes fesses.

— Est-ce que tu as des nouvelles de ma mère ?

Je l'entends respirer à l'autre bout du fil.

— Je te l'aurais dit si ça avait été le cas. Nettie et moi, on a nos désaccords, mais je ne vais pas t'empêcher de lui parler.

Je hoche la tête, même si elle ne peut pas me voir.

— Et ma sœur ? Est-ce qu'elle t'a contactée ?

— Tessa, dit-elle d'un ton dur. Je ne crois pas que ça te fasse du bien de traîner à Fayette. J'ai l'impression que ça ramène des mauvais souvenirs que tu ferais mieux d'oublier.

— Dix ans, Gram. Dix ans et on n'a pas eu la moindre nouvelle. Tu ne trouves pas ça bizarre ? Peut-être qu'elles ont des ennuis. Ou pire.

— Je ne sais pas ce que tu veux que je te dise, déclare-t-elle d'une voix lasse.

J'agrippe mon téléphone. Rassemble mon courage.

— Je veux que tu me dises qui est le père de Joslin.

— Je te l'ai dit, Tess. Il ne voulait rien avoir à faire avec elle.

— Elle est venue le voir, dis-je. Joslin est allée voir Glenn avant sa mort. Je n'arrive pas à la trouver, mais peut-être qu'elle a aussi pris contact avec son père biologique. Peut-être qu'il sait où elle est.

Gram pousse un long soupir.

— Ma chérie, tu es pleine de bonnes intentions, mais tu vas finir avec le cœur brisé si tu continues comme ça.

Mon estomac se serre. Gram m'appelle rarement « chérie » – le fait qu'elle refuse catégoriquement de m'appeler par un petit nom est une preuve, selon elle, de l'amour qu'elle me porte. Elle est comme ça. « Chérie », ce n'est pas une marque d'affection. C'est un avertissement.

Mais ça ne marche plus.

— Je ne te demande jamais rien, lui dis-je, même si ça me retourne les tripes de recourir à ce genre de chantage. Mais, s'il te plaît, pour l'amour de Dieu, dis-moi qui est le père de Joslin.

Pas de réponse. Puis :

— Attends.

J'entends la porte moustiquaire se refermer à l'autre bout du fil. Un bruissement. Je l'imagine très bien, assise sur le porche dans son fauteuil à bascule qu'elle active avec un pied tout en fouillant dans son paquet de cigarettes.

— Annette avait dix-neuf ans, commence Gram. Elle est venue me voir. Elle avait une bonne nouvelle à m'annoncer, elle débordait de bonheur. Quand elle m'a dit qu'elle était enceinte, j'ai… Je n'ai pas réagi comme elle l'avait espéré. Je lui ai dit qu'un bébé, ça changeait la vie et qu'il valait mieux qu'elle réfléchisse un long moment avant de décider de le garder.

Gram prend une respiration. Une pause. Je devine qu'elle allume une cigarette.

— Le père était plus âgé. Il était censé partir travailler sur une plate-forme pétrolière en Louisiane. J'ai demandé à ta mère si c'était vraiment ça qu'elle voulait dans la vie : être seule avec un bébé dans un appartement minuscule pendant qu'il faisait des journées de treize heures. Mais elle est partie quand même.

— Tu m'as déjà raconté ça, dis-je d'une voix douce – parfois, elle perd la mémoire. Et c'est la dernière fois que tu lui as parlé.

Gram soupire. Je visualise la fumée qui sort de ses narines.

— Oui, je sais. Sauf qu'elle m'a appelée quelques mois plus tard.

Je me fige. Ce n'est pas ce qu'elle m'avait dit.

— Comment ça ?

— Elle était hystérique. Elle voulait que je vienne la voir. Elle avait perdu le bébé.

Perdu. Mort. Ce bébé n'était pas Joslin.

— Je lui ai dit de rentrer à la maison, continue Gram. Tessa, je l'ai suppliée, et tu sais que ce n'est pas mon genre. Mais elle avait envie d'arranger les choses avec Alan, même si l'idée d'un bébé lui déplaisait fortement depuis le début. Elle était dévastée, et lui soulagé. Je crois que lorsqu'elle est de nouveau tombée enceinte – de ta sœur –, la situation a empiré. À ce stade, elle ne me parlait déjà plus. Ce que j'avais à lui dire ne lui plaisait pas.

Ma mère avait perdu un bébé. J'aurais pu avoir un autre frère ou sœur – ou peut-être que ce bébé aurait suffi à Annette, et je ne serais jamais née. J'ai toujours eu le sentiment que Joslin et moi n'étions pas assez bien pour ma mère – que nous n'avons jamais été à la hauteur de ses espérances.

Maintenant que je suis au courant pour ce premier bébé, je me dis qu'on n'avait pas une chance.

— Tu te souviens du nom de famille d'Alan ?

— Oh, Tessa, c'était il y a vingt-cinq ans. Évidemment que non.

Si elle avait hésité un tout petit peu moins, je l'aurais sans doute crue.

* * *

À 12 h 10, j'entends la porte d'entrée se refermer. Je descends. Callie dépose son sac de sport sur le canapé du salon. Elle porte un short de sport et un tee-shirt de l'université d'East Stroudsburg. Elle porte souvent des vêtements d'ESU, comme pour se rappeler (ou nous rappeler ?) que son temps à Fayette a une date de péremption.

Le mien aussi. Je ne peux pas passer tout mon été à Fayette. Si je ne trouve pas rapidement des réponses, je vais rentrer en Floride avec plus de questions que lorsque je suis arrivée.

— Eh, dit Callie après avoir pris une gorgée d'eau à sa gourde. Où est ma mère ?

— Chez les Kouchinsky. Elle est partie il y a deux heures environ.

— Elle est sûrement en train d'aider la mère d'Ariel à nettoyer la maison et ranger, dit Callie. Ce qui veut dire que Daryl n'est pas là. Il ne serait pas d'accord.

Imaginer Maggie s'affairer dans la cuisine des Kouchinsky avant le retour de Daryl amène forcément une question.

— Tu crois qu'il était au courant pour Ari ? demandé-je. Les trucs en ligne.

Callie secoue la tête.

— Il l'aurait tuée…

Elle s'interrompt.

— C'est de la folie. C'était sa fille.

— Je sais. Mais il doit bien y avoir une raison pour que le Monstre se soit remis à tuer après toutes ces années. S'il avait découvert que sa propre fille était une…

Callie ricane.

— Daryl Kouchinsky ? Le Monstre ?

— Pourquoi pas, dis-je, contrariée. Tu as d'autres suspects en vue ?

— Et Danny ? demande-t-elle. Tu as découvert son nom de famille ?

— Non, mais j'ai trouvé l'ex-femme de Joe Faber. Je l'ai vue ce matin. Elle habite en ville, en face de l'église abandonnée.

Callie manque de cracher son eau.

— La vieille folle avec les rottweilers ?

— Oui. Elle. Est-ce que tu te rappelles deux types qui auraient peut-être traîné avec Jos et Lori ? Tommy et Mike Faber ? Des amis de Danny.

— Lori ne traînait pas avec des garçons quand elle était ici.

Ce qui ne veut pas dire que les garçons n'étaient pas intéressés. Ils l'étaient. Mais Lori avait un petit ami, un type du Delaware qui vivait dans la même résidence étudiante qu'elle à l'université. Un étudiant en ingénierie. Cet été-là, elle l'a appelé tous les soirs avant d'aller se coucher. Elle comptait aller le voir à la fin du mois de juillet.

— L'ex-femme de Joe Faber m'a dit que Lori était venue chez eux avec Jos une fois.

Je lui raconte que Lori serait partie seule et contrariée. Que Joslin l'aurait laissée partir seule et contrariée.

En voyant le visage de Callie, je prends la mesure de la trahison de ma sœur. Elle a choisi Danny plutôt que Lori – Danny et ses potes peu recommandables qui auraient mis Lori très mal à l'aise.

Mais c'est le fait que la police leur ait rendu visite qui trouble le plus Callie.

— Les Faber ont simplement quitté la ville ? Et personne n'a pensé que c'était significatif ?

— Je crois qu'il y avait des gens qui les couvraient, dis-je – et l'une d'entre elles était peut-être ma sœur. Les Faber ont été arrêtés pour trafic de drogue. Danny l'a peut-être été aussi. On devrait aller au commissariat voir si on trouve des infos.

Callie fronce les sourcils.

— Le commissariat de Fayette ?

— On ne dira rien sur les meurtres. Pour autant qu'ils sachent, on cherche juste des infos sur une fugueuse.

— Joslin.

* * *

Le commissariat du township de South Fayette est un bâtiment carré de la couleur du sable avec deux entrées, l'une pour les gens en état d'arrestation et l'autre menant à l'accueil du commissariat. Je conseille à Callie de se garer de ce côté-là et remarque qu'elle agrippe le volant de toutes ses forces. La dernière fois qu'on était là, on a passé des heures chacune dans une pièce froide à boire des jus de pomme pendant que des inspecteurs notaient nos témoignages.

Un frisson me parcourt l'échine.

— On veut juste se renseigner sur ma sœur, dis-je. Tu n'as rien à dire.

— OK.

Mais j'ai déjà un goût aigre dans la bouche. Si je pouvais éviter de parler aux flics, je le ferais.

L'entrée est juste assez grande pour assurer sa fonction première : accueillir des gens qui portent plainte contre leur voisin qui tond la pelouse à 8 heures du matin ou à qui on a volé l'autoradio. Murs blancs, lino clair au sol – rien de menaçant. Sur un mur est accrochée une carte du comté de Fayette. En dessous, il y a des chaises où patienter. À côté, un distributeur de boissons.

Je fais signe à Callie de s'asseoir pendant que je vais à l'accueil. Qui est désert. J'avise une boîte Tupperware contenant les restes d'une salade. Une radio derrière le bureau émet des bips suivis d'un baragouin incompréhensible.

Puis des rires. Deux hommes. Je me tourne vers le couloir. Les rires proviennent d'une pièce dans le couloir, pas de la radio. Un jeune homme s'avance vers le bureau. Il porte une enveloppe kraft et rit pour lui-même. Il s'interrompt en me voyant.

— J'peux vous aider ?

— J'aimerais parler à quelqu'un d'une personne disparue.

— Vous venez faire une déclaration ?

J'hésite.

— Non, j'aimerais des infos sur une ancienne déclaration.

— Qui remonte à quand ?

— Dix ans.

Le type cligne des yeux. Il ne sait pas quoi faire de ça. Je remarque alors qu'il est très jeune. Il a des boutons sur la mâchoire inférieure. Il doit avoir à peine deux ans de plus que moi. Si j'avais l'espoir d'être prise au sérieux, c'est raté. Il ne me regarde même pas, mais regarde fixement un point au-dessus de mon épaule.

— Callie ? dit-il, surpris.

Je me retourne. Callie s'est tellement tassée sur sa chaise qu'on dirait qu'elle fond.

— Salut, Eli, dit-elle non sans gentillesse.

Il sourit. Pas elle.

— Ça fait longtemps, poursuit Eli. Qu'est-ce que tu fais ici ?

— J'aide Tessa. Elle cherche sa sœur.

Callie parle lentement, s'assurant qu'il a bien entendu. Eli reporte son regard sur moi.

— Ah, oui, dit-il. Moi, je m'occupe juste de la paperasse. Je vais prévenir l'un des officiers.

Eli disparaît dans le couloir et je m'assieds à côté de Callie, qui feuillette un vieux numéro de *US News and World Report* sans vraiment le lire. Elle le pose, sort son téléphone. J'ai la tête qui bourdonne – à moins que ça ne soit le distributeur de boissons. Je me concentre sur les brochures installées un peu partout dans la salle d'attente. « Cours d'autodéfense contre le viol », « L'alcool à forte dose », « Les étudiants et la sécurité ». Mis bout à bout, ça fait un sacré cauchemar.

— C'est qui, Eli ? demandé-je à Callie.

— Un ami de Ryan. Il a eu son diplôme l'année dernière, répond-elle sans lever les yeux de son téléphone.

— Alors c'est quoi, le problème ?

Callie s'agite sur sa chaise.

— Je ne veux pas que ça se sache qu'on est venues ici.

Traduction : elle ne veut pas que Maggie soit au courant.

Ça discute dans le couloir. Je lève la tête. Un inspecteur en civil raccompagne quelqu'un vers la sortie.

— Il y a quelqu'un qui veut me voir ?

C'est une voix masculine tonitruante. À côté de moi, Callie se ratatine sur son téléphone.

Je comprends tout de suite pourquoi. La voix appartient à Charlie Volk, l'inspecteur qui a arrêté Wyatt Stokes et a convaincu nos parents que Callie et moi pouvions permettre de l'envoyer en prison.

Chapitre 17

Charlie Volk me dévisage un instant, puis me fait signe de le suivre. Il a les cheveux blancs, maintenant. Sa chemise devait être blanche aussi, avant qu'il transpire abondamment. J'ai les jambes qui tremblent. *Lève-toi, Tessa.*

Je m'oblige à me lever. Callie est restée figée sur sa chaise. Aucune chance qu'elle bouge. Je suis Volk dans le couloir. Il respire difficilement, a apparemment du mal à se mouvoir avec ses quinze kilos de plus qu'il y a dix ans. Il ne me regarde pas et j'ai une révélation : il ne sait pas qui je suis.

— Assieds-toi, me dit-il en me guidant dans son bureau.

Je m'installe dans une chaise en face de lui. J'ai le cœur qui bat à mille à l'heure. Il chiffonne une serviette en papier grasse et la glisse dans un sac en papier *Burger King* avant de jeter le tout dans sa corbeille.

Après le scandale qui a suivi la diffusion de *Unmasking the Monster*, les supérieurs de Charlie Volk l'ont poussé à la retraite. Dans le documentaire, il passait pour un flic ringard, têtu, incapable d'admettre qu'il s'était trompé sur Stokes.

Il y a eu ensuite une plainte : Charlie Volk, refusant d'être mis à la retraite, de se taire, et assumant ses choix et ses décisions dans l'affaire du Monstre. J'avais lu dans les journaux un article à propos d'un accord trouvé.

Et Volk retrouvant un poste dans les bureaux.

Merde.

— Donc. Une personne disparue.

Volk s'affaisse dans son fauteuil en cuir. Il tend la main vers la souris de son ordinateur, renversant une photo au passage.

— Merde.

Il redresse le cadre, mais je ne peux en détourner le regard. Sur la photo, on voit Volk, deux filles et une femme. L'une des filles porte la robe de remise de diplôme de l'université de Virginie.

« Ma fille a l'âge de Lori Cawley. On est nombreux au commissariat à avoir des filles. Cette affaire nous va droit au cœur. »

Soudain, j'ai de nouveau huit ans et je sens sur mon visage l'haleine chaude et chargée de moutarde de Volk. « Dis-moi juste ce qui s'est passé cette nuit-là, ma petite. Il n'y a pas de mauvaise réponse. »

Sauf que si, et on le savait très bien. Nos histoires devaient coller. Si mon témoignage ne correspondait pas à celui de Callie, l'homme qui avait fait du mal à Lori ne serait pas puni.

« Et son visage ? Est-ce que tu l'avais déjà vu avant, Tessa ? Si c'est le cas, c'est important qu'on le sache. »

Volk savait que Callie m'avait réveillée et m'avait confié qu'il s'agissait de l'homme de la piscine. Quand l'un des officiers de police a appelé le commissariat pour qu'un autre inspecteur vienne m'interroger, Volk leur a dit que ce n'était pas la peine, qu'il s'en chargerait lui-même.

Ce connard savait exactement ce qu'il faisait : il s'est servi de Callie et moi pour obtenir un mandat d'arrêt contre Stokes.

J'ai envie de vomir sur son bureau.

Je suis restée silencieuse trop longtemps. Charlie Volk m'examine en plissant les yeux.

— Ton visage me dit quelque chose.

— Je m'appelle Tessa Lowell.

Charlie Volk retire ses lunettes, essuie la sueur sur son nez.

— Tessa Lowell. Ça alors.

— Je cherche ma sœur, Joslin.

Charlie Volk continue de m'observer.

— Pardon. Mais ça me fiche un coup, de te voir toute grandie. Tessa. La petite Tessa L.

Je ravale ma salive.

— Ma sœur ?

— Oui, oui.

Il agite sa souris et son ordinateur ronronne.

— C'est quand la dernière fois que tu l'as vue ?

— Elle a disparu à dix-sept ans. Elle venait de rompre avec son petit ami. Il a peut-être un casier. Danny quelque chose.

Volk retire de nouveau ses lunettes et étudie son écran.

— Danny Densing ? Apparemment, on l'a arrêté en 2006 pour détention de stupéfiants.

Danny Densing.

— Comment avez-vous… ? Son nom est apparu lorsque vous avez fait une recherche sur ma sœur ?

Volk parcourt son écran.

— La police d'Arnold nous a demandé de l'interroger suite à un incident chez eux. Son alibi, c'était Joslin Lowell.

Arnold. Dans d'autres circonstances, ce nom ne m'aurait rien dit. Tout ce que je savais sur Arnold, c'est qu'il ne valait mieux pas y aller seule. Mais l'autre jour, à la bibliothèque, j'avais lu un article en une de la *Gazette* sur l'explosion d'un labo de meth le soir du meurtre de Lori.

Ma sœur avait dit à la police que Danny était avec elle. Il avait dû lui demander de mentir, parce qu'il était mêlé d'une manière ou d'une autre à cette explosion.

Et, sans le savoir, il avait fourni à Joslin un alibi pour le soir du meurtre.

— L'explosion du labo de meth, dis-je. Ils pensent que Danny a quelque chose à voir là-dedans ?

— Je ne sais pas trop, répond Volk en fronçant les sourcils. L'enquête est toujours ouverte. Deux personnes suspectes ont quitté l'État, et on n'a pas assez de preuves pour partir à leur recherche.

Je parie qu'il s'agit de Mike et Tommy Faber. Il est donc fort possible que la police ne se soit jamais intéressée à eux pour le meurtre de Lori, et que Melissa Lawrence ait pensé que je faisais allusion à l'explosion du labo.

Est-ce que Lori a découvert qu'ils fabriquaient de la meth dans la maison qui a explosé ? Ont-ils décidé de la tuer pour la faire taire ?

— Ta sœur traînait avec des gens peu recommandables, dit Volk, comme s'il lisait mes pensées. Pourquoi est-ce que personne n'a signalé sa disparition ?

Mon sang ne fait qu'un tour.

— Pardon ?

— Si quelqu'un avait fait une déclaration, elle serait ici.

Un puissant sentiment de colère m'envahit, me mettant les nerfs à vif. J'ai envie de me battre. J'aimerais que ma mère soit ici, pour que je la secoue violemment jusqu'à ce qu'elle m'explique pourquoi elle n'a pas signalé la disparition de ma sœur – sa fille – alors qu'elle m'a assuré que la police la retrouverait et la ramènerait à la maison.

Où êtes-vous ? Je sens les mots monter en moi comme un reflux de bile, et j'ai envie de crier.

Où êtes-vous, et pourquoi est-ce que vous vous cachez ?

* * *

Je ne m'arrête pas dans le hall ; je passe devant l'accueil, devant Eli qui me salue mollement, et je sors. Callie se précipite après moi.

— Que s'est-il passé ?

— Viens, on rentre.

Elle me suit. Ouvre la voiture. Je m'installe, boucle ma ceinture et regarde droit devant moi. Callie met le contact, allume l'air conditionné, mais s'arrête là.

— Que s'est-il passé ? répète-t-elle.

— J'ai son nom. Danny Densing.

— Arrête ça, me dit-elle. Est-ce que Volk s'est souvenu de toi ?

— Oui, mais il n'a rien dit à propos de Stokes, dis-je en serrant les poings. Personne n'a signalé la disparition de ma sœur.

Callie paraît choquée.

— Est-ce que… Est-ce que tu as essayé de retrouver ta mère ?

Je préfère mourir que de révéler à Callie que oui, effectivement, et que ma seule piste provient d'une gamine de six ans vivant dans un parc de mobile homes. J'enfouis mon visage dans mes mains.

Alors, à ma grande surprise, Callie pose le bout de ses doigts sur mon épaule. Je ne suis pas préparée à ça. Ne pouvant me retenir, je lâche :

— Je n'aime pas qu'on me touche.

Callie retire sa main comme si elle s'était brûlée.

— Pardon.

Elle glisse ses mains entre ses cuisses.

Je ferme les yeux.

— Il faut qu'on retrouve Danny, dis-je, ce qui est toujours mieux que « Ma mère se cache à cause du Monstre ».

De toute manière, je ne vois pas en quoi ma mère pourrait nous aider. Vu son comportement avant qu'elle nous conduise à cette station-service – refusant de quitter sa chambre après la condamnation de mon père, ne prenant pas la peine de signaler la disparition de Joslin –, je ne peux en conclure qu'une seule chose : ma mère était partie bien avant de disparaître de ma vie.

— Joslin a dit aux flics qu'elle était avec Danny le soir du meurtre, dis-je. La police pense que lui et les fils Faber étaient impliqués dans l'explosion d'un labo de meth.

Callie réfléchit quelques instants.

— Donc si ta sœur n'était pas vraiment avec Danny, que faisait-elle ?

— Je l'ignore. Mais peut-être que Danny le sait. À ton avis, est-ce qu'un trafiquant de drogue recherché par la police est dans l'annuaire ?

Callie éclate de rire. Le nœud dans ma gorge se dissout. Elle démarre le moteur et sort du parking. *Danny Densing.* Je m'imagine écrivant ce nom à l'intérieur de mon poignet pour ne pas l'oublier, sauf qu'il n'y a aucune chance que je l'oublie, désormais.

On passe chez *CVS* parce que Callie a des médicaments à récupérer. Pendant qu'elle fait la queue au comptoir, je me promène dans les allées. Mon immobilisme me fatigue, j'ai l'impression de prendre de la place pour rien. Je pense à Callie, à ses médicaments. De quoi s'agit-il ?

De pilules qui rendent heureux, comme celles que Gram me faisait prendre, peut-être.

Aux caisses, il y a une fille qui achète une grande bouteille de Gatorade, cette boisson radioactive qu'on donne aux gamins quand ils ont la gastro. Et un instant, je me dis que c'est elle – mais ce n'est pas elle, elle est morte. Ariel. Ariel, qui avait toujours le nez rouge et irrité et qui se mouchait sans aucune discrétion.

Depuis le rayon des cosmétiques, j'observe Katie Kouchinsky jusqu'à ce que Callie me rejoigne.

— Qu'est-ce que tu fais ?

En apercevant Katie, elle se fige. Apparemment, ni elle ni moi ne sommes prêtes à aller lui parler, mais Katie, ayant payé, se retourne et nous voit.

— Salut, murmure-t-elle.

La grande différence entre Ariel et Katie, c'était leur voix. Ariel avait une voix qui faisait grimacer les profs – elle ne se rendait jamais compte que tout le monde l'entendait, même quand elle évoquait des choses très personnelles.

Katie est une petite souris. Elle suçait encore son pouce à sept ans, ce qui était la dernière fois que je l'avais vue jusqu'à hier, pour les funérailles.

— Eh, dit Callie d'une voix douce.

Nous nous approchons. Katie ne bouge pas, presque comme si elle était coincée dans des sables mouvants.

— Je suis tellement désolée, dit Callie. Je voulais te le dire hier.

— C'est dur pour nous tous, dit Katie d'un ton qui sous-entend que Callie n'appartient pas au « nous ».

Ce qui blesse Callie. Je n'aimerais pas être à sa place. Ça tombe bien, je n'y suis pas.

— Il faut que j'y aille, dit Katie. C'est sympa de vous avoir croisées.

— Attends, dit Callie. Est-ce que tu as dit à la police que tu étais avec Ari le jour où elle a disparu ?

Katie pâlit instantanément.

— Comment tu…

— Nick dit qu'elle était avec lui, explique Callie à voix basse.

— Tu as parlé à Nick ? Quand ?

Callie fait un pas en avant.

— Mentir ne va pas aider ta sœur.

Katie tressaille. Je sais que Callie ne cherchait pas à être cruelle, mais quand elle veut quelque chose, elle expose les choses froidement. « Tu dois jouer la belle-sœur, Tessa. Parce que moi, je ressemble à Cendrillon, mais pas toi. »

Katie a les larmes aux yeux.

— C'est elle qui me l'a demandé. Vous ne pouvez pas imaginer ce que mon père me fera s'il apprend que j'ai menti aussi là-dessus. Il faut que j'y aille.

Callie pose une main sur l'avant-bras de Katie. Qui ne résiste pas.

— On est au courant pour le site Internet, chuchote-t-elle. Et je sais que toi aussi. Elle t'a peut-être dit quelque chose qui permettrait à la police de retrouver son meurtrier.

— Mais la police pense que c'est Nick, le coupable, répond Katie, un peu perplexe. Ils ont fouillé sa maison ce matin à la recherche de l'arme du crime.

Je fronce les sourcils. J'ignore ce que les flics cherchaient chez Nick ce matin, mais ce n'est pas l'arme du crime.

— Qu'est-ce qu'ils vous ont dit sur la façon dont elle est morte ?

— Pas grand-chose, dit Katie en se frottant un œil. Ils ne veulent pas que ça interfère avec l'enquête.

Une arme. Katie pense que sa sœur a été tuée à l'aide d'une arme à feu ou d'un couteau – la police n'a même pas dit à sa famille qu'elle avait été étranglée.

J'ouvre la bouche, mais Callie m'interrompt d'un coup de coude.

— Katie, j'ai entendu un truc sur Ari, reprend Callie. Qu'elle a peut-être eu un rendez-vous avec un type avant de mourir. Est-ce qu'elle t'a parlé des hommes qu'elle rencontrait ? Y en avait-il un qui lui faisait peur ?

— Elle les choisissait soigneusement, répond Katie en secouant la tête. Elle disait qu'ils étaient surtout très seuls, mais plutôt gentils. Y en a même un qui ne voulait pas coucher avec elle.

— Est-ce que tu en sais plus sur lui ? continue Callie.

— Non. Et maintenant, il faut vraiment que j'y aille, dit-elle en serrant son sac en plastique contre sa poitrine. Je ne suis pas censée parler d'Ari à des étrangers.

Elle nous contourne, et nous la regardons sortir par les portes automatiques. Callie a un air déterminé sur le visage – que Katie l'ait traitée d'étrangère ne l'a visiblement pas perturbée.

— Tu crois que ce type est peut-être le Monstre ? me demande Callie.

— Aucune des filles n'a été violée, réponds-je.

En silence, nous sortons du magasin. Juste à temps pour voir Katie monter dans un pick-up près de la sortie du parking. La vitre est baissée, nous offrant un aperçu de l'homme derrière le volant. Daryl Kouchinsky.

Il regarde Katie, nous regarde. Serre la mâchoire. Avant de démarrer, il dit quelque chose à sa fille, dont le visage pâlit aussitôt.

Chapitre 18

Croiser Daryl Kouchinsky semble avoir déverrouillé quelque chose chez Callie.

— Tu as peut-être raison à propos de lui. Katie a dit qu'elle n'avait pas le droit de parler d'Ari, souffle-t-elle d'une voix tremblante. Peut-être que Katie sait des trucs sur son père – elle a pu mentir en affirmant qu'elle ignorait qui avait tué sa sœur.

— Je ne sais pas, dis-je en bouclant ma ceinture, même si Callie ne semble pas avoir l'intention de sortir du parking. Il cherche peut-être aussi à empêcher que ses enfants ne parlent à la presse. Les journaux n'ont pas fait mention de son activité de call-girl.

— Tu sais aussi bien que moi qu'il lui aurait fait du mal s'il avait appris la vérité, dit Callie d'un ton grave. Il ne peut pas se maîtriser. Tu te souviens du chien ?

Je hoche la tête tandis que Callie démarre et sort du parking. Petite, je me suis souvent demandé si Daryl Kouchinsky avait tué quelqu'un. Certaines personnes portent leur violence autour du cou, comme des bêtes de somme – et Daryl Kouchinsky est voûté.

Il y a des gens qui aiment faire mal et il y a des gens qui se saisissent de la moindre occasion pour le faire. Ceux capables de tuer leur fille appartiennent à une catégorie dont je préférerais croire qu'elle n'existe pas.

— Katie en savait plus, reprend Callie. Elle protège son père.

— Ou bien elle cherche à se protéger de lui.

Le reste du trajet se passe en silence. Callie s'engage dans l'allée, se gare. Les rideaux de la fenêtre s'agitent. Maggie sait qu'on est rentrées. Et elle n'a pas l'air contente.

— Tu l'as prévenue qu'on sortait ? lui demandé-je.

Elle hésite avant de répondre.

— Je me suis dit qu'il valait mieux s'excuser que demander la permission.

— Si elle pense que je t'attire des ennuis, elle va me demander de partir.

— N'importe quoi, souffle Callie en éteignant le moteur. Tu ne peux rien faire de mal à ses yeux. Il faudrait d'ailleurs que tu me confies ton secret.

Je perçois une note de ressentiment dans sa voix. Elle ignore qu'elle se trompe. Certes, nous avons tous la capacité de pardonner, et celle de Maggie est peut-être plus importante que pour d'autres.

Mais les secrets que je lui cache sont impardonnables.

* * *

Callie et Maggie se disputent dans le salon télé, donc je ne peux pas faire de recherches sur Danny Densing à l'ordinateur. Je décide plutôt de parcourir le reste des affaires de mon père. Peut-être qu'il y a un indice qui me permettrait de retrouver ma sœur ou ma mère. Dans la chambre d'amis, je ressors les dessins de mon père et les trie jusqu'à trouver celui que je cherche.

Bear Creek, 1986.

Tout ce que je sais de l'histoire de ma famille remplirait à peine une boîte à chaussures. Mon père avait quatre frères et sœurs, mais un seul frère né des mêmes parents que lui. Je l'ai rencontré une fois, quand j'avais trois ans. Il a passé deux jours avec nous, puis a disparu avec la boîte à bijoux de ma mère et un bocal rempli de pièces que Joslin gardait sur sa commode.

Ils ont retrouvé son corps dans un squat de drogués à Philadelphie un an plus tard. Pneumonie ou un truc dans le genre.

Le père de mon père est mort. La mère de mon père, une femme obèse portant toujours une blouse à fleurs, est décédée quand j'étais bébé. Sur l'une des rares photos qu'il me reste, je suis sur ses genoux, dans sa maison de New Castle. Peu de temps après cette photo, elle et ma mère se sont disputées, et ma mère a interdit à mon père de nous emmener la voir. Grand-mère Lowell est morte un an après.

Et voilà. C'est tout ce que je sais sur ma famille. *Ma* famille.

Mais ça me suffit à me convaincre que les Lowell n'étaient pas du genre à être propriétaires ; et, si c'était le cas, mon père n'aurait pas gardé cette information pour lui. Il était plutôt du genre à se vanter auprès de l'éboueur de la taille des crottes qu'il avait faites le matin. Il parlait aussi de moi avec fierté, entre autres aux types flippants qui venaient à la maison.

« Ça, c'est ma Tessy, là. Elle est très intelligente. »

Mais il est possible que la famille de mon père ait eu une maison à Bear Creek il y a longtemps. Qui aurait été vendue avant que mon père rencontre ma mère.

Je sens ma poitrine se comprimer. Il y a tant de choses que je ne saurai jamais sur lui – des choses que j'aurais pu découvrir par la suite, si j'en avais eu l'occasion.

S'il était resté. Si ma mère n'avait pas entrepris d'effacer tout souvenir de lui de nos mémoires après son départ.

Étonnamment, j'ai maintenant le sentiment qu'il faut que je passe par lui pour la retrouver, elle.

Comme le salon télé est toujours occupé, j'appelle l'annuaire téléphonique. Et tant pis si ça coûte une fortune et que Gram va se faire dessus en voyant la facture. Je demande à être mise en relation avec la mairie de Bear Creek.

Deux chansons des Beatles en version instrumentale au piano s'égrènent avant que quelqu'un décroche.

— Euh… bonjour, bredouillé-je – comme toujours quand je parle au téléphone, j'ai perdu mon cerveau. Je voulais savoir si vous auriez des informations sur une maison à Bear Creek. Enfin, plutôt un chalet.

— Quel est le nom du propriétaire ?

— Glenn Lowell.

Le bruit des touches d'un clavier. Un soupir. Elle s'ennuie déjà.

— Non, rien avec ce nom.

— Et une autre personne qui aurait le même nom de famille ?

Une pause. Un soupir.

— Écoute, je vais te dire un truc, dit la femme. Il n'y a pas grand-chose sur cette montagne. Et les gens qui y habitent… Tu ne trouveras pas leur adresse. Ils n'en ont pas.

— Comment ça ?

— Ce sont des squatteurs, répond-elle. Il y a beaucoup de chalets abandonnés datant de l'époque où Bear Creek était une station de ski. Des gens s'y sont installés. En ont construit d'autres.

— C'est autorisé ?

— Bien sûr que non, mais on n'a pas les moyens de faire appliquer la loi sur des milliers de kilomètres carrés de forêt non répertoriée. Du moment qu'ils ne créent pas d'ennuis, on les laisse tranquilles.

Évasion fiscale. Résidences illégales. Ça, c'est du genre des Lowell. Enfin, on progresse.

* * *

Ce soir, pour le dîner, c'est tacos. Alors que la maison s'emplit de l'odeur de viande, Callie passe la tête dans ma chambre.

— Elle est fâchée ? demandé-je.

— Non, dit-elle en secouant la tête. Je crois qu'on est bon pour quelque temps. Elle est d'accord que sortir ne peut nous faire que du bien.

Callie rentre dans la chambre.

— Je n'ai rien pu trouver sur Danny Densing sur Internet. Mais je me suis souvenue que j'avais ça.

Elle pose un almanach du lycée de Fayette sur le lit, ouvert à la page des portraits des terminales. Promo 2003.

— Pourquoi tu as ça ?

— J'ai fait partie du comité de l'almanach cette année. Notre prof m'a donné toutes ces vieilles éditions pour que je m'en inspire.

Un frisson d'excitation me parcourt. Elle est peut-être sur une photo. Ma sœur, traînant près du terrain de foot avec ses copines, avant qu'elle plaque tout. Callie semble lire mes pensées.

— Regarde ce que j'ai trouvé.

Elle désigne sur une photo une brune avec un immense sourire. Du genre : « Regardez mes grandes dents et mes magnifiques gencives dans toute leur splendeur ! »

Anne Marie Jones. Sous sa photo, elle a choisi une citation de *Sex and the City*.

— Tu te souviens d'elle ?

Je ne connaissais pas bien Anne Marie Jones. Elle me paraissait surtout aussi ennuyeuse que son prénom. Joslin ne l'invitait pas à la maison, mais elle n'invitait personne. Et Anne Marie n'était pas vraiment une amie. Elle et Joslin travaillaient à la boulangerie.

Jos adorait ce boulot, même si elle devait se lever à 4 h 30 du matin. Elle travaillait au comptoir, pesant les sablés et nouant des rubans autour des sachets de gâteaux. Elle espérait que sa patronne la laisserait un jour l'aider avec la fabrication et la décoration. Ma sœur avait les mains assurées, comme une sculptrice. Dans notre jardin, elle me fabriquait des fées avec des branches et des feuilles. Les ailes étaient faites avec des pétales et des brins d'herbe qu'elle manipulait comme du tissu.

— Elle est allée au cinéma avec Lori et Joslin une ou deux fois, continue Callie.

Oui, c'est vrai. Et Joslin avait râlé parce qu'Anne Marie s'était pratiquement incrustée. Quand Joslin parlait d'Anne Marie, on aurait pu croire qu'elle se trouvait prise en otage. Mais Lori ne refusait jamais une occasion de se faire de nouveaux amis.

— Elle vit toujours ici ?

— Oui. Apparemment, elle s'appelle Anne Marie Hahn, maintenant. Hahn, comme les hangars à bateau. Elle a épousé le fils, je crois.

Pas question de me bercer d'illusions. Joslin n'a dit à personne pourquoi elle partait ni où elle comptait aller ; elle ne se serait pas confiée à un pot de colle avec qui elle bossait l'été. Mais si Anne Marie est montée dans l'échelle sociale de Fayette en épousant un Hahn – ce qui est certes très relatif –, elle doit être bouffie d'orgueil. Et les gens bouffis d'orgueil ont tendance à savoir des choses. Ou du moins à croire qu'ils savent.

* * *

Anne Marie Hahn vit dans une maison à deux étages qui ne doit pas être tout à fait le château qu'elle avait espéré. Je le sais parce que, dès que Callie a annoncé qu'elle était la cousine de Lori Cawley, elle nous a invitées chez elle, déclarant avec fierté et sans la moindre honte qu'elle s'en était « plutôt bien sortie ».

Deux enfants se hurlent dessus dans le salon à droite de l'entrée.

— Je reviens tout de suite, dit Anne Marie. La maternelle s'arrête en juin et je n'ai personne pour m'aider pendant l'été.

Callie claque la langue avec sympathie pendant que je me demande pourquoi une femme qui ne travaille pas aurait besoin d'aide avec ses mômes. Pour ne rien laisser paraître, je contemple le mur. Il est peint en bleu ciel avec des mots en typo noire collés dessus : VIVRE. RIRE. AIMER. Il y a aussi des cadres photo marqués FAMILLE. Presque comme si Anne Marie cherchait à se convaincre de quelque chose.

Je crois que je ricane parce que Callie me fusille du regard.

— Moi, je trouve ça joli, dit-elle.

Dans le salon, Anne Marie installe ses garçons devant un DVD. Un DVD ! Ça, c'est Fayette tout craché. Il n'y a même pas Netflix, ici.

Les deux garçons sont blonds. Et ont moins de cinq ans. L'un d'entre eux nous observe, Callie et moi, avec un air méfiant qu'il doit réserver aux inconnus. L'autre gémit parce qu'il veut des bonbons ; Anne Marie lui répond d'une voix sèche qu'il pourra en avoir après le déjeuner.

— Oh, là, là, souffle-t-elle.

Elle revient dans l'entrée, affichant un sourire tellement large et artificiel que je détourne le regard.

— Comme vous avez grandi, toutes les deux. C'est fou !

Anne Marie propose qu'on s'installe « à l'arrière ». Elle nous largue devant une table sur la terrasse, puis disparaît et revient quelques minutes plus tard avec des verres, de la limonade et une carafe d'eau.

Elle pose ensuite ses deux coudes sur la table. Appuie son menton sur ses mains. Je n'arrive pas à savoir si elle m'observe ou si elle observe Callie parce que ses yeux bougent dans tous les sens.

Elle sait tout à fait qui je suis, vu qu'elle a dit qu'on avait bien grandi toutes les deux, mais elle ne m'a pas encore adressé la parole.

— Alors, comment allez-vous ?

Elle s'illumine, comme si on était de vieilles copines. Je regarde les verres, la limonade, et j'ai un pincement au cœur pour Anne Marie.

Callie se tourne vers moi.

— Mon père est décédé, lancé-je.

Pan ! On entame direct avec le mélodrame.

— Je suis désolée, dit-elle. Est-ce que je peux faire quelque chose pour toi ?

J'ai entendu dire que gens en deuil détestent qu'on leur pose cette question. Ce n'est qu'une banalité. Qui n'attend pas de réponse. Sauf si on a Tessa Lowell en face.

Je me racle la gorge.

— J'essaie de retrouver ma sœur.

Anne Marie fronce les sourcils.

— Je n'ai aucune nouvelle de Joslin depuis qu'elle est partie.

— Personne n'a de nouvelles, intervient Callie. C'est pour ça qu'on essaie de retrouver Danny.

— Danny Densing ? reprend Anne Marie, visiblement perplexe. Mais lui et Joslin n'étaient plus ensemble au moment de son départ.

Je le savais. Ce n'est pas ma sœur qui me l'a dit, mais je l'ai deviné à son visage. Dans les mois précédant sa fugue, Danny passait souvent à la maison chercher Joslin qui, étonnamment, était toujours à la boulangerie. Parfois, elle rentrait après 22 heures, déclarant qu'elle était épuisée et qu'elle n'avait pas envie de parler.

Pourquoi l'évitait-elle ? Parce qu'elle avait peur de lui ? Savait-elle qu'il était impliqué dans l'explosion de la maison à Arnold ?

— Est-ce que vous savez où vit Danny ? demandé-je.

— Oh, non, dit-elle en prenant une gorgée de limonade. Aux dernières nouvelles, il travaillait chez un concessionnaire auto quelque part.

Anne Marie me tend un verre de limonade. Avant que je ne puisse prendre une gorgée, un moucheron vient s'y noyer. Je repose le verre tandis qu'elle sert Callie, qui assure qu'elle n'a pas soif.

— Franchement, je pensais que Joslin finirait par revenir, poursuit Anne Marie. Elle parlait souvent de se prendre un appart quelque part, et je lui disais : « Jos, tu te rends compte de ce que ça coûte ? »

Je me suis trompée : ma sœur avait bien dit à quelqu'un qu'elle comptait partir. J'attrape mon verre, histoire de me donner une contenance, puis me souviens qu'il y a un moucheron dedans.

— J'ai toujours du mal à croire qu'elle a pu te laisser, poursuit Anne Marie en posant une main sur la mienne. Tu n'étais qu'une enfant.

Joslin aussi, selon la loi.

— Oui. Ça a été dur.

Anne Marie secoue la tête.

— Surtout après ce que vous aviez vécu toutes les deux, avec le procès.

Callie s'agite sur sa chaise.

— Je voulais vous parler un peu de Lori. Je ne sais pas si vous vous souvenez bien d'elle.

— Je m'en souviens très bien, interrompt Anne Marie. Lori était une crème.

Pour la première fois, son regard se pose clairement sur moi, presque comme une accusation. *Lori était une crème. Joslin, non.* Anne Marie sait-elle quelque chose sur ma sœur qu'elle refuse de me dire ?

— On essaie… juste de comprendre ce qui s'est vraiment passé cet été-là, reprend Callie.

Anne Marie écarquille les yeux.

— Oh, mais oui, mes pauvres petites ! Vous avez peur qu'il ne soit libéré, c'est ça ?

Elle se penche en avant et pose ses mains sur les nôtres, comme si on avait de nouveau huit ans.

— Il ne sera jamais, jamais libéré. Il ne fera jamais plus de mal à personne.

Callie adresse à Anne Marie un sourire timide.

— Oui, on sait. Lori était… Elle me manque encore beaucoup. C'est agréable d'entendre quelqu'un d'autre qui n'est pas de ma famille parler d'elle.

Comme on pouvait s'y attendre, Anne Marie adore s'entendre parler. Et Lori a acquis un statut de sainte dans sa tête.

— Elle était plus âgée que nous, mais elle assumait sa part d'enfant, dit Anne Marie en souriant. Un nouveau Pixar venait de sortir et Lori voulait aller à la séance de minuit, mais Jos et moi, on trouvait ça nul. Lori s'en fichait. Elle y est allée toute seule.

Callie est pendue aux lèvres d'Anne Marie. Elle ne mentait pas en affirmant qu'elle aimait bien entendre les gens parler de Lori. Je sais ce que c'est. Quand quelqu'un nous manque, aucune histoire n'est anodine. Et on n'en a jamais assez.

— Est-ce que Lori et Joslin se disputaient ? demande Callie.

— Franchement, je ne vois pas Lori se disputer avec qui que ce soit.

— Pas même un désaccord ? enchaîné-je.

Anne Marie hésite un instant.

— Eh bien… J'ai raconté ça à la police lorsqu'on m'a demandé si quelque chose avait contrarié Lori avant qu'elle meure.

— Qu'est-ce que vous leur avez dit ? demande Callie en se redressant.

Sous la table, je plaque ma jambe contre la sienne. *Doucement !*

— Lori est venue voir Jos pendant sa pause-déjeuner, reprend Anne Marie. Elles étaient à l'arrière et je les ai entendues en sortant les poubelles.

Ou plutôt elle a décidé de les espionner. Enfin, tant mieux pour nous.

— Je ne sais pas de quoi elle parlait, mais Lori était très contrariée et Jos ne l'écoutait pas. Je crois que ça avait un rapport avec un garçon.

— Danny ? demandé-je.

Anne Marie secoue la tête.

— Mike, peut-être ? Ou Tommy ?

— Non. Il me semble qu'il s'agissait de Steven.

Je me tourne vers Callie. Elle hausse les épaules.

— C'est qui, Steven ? continué-je.

— Aucune idée. Jos et moi ne fréquentions pas de Steven au lycée. J'ai pensé que c'était quelqu'un que connaissait Lori.

Pas son petit ami, en tout cas. Il s'appelait Chip. Je m'en souviens parce que, quand Lori l'a dit à Joslin, elle a tellement ri que j'ai eu peur qu'elle ne s'étouffe – et alors même que Lori lui expliquait que Chip était un diminutif de Christopher et qu'il ressemblait un peu à Matt Damon à l'époque de *Will Hunting*.

— Et elles se disputaient ? demande Callie.

— Je ne sais pas. C'était plutôt qu'elles n'étaient pas d'accord, précise Anne Marie. Le lendemain, lorsque Jos est passée chercher son chèque, tout semblait aller bien entre elles.

La porte moustiquaire de la cuisine claque et le plus jeune des deux garçons – celui qui nous avait dévisagées, Callie et moi, tout à l'heure – titube jusqu'à nous. Il grimpe sur les genoux d'Anne Marie et balbutie quelque chose dans son oreille.

— Qu'est-ce qui ne va pas, mon petit chat ? lui demande-t-elle.

Le garçon éclate en sanglots.

Callie essaie de poser une question à Anne Marie, mais les pleurs de l'enfant noient tout.

— Je suis désolée, crie Anne Marie. Je crois qu'il y en a un qui a besoin de faire une sieste.

— Pas de souci, il est temps qu'on parte, de toute façon, dit Callie.

Anne Marie nous accompagne jusqu'au portillon du jardin de derrière, puis le long de l'allée en brique jusqu'au bord du trottoir où est garée notre voiture. Pendant tout le trajet, l'enfant reste accroché à sa mère comme une moule sur son rocher et hurle. Nos au revoir sont rapides.

Alors que nous nous éloignons, je suis des yeux Anne Marie Hahn et son fils. En la voyant retourner dans son monde de Vivre, Rire, Aimer et Famille, j'essaie d'ignorer la boule qui se forme dans mon ventre.

Chapitre 19

— Tu es sûre que Steven n'est pas un des fils Faber ? me demande Callie lorsque nous rejoignons la rue principale.

— L'ex-femme de Joe n'a pas mentionné de Steven, réponds-je.

— Peut-être que ce Steven était une connaissance de Lori, murmure Callie.

— Alors pourquoi est-ce que Lori et Jos se disputaient à propos de lui ?

— On n'est même pas sûres qu'elles se disputaient. Après toutes ces années, Anne Marie a pu se tromper.

— Tu n'as pas entendu Lori au téléphone, Callie, dis-je – cette rencontre avec Anne Marie m'a mise de particulièrement mauvaise humeur. Lori était furieuse.

— Je dis seulement que c'était il y a bien longtemps. Moi, je ne me souviens pas de ce que je faisais la semaine dernière et toi, tu es sûre que Lori et Jos se disputaient cette nuit-là.

Je tourne la tête et regarde par la fenêtre.

— Il y a des choses qu'on n'oublie pas.

Malheureusement…

* * *

Maggie est en train d'arroser ses hortensias lorsque nous rentrons à la maison. Elle abaisse son tuyau en nous voyant arriver.

— Où étiez-vous ?

— Chez Luigi, répond Callie avec naturel.

Luigi, c'est le nom d'un glacier pas très loin de la piscine. Les Greenwood nous y emmenaient souvent. Une fois, c'était après une compétition de twirling. Callie avait refusé de sortir de la voiture de peur que les gens ne la voient dans son costume.

— On voulait te rapporter quelque chose, mais ça aurait fondu, ajoute-t-elle afin de parfaire son histoire.

Puis elle disparaît dans la maison.

J'aide Maggie à arroser le reste de plantes pour qu'elle puisse terminer de jardiner avant que le soleil tape trop fort. Lorsqu'on a terminé, elle part dans la cuisine s'atteler au dîner. Je me faufile dans le salon télé où j'ai vu un annuaire traîner à côté de l'ordinateur.

Il ne va manquer à personne pendant quelques heures. Je me précipite dans ma chambre tout en espérant que Maggie ne vienne pas me demander si j'ai du nouveau sur mon vol retour.

Il fait très chaud dans la chambre, mais je ferme quand même la porte. Hier soir, au dîner, Rick a proposé de déplacer l'air conditionné du salon télé dans ma chambre pour que je n'aie pas à dormir avec la fenêtre ouverte. J'ai insisté pour qu'il ne se dérange pas, même si j'ai l'impression de dormir dans le slip de Satan tous les soirs. J'allume le ventilateur à fond et m'installe devant avec mon annuaire ouvert à la rubrique des concessionnaires auto.

Dans le seul comté de Fayette, les concessionnaires auto occupent trois pages de l'annuaire – c'est un grand comté. Par ailleurs, si Danny Densing avait la moindre jugeote, il aurait quitté le comté depuis bien longtemps.

Mais Danny était déjà bête à l'époque où je l'ai connu et, d'après mon expérience, les gens bêtes ne font que devenir encore plus bêtes avec l'âge. S'il a réussi à éviter d'être inquiété pour cette affaire d'explosion à Arnold, il doit penser qu'il n'a plus rien à craindre. Bref, à mon avis, il vit toujours dans le comté.

J'appelle le premier concessionnaire, Brownsville Chevrolet, et on me répond qu'il n'y a pas de Dan ou de Danny qui travaille ici. À mon cinquième coup de fil, lorsque je demande Danny, une femme me demande de patienter et transfère mon appel. J'ai l'impression que mon cœur va exploser.

— Ici Dani, dit une femme.

Je raccroche.

Je m'allonge sur le dos, espérant que le ronronnement du ventilateur chasse cette impression que j'ai d'être un labrador abandonné dans un jardin toute la journée. J'ai un coup de soleil sur le nez ; le nombre de mes taches de rousseur a dû doubler. Heureusement que je n'ai aucune estime de moi-même.

Je reprends ma mission. Deux heures plus tard, il ne me reste pas beaucoup de numéros. L'étage baigne à présent dans une délicieuse odeur d'oignons frits. À un moment donné, Callie est allée se doucher. Un homme décroche.

— Bob à l'appareil.

— Je cherche quelqu'un qui s'appelle Danny.

— On en a deux, ici.

Le sol se dérobe sous mes pieds. Je baisse les yeux vers l'annuaire, lis le nom du concessionnaire qui se trouve sous mon index. *Smith's Nissan*.

— Allô ? reprend Bob.

— Densing, bredouillé-je. Est-ce qu'il y en a un qui s'appelle Densing ?

Un clic. Ce connard m'a raccroché au nez. J'éloigne le téléphone et regarde l'écran, incrédule. Mais non, la ligne n'est pas coupée. Je remets le téléphone contre mon oreille.

Ça sonne. Il a transféré l'appel.

Ça sonne encore. Et encore. Je bascule sur le répondeur.

— Salut, c'est Dan. Je suis absent pour l'instant, mais si vous me laissez un message et votre numéro, je vous rappelle dès que possible.

Le bip. Mon sang se fige dans mes veines. Je frissonne.

Il faut que je dise quelque chose avant que la machine ne me coupe. Je récite mon numéro de téléphone et explique à Danny que j'aimerais acheter une Altima. Et que je m'appelle Kelly.

Mes mains tremblent toujours longtemps après avoir raccroché. Je m'étais faite à l'idée de n'être sûre de rien dans cette affaire, mais je sais sans l'ombre d'un doute que la voix sur le répondeur est bien celle de Danny Densing.

* * *

Maggie m'observe beaucoup pendant le dîner – sans doute parce que j'ai une main dans la poche, enroulée autour de mon téléphone au cas où ça sonne. Rick remplace un collègue, nous ne sommes que trois à table. Lorsqu'elle a terminé de manger, Callie annonce qu'elle va chez Sabrina.

— Tu n'as rien mangé, dit Maggie en plissant le front.

Mais Callie est déjà sortie de table et a attrapé les clés sur le comptoir.

Elle s'est lissé les cheveux et a mis de la crème hydratante.

Elle ne va pas chez Sabrina. Elle va sans doute plutôt voir Ryan. Je les imagine sous les draps. C'est comment, de s'ouvrir comme ça à quelqu'un ? Cela dit, je ne sais pas si, de la part de Callie, tout ça n'est pas que de la manipulation.

Et là, je m'en veux, alors je m'arrête.

— Je reviens dans deux heures, annonce Callie.

Et, presque comme une arrière-pensée, elle embrasse Maggie sur la joue.

Maggie pose une main sur son visage, stupéfaite.

— Pas plus ! crie-t-elle après Callie qui est à la porte d'entrée. Il faut qu'on soit parties au plus tard à 6 h 30 demain matin.

La porte d'entrée se referme en claquant.

— Les filles que Callie a entraînées cette année ont une audition pour la FUST à Pittsburgh demain, dit Maggie. Tu es plus que bienvenue.

— Fédération US de Twirling ?

Maggie sourit, hoche la tête.

— Je sais que ça n'a pas l'air très excitant, et c'est vrai que ça dure toute la journée, mais on ira déjeuner quelque part, peut-être se balader un peu.

Je déplace mes grains de maïs et mes fayots sur mon assiette tandis que cette information fait son chemin dans ma tête. Demain, les Greenwood seront absents toute la journée.

— Euh…, bredouillé-je en posant ma fourchette. En fait, j'ai un truc de prévu demain. Avec un vieil ami.

— Qui ça ? demande Maggie.

— Decker Lucas ?

J'ai envie de disparaître. Non seulement ça m'embête de lui mentir, vu que Decker Lucas et moi n'avons rien de prévu – du moins, pas encore –, mais, en plus, elle va tout de suite s'imaginer qu'on a un rancard.

— Oh, dit Maggie en clignant des yeux. Decker est un gentil garçon.

Peut-être que je me fais des idées, mais j'ai l'impression que son sourire est forcé. Presque comme si elle ne me croyait pas.

* * *

Dans ma chambre, je vérifie que je n'ai pas raté d'appel ou reçu de message, même s'il est totalement impossible que je n'aie pas senti mon téléphone vibrer. Je me mets en pyjama et m'installe au lit avec le dessin de Bear Creek de mon père.

Si je parviens à parler à Danny – une fois qu'il aura compris que je ne suis pas Kelly et que je ne veux pas acheter une Altima –, quelles informations pourra-t-il me fournir sur Jos ? Ont-ils été en contact ces dix dernières années ?

J'ai le sentiment que Jos a trouvé notre mère ; elle n'est pas allée à Deer Run la chercher. Sans doute parce qu'elle savait qu'elle n'y était pas.

Joslin est plus vieille que moi – assez âgée pour se souvenir du dessin de Bear Creek de mon père. Peut-être y est-elle même allée ?

L'idée de faire deux heures et demie de route sur une simple intuition est délirante. Callie dirait même que c'est une immense perte de temps.

J'affiche le numéro de téléphone de Decker sur mon téléphone, ravie de ne pas l'avoir effacé. Et lui envoie un SMS.

Qu'est-ce que tu fais, demain ? C'est Tessa.

Une minute plus tard, il répond :

RIEN. POURQUOI ?

Je me mordille l'intérieur de la joue. Puis :

Est-ce que tu as déjà été à Bear Creek/est-ce que tu veux y aller ?

NON/OUI !!!

Un immense sourire se déploie malgré moi sur mon visage. J'ai peut-être trouvé quelqu'un d'aussi fou que moi.

Chapitre 20

Decker propose de venir me chercher chez les Greenwood, mais j'insiste pour le retrouver au *Quik Mart*. Surtout, que personne n'aille s'imaginer que ceci est un rancard.

Pour être honnête, je n'ai jamais eu un rancard, du moins, pas vraiment (je trouve d'ailleurs que la définition du rancard est assez floue). J'ai failli en cinquième. Frank Tricarico s'asseyait derrière moi en science. Il faisait cinq centimètres de moins que moi et se mettait toujours des tonnes de gel dans les cheveux, rajoutant une petite houppette à l'avant. Le jour de la Saint-Valentin, il m'a balancé une feuille volante pliée en marmonnant : « Quelqu'un m'a demandé de te donner ça. »

Étaient dessinées au crayon les neuf planètes, avec un commentaire expliquant que ça avait un rapport avec les cours. Puis, un message : « Joyeuse Saint-Valentin, Tessa ! » Et un numéro de téléphone écrit par Frank – j'ai reconnu son écriture.

Je l'ai jeté dans une poubelle derrière l'école avant de monter dans le bus en pensant que si Gram tombait sur cette carte, j'en mourrais. Pendant le reste de l'année, j'ai pris soin de ne jamais croiser le regard de Frank, même en lui distribuant des feuilles d'exercices.

Je n'ai jamais raconté ça à personne : parfois, je fais semblant qu'il y a deux psys qui se disputent dans ma tête. Le premier, c'est le docteur Marano, la psy que Gram m'a emmenée voir. Le docteur Marano estime que j'ai jeté la carte parce que je suis incapable de former des liens conséquents avec les gens et que j'ai une tendance à l'évitement ; le second psy affirme tout simplement que c'est parce que je ne ressentais rien pour Frank.

J'ai tendance à écouter plutôt le second psy.

Avant de partir, je regonfle les pneus du vélo de Callie avec la pompe que j'ai vue dans le garage. Au cas où. J'arrive à la station-essence avant Decker, donc j'achète deux sachets de Twizzlers et une bouteille de thé glacé. Quand Decker arrive, je le salue et il baisse sa vitre. Je lui montre les bonbons ; il s'illumine comme un sapin de Noël, puis sort de la voiture et m'aide à mettre le vélo de Callie dans le coffre.

Je m'installe dans le siège passager de l'étrange voiture qui était dans l'allée du garage de Decker l'autre jour. Le cuir des sièges est craquelé, le tableau de bord n'a plus trop de couleur.

— C'est quoi, cette voiture ? demandé-je.

— C'est un Chevy Monte Carlo de 1992, dit-il avec fierté. Elle appartient à mon père.

— Cool.

Je passe la main sur le bord de mon siège tout en me demandant si on va réussir à atteindre Bear Creek dans une voiture qui est plus âgée que nous. Decker sort du parking. Il heurte le trottoir, nous rebondissons et ma tête frôle le plafond. Je ferme les yeux, me détends.

— L'itinéraire que j'ai imprimé conseille de prendre l'autoroute, dit Decker en se grattant le cou. Enfin, je crois.

Il fait un geste vague en direction de mes pieds. J'avise un vieux sac Taco Bell contenant des déchets et une feuille de papier. Je la déplie, étudie la route jusqu'à Bear Mountain ; c'est la même que celle que j'ai imprimée depuis Google ce matin.

Decker se dirige vers l'autoroute, et je me cale dans mon siège.

— J'ai pris de l'argent pour l'essence, dis-je.

Le solde de mon compte est un numéro à deux chiffres, ce qui m'inquiète, mais, si tout va bien, je devrais avoir bientôt quitté Fayette.

Decker balaie ça d'un revers de la main – la main qui n'est pas plongée dans le sachet de Twizzlers.

— La vache, ce sont mes préférés, ce qui craint parce que ma mère m'interdit de manger des trucs avec du colorant rouge.

— Pourquoi ?

— PKU, répond-il comme si ça expliquait tout.

Je hausse les épaules et Decker se lance dans une longue explication sur l'histoire de sa naissance et la découverte qu'il était atteint de phénylcétonurie, ce qui implique un régime alimentaire très strict pour éviter qu'il n'ait des troubles mentaux.

— Bref, plus de colorant rouge numéro 3. Je suis d'ailleurs sûr que ma mère pense que je ne vais pas à l'université parce que j'ai mangé un M&M's aux cinq ans de Kevin Bishop.

Suis-je censée trouver ça drôle ? Decker, lui, est hilare.

— Alors, y a quoi à Bear Creek ? demande Decker en calant un Twizzler entre ses dents.

— Ma mère, réponds-je.

Mais il faut aussi que je le prépare à l'idée que cette expédition n'est peut-être qu'une immense perte de temps, alors j'ajoute :

— Je crois. Je la cherche depuis que je suis arrivée ici et j'ai trouvé ce dessin. Je crois que ma famille a un chalet là-haut.

Decker a l'air fasciné et en aucun cas troublé par le fait qu'on se tape cinq heures de voiture aller-retour à cause d'un dessin et d'une intuition.

— On joue un peu les détectives privés, en fait ?

— Oui, réponds-je en souriant – ça me plaît. Exactement.

— Trop bien, dit Decker.

— Ça ne te dérange vraiment pas ? demandé-je. Tu avais sûrement des dizaines de choses plus intéressantes à faire.

— Non. Je n'ai pas été pris chez le réparateur de vélo. Je n'ai pas les compétences.

Il met ça entre guillemets et j'éclate de rire en dépit de ma nervosité.

Même un bavard comme Decker est incapable de parler deux heures et demie d'affilée. Au bout d'une heure, il s'essouffle et met la radio, baissant le volume quand il a besoin que je lui indique la voie à suivre. Pour atteindre Bear Mountain et la ville de Bear Creek, il faut continuer plein nord et rester à l'ouest des Alleghenies. En essayant de trouver des images satellite de la zone, j'ai cru que Google allait me rire au nez.

Au bout de deux heures, les aires de repos disparaissent. Mes oreilles sifflent à cause de l'altitude et la radio grésille. Decker l'éteint.

— Je n'ai pas vu de sortie depuis des kilomètres. Où diable sommes-nous ?

— OK, je vais faire comme si tu n'avais pas dit « où diable ».

J'examine la carte toute pixélisée sous l'itinéraire. La ville que nous traversons actuellement n'est pas sur la carte. Je lis les consignes.

— On est censés sortir à Wigwam Road.

— Là, dit Decker en désignant un panneau.

Trois cents mètres plus loin, il ralentit et sort. Nous atterrissons sur une route départementale déserte accessible après un simple Stop. Decker tourne. Au bout de huit cents mètres, le bitume disparaît et nous roulons sur des graviers, puis de la terre. Nous passons devant une station-service déserte, avec ces vieilles pompes à essence qui suggèrent qu'elle est abandonnée depuis plus de trente ans.

— Je crois qu'on était supposés tourner à gauche sur la route principale, dis-je au bout d'un quart d'heure sans bifurcation.

Je n'ai aucune envie de me perdre dans ce coin sans le moindre réseau.

— On n'a qu'à demander à quelqu'un, dit Decker d'un ton enjoué – il doit croire qu'on est à Pittsburgh et pas à Pétaouchnock.

Nous roulons encore pendant plusieurs kilomètres avant de croiser quelqu'un – un homme âgé qui se cure les ongles avec un couteau assis dans un transat devant sa maison. Decker ralentit. Il n'y a pas d'allée où se garer. Haussant les épaules, Decker s'arrête.

Le vieil homme pose son couteau en nous voyant sortir de la voiture.

— Eh bien, vous devez être perdus.

Il a un accent des Appalaches prononcé.

— On essaie de se rendre à Bear Creek, lui explique Decker.

L'homme se redresse – à croire qu'on a éveillé sa curiosité.

— Et pourquoi ça ? dit-il en nous observant. Tu l'as mise dans de sales draps et tu as peur de son père ?

Il scrute mon tee-shirt qui est plutôt large. Il doit penser que je suis enceinte. Je le tire vers le bas pour qu'il ne se fasse pas d'idée.

— On cherche quelqu'un.

Une nuée de moucherons m'assaille et j'agite la main tout en remarquant la poire à moitié consommée aux pieds de l'homme. Elle est couverte de bestioles.

— Faut revenir en arrière, dit-il, presque comme si c'était un seul mot : *faurevenirenarrière*. Et à la bifurcation, vous tournez.

— Merci, monsieur, dit Decker. Vous êtes bien aimable.

Alors que nous nous apprêtons à remonter dans la voiture, l'homme se racle la gorge. Nous nous arrêtons.

— Vous savez ce que c'est, Bear Creek, non ?

Ensuite il crache, manquant la poire de justesse.

— Une station de ski ? proposé-je.

L'homme se projette en avant et éclate de rire.

— Conseil d'ami : ils n'apprécient pas bien les gens qui ne font que passer. Ça leur fait peur.

— Parce que ce sont des squatteurs ? dis-je.

— Oh, non, c'est le cadet de leurs soucis, marmonne le vieil homme. Si tu viens te cacher à Bear Creek, c'est que tu n'as nulle part d'autre où aller.

— Waouh, dit Decker en me regardant. Genre poursuivi par la loi ou un truc comme ça ?

— Un truc comme ça, répond l'homme en ressortant son couteau. Évitez de poser trop de questions, là-haut.

Alors que nous nous éloignons, une vive appréhension me saisit. Je n'ai que ça, des questions.

* * *

Nous repartons en direction de l'ouest.

— Là, dis-je en désignant la bifurcation, stressée par le fait qu'elle survient très vite.

Decker doit presque s'arrêter pour que nous puissions tourner. La route est si étroite que des branches d'arbre frôlent les côtés de la voiture.

On continue de monter. Un panneau indique la présence d'un petit ensemble de résidences à louer niché au creux des arbres. Il y a des disponibilités et il faut payer en liquide.

— C'est ici ? demande Decker en ralentissant devant le panneau.

Il a l'air déçu.

Je me colle à la vitre pour mieux voir. Une allée en gravier disparaît entre les arbres et, au loin, j'aperçois quelques chalets. Ainsi qu'une femme qui s'occupe de son barbecue sur un des balcons. Elle nous tourne le dos, mais je vois qu'elle a les bras enroulés autour de sa taille.

J'en ai la chair de poule. Cette attitude m'est très familière. Ma mère se tenait comme ça, calée contre le mât à m'attendre lorsqu'elle terminait ses ménages suffisamment tôt pour venir me chercher à l'école.

J'ai du mal à respirer. La femme se retourne, nous regarde d'un air mauvais. Je soupire. Ce n'est pas ma mère.

— Continue, dis-je à Decker. Regarde.

Il lève les yeux. Au loin, la montagne avec ses deux sommets semblables aux deux bosses d'un chameau domine.

— On a encore du chemin à faire, on n'est même pas encore sur la montagne.

Nous continuons, passant ensuite devant un panneau en bois pourri annonçant qu'on est arrivé à Bear Creek. Sur un autre panneau, je comprends que la station de ski, celle qui a fermé il y a vingt-cinq ans, est à quinze kilomètres de là.

À un moment donné, nous franchissons un pont ; en dessous, au bord de la rivière, deux hommes pêchent. Lorsque nous passons près d'eux, ils lèvent la tête. Je m'enfonce dans mon siège. Tout ça m'évoque un peu trop le film *Deliverance*, mais Decker est surexcité.

— Oh, là, là, on est vraiment dans un trou paumé de chez paumé. Quand je pense qu'on nous prend pour des péquenots à Fayette…

— Oui, réponds-je. Mais ne le dis pas trop fort.

— OK, OK, t'as raison.

À la sortie du pont, la conduite devient encore plus sportive. Decker resserre sa ceinture. On est à présent sur une petite route en gravier qu'encadrent des cabanes et des caravanes.

Deux femmes nous observent depuis le porche d'un magasin d'appâts. Nous restons sur la route, surtout parce qu'il n'y a nulle part d'autre où aller, et dépassons un saloon, une caravane où on sert aussi des petits déjeuners et une petite épicerie.

— Quel adorable village, dit Decker. Ils ont même une station-service.

Enfin, une pompe qui a l'air épuisée devant le magasin d'appâts.

— Garons-nous près de l'épicerie, dis-je.

Les deux femmes qui nous observent me mettent mal à l'aise. Repensant aux deux hommes qui pêchaient, j'en viens à me demander si les gens se déplacent toujours par groupes de deux. Je suis soudain plus que reconnaissante à Decker d'être venu. Dès que nous sommes garés, je bondis hors de la voiture, générant un nuage de poussière avec mes chaussures.

— Z'êtes perdus ? demande quelqu'un.

La voix provient du Mini-Mart. Un homme assis sur son hayon est en train de vider un seau entier rempli d'écrevisses. Avant que je ne puisse l'en empêcher, Decker répond.

— Non, m'sieur, on cherche de la famille.

L'homme tient dans ses mains une créature grisâtre et longiligne. Mon père disait qu'il ne toucherait jamais un poisson pêché dans une rivière de Pennsylvanie. L'industrie du charbon avait déjà contaminé tous les cours d'eau.

— La famille, ricane-t-il.

Il ne porte pas de tee-shirt ; il a le torse bronzé, et les bras et les épaules musclées. Il a une cicatrice sur une épaule, on dirait un slash marron qui interromprait une phrase.

Je retrouve ma voix.

— Elle s'appelle Annette, mais elle se sert peut-être d'un autre nom. Elle a la peau claire, une taille moyenne...

J'hésite. Je ne me rappelle plus très bien ma mère. C'est comme si on m'avait demandé de la dessiner et que je n'avais pu faire qu'un bonhomme en bâtonnets dépourvu de détails. Un sentiment de panique me saisit. Decker me regarde bizarrement.

— Elle a des taches de rousseur sur les bras, continué-je. Des cheveux châtain clair. Et sur son cou, elle a comme une bande de peau décolorée.

Quelque chose traverse le regard de l'homme. L'a-t-il reconnue ? Il reporte son attention sur ses langoustines.

— Ça me dit rien.

Decker l'a remarqué aussi – cette seconde fugace où l'homme a eu l'air de reconnaître la femme dont je parle –, parce qu'il ouvre la bouche. Avant que je puisse attraper la manche de son tee-shirt, il dit :

— Je pense que vous ne dites pas tout.

L'homme cesse de gratter son crustacé.

— Eh, le scout, je te donne cinq secondes pour débarrasser le putain de plancher.

Mon cœur cesse de battre un instant. Comme moi, Decker regarde à présent le couteau dont se sert l'homme pour nettoyer ses écrevisses.

Je l'entraîne dans l'épicerie.

— Les gens ne sont pas très sympathiques, ici, marmonne-t-il.

Il fait environ mille degrés dans le magasin. Les ventilateurs au plafond ne font que brasser de l'air chaud. La caisse est placée à un endroit stratégique, près des congélateurs. Sur lesquels quelqu'un a scotché une feuille de papier A4 : SACS DE GLAÇONS : 2 POUR 3 $.

La fille derrière la caisse lève à peine les yeux. Elle doit être jeune, mais a la peau déjà fatiguée et abîmée, si bien qu'elle paraîtrait jeune pour une trentenaire, mais vieille pour quelqu'un de vingt ans.

Decker a bu tout le thé glacé dans la voiture, donc nous nous dirigeons vers le frigo contenant les bouteilles d'eau. J'ouvre la porte et en attrape une pendant que Decker se prend un Coca.

— Et si tu me laissais poser les questions, cette fois ? suggéré-je.

— OK, OK, répond Decker.

La fille de la caisse lève la tête, cligne des yeux.

— Salut, lui dit Decker, et je lui file un méchant coup de coude.

— Bonjour, répond la jeune femme d'une voix timide en scannant nos articles.

— Je suis sûre que vous allez pouvoir m'aider avec un truc, dis-je.

La jeune femme se raidit.

— Ah bon ?

— Les gens, ici, ils vivent dans la montagne, c'est ça ?

Elle croise les bras sur sa taille.

— Je ne compte déranger personne, dis-je d'une voix basse. Je veux juste retrouver quelqu'un.

Elle se gratte l'avant-bras. Jette un œil vers la porte.

— Oui, il y a plein de gens qui vivent dans la montagne. Le shérif est passé il y a quelques mois pour distribuer des amendes, mais les gens sont vite revenus.

— Il y a combien de maisons, là-haut ? Si je devais me promener…

— Si vous allez frapper aux portes, on vous accueillera à coups de fusil, déclare-t-elle d'un ton véhément – et je me dis qu'elle est en fait plus âgée que moi. Si vous êtes arrivés ici sans y être invités, c'est que vous êtes à la recherche de quelqu'un qui n'a pas envie d'être trouvé.

— Pas quelqu'un, dis-je. Ma mère.

Les traits de la jeune femme s'adoucissent. À côté de moi, Decker glisse ses mains dans ses poches et se balance d'avant en arrière. Il est obligé de se retenir physiquement de parler.

— C'est ici le seul endroit pour faire des courses ? demandé-je.

— Il y a un autre endroit à une trentaine de kilomètres au sud, répond-elle.

Je lui décris Annette telle que je la revois. La fille hoche la tête imperceptiblement.

— Oui. Elle vient de temps en temps.

Une décharge électrique me parcourt le corps. *Ma mère est ici.* Essayant de ne pas paraître trop curieuse, je demande :

— C'était quand, la dernière fois ?

— La semaine dernière, je crois ?

Je crois que je vais m'évanouir. *La semaine dernière.*

— Si vous la voyiez, vous pourriez lui dire que sa fille la cherche ?

La jeune femme hésite, puis hoche la tête.

— Vous devriez laisser votre numéro.

Elle me fait passer un stylo et un vieux ticket. Je note mon numéro. Puis je rajoute : « Tessa » en dessous.

— Merci, dis-je, à bout de souffle.

Elle hoche de nouveau la tête, puis croise mon regard, ce qui me donne le sentiment que je peux lui faire confiance. Si ma mère repasse par ici, elle saura que je suis venue, que je la cherche.

Alors que nous quittons le magasin, l'homme aux langoustines nous observe d'un air menaçant. Il se tourne ensuite vers un autre homme, au crâne rasé et aux yeux noirs vitreux. Je me détourne.

— Et maintenant ? demande Decker. Tu veux qu'on aille voir si on trouve ta mère ? Ma voiture ne va pas pouvoir grimper, mais on peut toujours y aller à pied.

— Euh, je ne sais pas.

Je lui adresse un regard que j'espère il comprendra : *Parle moins fort, putain.* Les deux hommes nous regardent fixement à présent et ils n'ont pas l'air contents.

Decker contemple la montagne, protégeant ses yeux du soleil avec sa main. Une colonne de fumée se dresse au-dessus des arbres. *Peut-être est-ce ma mère qui fait du feu ?*

— On a encore quelques heures devant nous avant la nuit, continue Decker. C'est dommage qu'on n'ait ni chaussures de marche, ni pantalon, ni lampe torche, mais…

— Decker, dis-je, les dents serrées.

Les deux hommes se dirigent vers nous.

Le second homme est maigre comme un clou et les os de ses hanches saillent au-dessus de son jean trop grand. J'aperçois une swastika dans le tatouage qui recouvre l'intégralité de son bras. Il est deux fois plus petit que l'homme aux écrevisses, mais dix fois plus terrifiant. Decker ne dit plus rien.

— Eh, p'tit gars, dit le skinhead en approchant son visage à quelques centimètres de celui de Decker. Il est grand temps que toi et ta putain, vous vous tiriez d'ici.

Decker lève les mains, paumes ouvertes. Elles tremblent.

— On ne veut pas d'ennuis. Elle est juste venue voir sa mère.

L'homme fait craquer les jointures de ses mains. Chacune a une lettre tatouée, mais je n'arrive pas à lire le mot qu'elles forment.

— Je me fous de ce que vous foutez ici. Vous n'êtes pas les bienvenus.

Enfin, je retrouve l'usage de la parole.

— Decker, on s'en va.

Il ne proteste pas. Nous parcourons à toute vitesse, mais sans courir, le court chemin menant à la voiture. Decker manque de faire tomber ses clés.

— Tu sais, reprend Decker lorsque nous sommes à l'intérieur, on peut faire un tour de la ville. Et essayer de trouver un autre moyen d'explorer la montagne.

À travers le pare-brise, j'observe la vaste forêt qui enveloppe Bear Mountain. Des centaines de kilomètres carrés d'inconnu. Il nous faudrait cacher la voiture, marcher longtemps. Je ne sais pas ce qui est pire : mourir aux mains du skinhead et de l'homme aux écrevisses, ou se perdre dans la montagne et succomber aux éléments.

— Alors ? demande Decker en voyant que je ne réponds pas.

Je passe ma main sur la portière pour m'assurer qu'elle est bien fermée.

— On se tire d'ici.

Chapitre 21

Decker comprend vite que je n'ai pas vraiment envie de parler et m'offre un des sachets de Twizzlers. Je secoue la tête, regarde par la vitre.

— Tu crois que l'homme était un néonazi ? demande Decker.

— Ouais.

Et vu sa réaction à notre présence, je pense qu'il a tout le FBI aux trousses.

— Désolée, j'ai failli nous faire tuer. Ce n'était pas une bonne idée.

— Mais si, dit-il. Maintenant, tu sais que ta mère vit ici.

Je me tourne vers lui. Il m'adresse un sourire encourageant, auquel je réponds, et il se concentre de nouveau sur la route.

Posant ma tête sur le rebord de la fenêtre, je regarde la montagne disparaître. La montée d'adrénaline que j'ai ressentie dans le magasin est partie, laissant place au désespoir. Soudain, je suis persuadée que ma mère ne va pas retourner à l'épicerie avant longtemps.

Il faut bien qu'elle mange, me dis-je. Mais mon esprit se concentre sur les deux hommes qui pêchaient dans la rivière. La forêt est pleine d'animaux qu'il suffit de chasser. Si on est un peu dégourdi.

Ce qui n'est pas son cas. Elle pouvait à peine nous nourrir, ma sœur et moi, lorsque mon père était en déplacement.

Jos a toujours été comme mon père : elle sait survivre. Ma mère et moi, on a de la chance et on se débrouille.

Bear Creek n'a pas d'accès au réseau. Quelle est la probabilité que ma mère ait un téléphone ?

Le magasin a une ligne fixe dont elle pourrait se servir. J'ai vu des poteaux électriques le long de la route.

Reste la question la plus douloureuse, celle à laquelle je n'ai pas de réponse. Va-t-elle m'appeler ?

La radio se remet en marche vingt minutes après notre départ de Bear Creek, alors que nous sommes sur l'autoroute. Mon téléphone vibre dans ma poche. Une seule fois. Ce qui signifie qu'on m'a laissé un message.

J'ouvre mon téléphone. Sans surprise, je n'ai raté aucun appel. Le répondeur a dû se déclencher automatiquement lorsque j'étais à Bear Creek. Mes doigts tremblent sur les touches alors que je tape mon code PIN.

— Salut, Kelly, c'est Dan, de chez *Smith's Nissan*. Rappelez-moi pour qu'on puisse parler de l'Altima ! On a une belle offre…

Je n'écoute pas la suite, j'attends juste qu'il me donne un numéro à rappeler. Heureusement que j'ai toujours été trop fainéante pour enregistrer un message d'accueil. Mes oreilles bourdonnent. J'ai du mal à réfléchir. Decker a mis la radio à fond et tape des doigts sur le volant en rythme avec une chanson de Linkin Park.

Je ne peux pas rappeler Danny si Decker est là. Certes, s'il y a bien une personne à qui je fais confiance, c'est Decker, mais je ne peux pas poser à Danny des questions difficiles sur ma sœur devant lui.

Si Decker savait de quoi je soupçonne Joslin – s'il connaissait la véritable raison de cette expédition pour voir ma mère –, je ne pense pas qu'il aurait encore envie de traîner avec moi.

Nous nous trouvons pris dans quelques bouchons. Le trajet me paraît infini. Et si Danny est déjà parti à mon retour ? Je ne peux pas chasser ce sentiment que je suis en retard, qu'il va se rendre compte qu'il y a un truc qui cloche avant que je ne puisse lui parler. Peut-être même qu'il va se repasser mon message et qu'il pourra deviner à ma voix que je ne suis pas à la recherche d'une voiture.

Il est 17 heures passées lorsque nous arrivons à Fayette. Decker se faufile dans l'allée des Greenwood. Le minivan n'est pas là. Callie et Maggie ne sont pas encore rentrées de Pittsburgh.

— Tu devrais m'appeler, lance Decker, et ses oreilles rougissent. Si tu as des nouvelles de ta mère, je veux dire. Tiens-moi au courant.

— Ouais, ça marche.

J'ouvre la portière, je sors. Puis passe ma tête dans la voiture.

— Et… merci.

— Y a pas de quoi. Amis, tu te souviens ?

De toutes les choses qui pouvaient m'arriver à Fayette, me faire un ami n'était pas sur la liste. Je suis contente de m'être trompée.

Je salue Decker d'un geste de la main et ferme la portière. Il me salue à son tour et recule dans l'allée, emportant avec lui la poubelle de recyclage des Greenwood. Heureusement, elle est vide. Je la ramasse et la range dans le garage.

Ne voulant pas perdre de temps avec la clé de la porte d'entrée, je me dirige plutôt vers le jardin et m'assieds dans l'herbe, adossée à la barrière.

Je réécoute le message de Danny afin de vérifier que j'ai le bon numéro. Je suis encore plus sûre qu'hier que c'est bien lui. Et je réécoute encore le message. Je temporise, évidemment.

Tessa, arrête d'être aussi chochotte!

Je compose le numéro ; à la deuxième sonnerie, quelqu'un décroche.

— Dan à l'appareil.

Sa voix est enjouée, claire. Il est prêt à faire l'article. Ça me déstabilise. Le type que j'ai connu avait toujours un chewing-gum ou du tabac dans la bouche, et on ne comprenait pas grand-chose à ce qu'il disait.

— Danny ? demandé-je, et j'ai l'impression d'être minuscule.

Il marque un temps. Peut-être que ça fait longtemps que personne ne l'a appelé ainsi.

— Qui est-ce ?

J'attrape une poignée d'herbe, histoire de m'accrocher à quelque chose.

— C'est Tessa Lowell. Tu te souviens de moi ?

Un temps encore plus long.

— Comment tu as eu ce numéro ?

Sa voix n'a plus rien d'agréable. J'agrippe mon téléphone.

— S'il te plaît, ne raccroche pas, supplié-je, presque essoufflée.

— Écoute, je ne sais pas de quoi il s'agit, mais je suis débordé et…

— Je suis à Fayette, continué-je. J'essaie de trouver Joslin.

Danny ricane.

— Comme si je savais ce qui lui est arrivé.

« Ce qui lui est arrivé », noté-je. Pas « Où elle est ». Mon ventre se tord.

— Je n'ai pas l'intention de te dénoncer aux flics, dis-je. Mais je sais que tu t'es servi d'elle comme alibi pour la nuit où la maison d'Arnold a explosé. J'ai besoin de savoir si elle était vraiment avec toi.

Je peux pratiquement entendre les rouages dans son cerveau tourner. Qu'est-ce que je sais vraiment ? À ma grande surprise, il ne me raccroche pas au nez.

— Non, Jos n'était pas avec moi, soupire-t-il. Je lui ai demandé de dire ça parce que j'étais en galère, mais c'était il y a dix ans. Je suis clean, maintenant, et je n'ai pas eu de nouvelles d'elle depuis qu'elle est partie.

— Est-ce que tu sais où elle était, cette nuit-là ? demandé-je, n'osant pas espérer.

— Aucune idée, répond Danny. Quand je l'ai appelée ce soir-là pour savoir ce qu'elle faisait, elle m'a dit qu'elle se rendait chez sa copine pour te récupérer.

Elle se rendait chez les Greenwood ? Ça n'a aucun sens. Jos ne serait pas venue me chercher au milieu de la nuit, sauf s'il y avait eu un gros souci. Par ailleurs, elle n'est jamais arrivée chez les Greenwood.

— Tu es là ? me demande Danny.

Je déglutis, espérant apaiser les battements frénétiques de mon cœur.

— C'est juste que… elle n'est pas venue me chercher.

— Je sais, dit Danny d'une voix grave. Elle n'est pas arrivée à temps. Jos a de la chance. Si elle avait été là, ça aurait peut-être été elle.

Chanceuse, peut-être. Ou alors elle est bien arrivée chez les Greenwood à temps. Mais ce n'était pas pour me récupérer.

Elle a pu éventrer la moustiquaire pour brouiller les pistes. Ma sœur était loin d'être bête. Si elle a tué Lori et s'est débarrassée de son corps à la manière du Monstre, elle aurait eu la présence d'esprit de faire croire à une effraction.

— Écoute, petite. Je sais que tu as envie de la retrouver, mais elle et moi, on a rompu des mois avant qu'elle parte. Je suis la dernière personne à qui elle aurait dit qu'elle partait.

Non, pas toi. Tu ne connais pas ma mère. C'est elle, la dernière personne à qui Jos se serait confiée.

— Après la mort de Lori, est-ce que Jos était différente ? demandé-je, espérant que Danny ne va pas me demander pourquoi je pose cette question. Est-ce qu'elle a dit ou fait quelque chose d'un peu bizarre ?

— Ben, elle était vraiment triste pour Lori.

Triste. Comme si les Eagles avaient perdu la finale du Superbowl. Jos était dévastée par la mort de Lori. Elle n'avait plus la force d'aller travailler, de m'aider à me préparer pour l'école. Je comprends soudain que Danny n'a jamais vraiment connu ma sœur. Je n'ai fait que poursuivre un fantôme.

— Elle m'a quand même dit un jour qu'elle se disputait beaucoup avec sa mère, continue Danny. Que si tu n'avais pas été là, elle serait partie depuis longtemps.

Mes yeux me brûlent. Mais je ne peux pas céder à mes émotions.

— Est-ce qu'elle a parlé de son vrai père ? Peut-être qu'elle envisageait d'aller vivre avec lui ?

— C'est exactement pour ça qu'elle se disputait avec sa mère – enfin, votre mère. Elle voulait connaître l'identité de son père, et ta mère refusait de lui dire parce qu'elle ne voulait pas que Jos le rencontre.

Alan Je-ne-sais-quoi, l'homme que ma mère a suivi en Louisiane. L'homme qui ne voulait pas du bébé qui n'est jamais né et qui maltraitait ma mère après la naissance de Jos.

— Est-ce que Jos l'a trouvé ? demandé-je.

— Je ne sais pas, répond Danny. Mais j'espère que oui. Elle méritait de savoir d'où elle venait.

Est-ce pour ça que ma mère a tu le nom du père de Jos ? Parce qu'elle ne voulait pas que Jos découvre qu'Alan de Louisiane ne voulait pas d'elle ? Peut-être qu'Annette cherchait juste à la protéger et que Jos était incapable de s'en rendre compte.

— Merci, Danny, dis-je. Est-ce que… Est-ce que tu me rappelleras si tu te souviens de quelque chose qui pourrait m'aider à la retrouver ?

— Ça marche. Eh, Tessa…, ajoute-t-il alors que je m'apprête à raccrocher. Bonne chance. Salue Jos de ma part quand tu la retrouveras.

* * *

Lorsque je raccroche, je cours à l'étage, où se trouve mon chargeur. Il ne me reste plus beaucoup de batterie. Or, à partir de maintenant, je ne quitte pas mon téléphone. Au cas où ma mère appelle.

Allongée sur le flanc, j'observe mon portable, posé à côté de moi.

J'ai retrouvé Danny. Maintenant, à moi de décider si je le crois.

J'imagine un scénario dans ma tête. La nuit de la mort de Lori, Danny est à Arnold avec Mike et Tommy Faber, et tout se casse la gueule quand la maison explose. Danny se rend compte qu'il a besoin de faire croire qu'il était à Fayette et appelle Joslin. Elle lui dit qu'elle va me chercher chez les Greenwood. Elle vient de se disputer avec Lori au téléphone, mais n'en dit rien à Danny.

Ou peut-être que si, et Danny ne m'en a pas parlé. Jos a pu dire à Danny que Lori savait ce que lui et les fils Faber faisaient à Arnold ; peut-être que les Faber l'ont appris et ont paniqué en comprenant que Lori pouvait les impliquer dans l'explosion. Ils décident de la tuer et rentrent à Fayette.

Ce qui me paraît difficile. Je doute qu'ils aient été en état de se dépêcher de rentrer à Fayette pour tuer Lori et se débarrasser de son corps quelques minutes après l'explosion de leur labo de meth. Quelqu'un les aurait vus. Après tout, trois personnes ont aperçu l'homme suspect qui arpentait le quartier à la recherche de son chat.

Personne n'a rien vu d'étrange dans les minutes ayant précédé le meurtre. La théorie la plus plausible, c'est que le meurtrier était seul et n'avait rien de menaçant.

J'entends ensuite le bruit de la porte d'entrée qui s'ouvre. Des voix : Maggie et Callie. Je me fige, comme si j'étais un intrus. Ça me faisait bizarre d'être ici sans elles.

Elles haussent le ton – elles se disputent. Je passe la tête par la porte afin de mieux les entendre, mais tout ce que je comprends, c'est que Maggie essaie de calmer Callie. Je m'avance vers l'escalier.

— Tu ne peux pas débarquer comme ça, Callie…

— C'est lui qui a fait ça, répond Callie, hystérique. C'est M. Kouchinsky qui a fait ça. Je le sais.

Je ne peux pas m'en empêcher, je descends les premières marches.

— Qu'est-ce qu'il a fait ?

Maggie et Callie me regardent. Maggie hésite.

— Katie Kouchinsky est à l'hôpital, m'explique Callie – son mascara a coulé sous ses yeux. Une de ses amies était aux sélections ce matin. Elle nous a dit que Katie avait eu besoin de points de suture.

Elle se tourne ensuite vers sa mère.

— Tu ne comprends pas. Il faut que j'aille la voir...

— Je t'y emmènerai tout à l'heure, répond Maggie. Là, on va dîner.

— Non, maman, s'il te plaît, je veux y aller maintenant.

— Si Daryl est là, tu t'en vas, on est d'accord ? exige Maggie dans un soupir. Et laisse Tessa conduire. Tu n'es pas en état.

Je m'attends à ce que Callie proteste violemment. Mais elle se tourne vers moi, le visage déterminé, et me tend les clés par-dessus la rampe.

* * *

— C'est ma faute, dit Callie.

On est sur l'autoroute, en route pour l'Hôpital des Samaritains. Ce n'est pas l'hôpital le plus proche – il y a Fayette Mercy –, mais Callie pense que Mme Kouchinsky y a emmené Katie pour qu'on ne leur pose pas trop de questions.

Callie est affaissée sur son siège, les pieds sur le tableau de bord.

— Il nous a vues en train de discuter. Il a dû se douter qu'on parlait d'Ari.

— Tu sais où est Daryl en ce moment ?

Je garde les yeux sur la route. Je n'ai jamais conduit en Pennsylvanie, je suis aux aguets. J'ai dû avancer le siège au maximum – eh oui, Callie est nettement plus grande que moi.

— Non, répond-elle en ramenant ses genoux contre sa poitrine. D'après Abbie, Katie affirme être tombée dans l'escalier. Ils ne veulent pas impliquer la police.

Mes pensées s'entrechoquent et aboutissent à ce chien, comme c'est toujours le cas quand il est question du père d'Ariel.

— Et s'il l'avait frappée pour qu'elle se taise ? continue Callie d'un ton pressé. Tu te souviens, la rumeur circulait qu'il avait déjà battu Katie le jour où ils avaient trouvé Ari. Peut-être qu'il n'était pas en colère après Katie parce qu'elle avait menti pour sa sœur, mais parce que Katie sait quelque chose sur lui, qui pourrait prouver qu'il…

— Callie, calme-toi, dis-je. Oui, tout ça est probable, mais qu'est-ce que tu comptes faire ? Débarquer à l'hôpital et interroger Katie ? Accuser son père d'avoir tué Ari ? Daryl terrorise Katie. Elle ne va rien nous dire.

Callie fronce les sourcils. De toute évidence, elle n'a pas réfléchi jusqu'au bout.

Le parking des urgences étant plein, je me gare de l'autre côté de l'hôpital. Callie n'attend même pas que j'aie retiré la clé du contact pour sortir de la voiture.

— Ta mère a raison, reprends-je alors que nous traversons le parking. Si Daryl est là, on se tire.

Callie ne me répond pas. Elle fait craquer ses doigts et regarde droit devant elle.

— *Callie*, insisté-je en lui attrapant le coude.

— OK, OK, râle-t-elle.

Les portes des urgences s'ouvrent dans un courant d'air. Nous nous écartons pour laisser passer un brancard sur lequel est allongé un homme âgé. Il a les yeux fermés et la bouche ouverte.

Je n'ai jamais été dans un hôpital. Je ne me suis jamais rien cassé. L'activité la plus dangereuse qu'autorisait ma mère, c'était le vélo, et je n'ai eu que quelques coudes éraflés et une minuscule cicatrice au genou.

Je m'attends à ce que ce soit le chaos. Du sang, des packs de glace, des infirmières qui courent partout avec des kits de réanimation. Mais l'endroit est calme, le silence seulement troublé par la télé dans un coin qui repasse d'anciens épisodes de *Dr Phil*. Les chaises sont toutes occupées, mais personne ne semble blessé.

Callie s'approche de l'accueil et explique que nous sommes là pour voir Katherine Kouchinsky. L'infirmière consulte son ordinateur.

— Elle va bientôt sortir, dit-elle.

— J'ai besoin de la voir tout de suite, insiste Callie en plissant les lèvres.

L'infirmière soupire.

— Inscrivez vos noms.

Callie et moi notons nos noms dans le cahier des visites pendant que l'infirmière nous imprime des passes « Visiteur ». Je les attrape tous les deux et suis Callie qui franchit une porte adjacente au bureau que l'infirmière a ouvert à distance.

Il y a des rangées de rideaux accrochés à des supports à roulettes en métal. Certains sont tirés, révélant des gens mal en point dans leur lit. Une femme âgée portant une blouse tousse et crache dans un bol rose. Je n'ai jamais eu autant le sentiment d'être indiscrète. J'aurais dû rester dans la voiture.

Callie passe devant les patients sans sourciller, marchant droit vers le bureau au centre de la pièce. Elle demande où se trouve Katie Kouchinsky. Une femme désigne une zone délimitée près des toilettes.

— Elle s'habille, lance l'infirmière à Callie en voyant cette dernière s'éloigner.

Callie l'ignore, contourne le rideau. Je la suis. Et voilà que je me retrouve face à Ruth Kouchinsky.

— Oh, dit celle-ci en faisant un pas en arrière.

Sur le lit, Katie enfile son tee-shirt. Alors qu'elle a passé la moitié de la tête, elle s'arrête et nous regarde, Callie et moi.

Elle a des points de suture sur la lèvre inférieure. Un hématome qui fleurit sur son menton. Sa cheville a été strappée. J'en ai la tête qui tourne.

— Qu'est-ce que vous faites là ? demande Katie en tirant sur son tee-shirt.

Elle grimace. Mme Kouchinsky aussi.

— On voulait s'assurer que tu allais bien, répond Callie. Qu'est-ce qui s'est passé ?

— Je suis tombée dans l'escalier, répond-elle en baissant les yeux. Je suis désolée, mais est-ce que vous pourriez partir ?

En quête de soutien, Katie se tourne vers sa mère. Mais Ruth Kouchinsky ne dit rien. Elle a les larmes aux yeux.

— Il y a des gens qui peuvent vous aider, dit Callie d'une voix étranglée en se tournant vers Ruth.

Mme Kouchinsky détourne le regard.

J'ai envie de vomir.

L'infirmière de l'accueil nous rejoint, tire à fond sur le rideau et tend à Mme Kouchinsky un porte-bloc avec des papiers à remplir. Tandis qu'elle s'assied pour écrire, Callie se penche vers Katie.

— Si tu sais quelque chose, quelque chose qu'il ne veut pas que les autres sachent, ça ne va faire qu'empirer.

Il faut que tu parles. Tu le dois à ton petit frère et à ta petite sœur. Tu le dois à Ari.

— Arrête, dit Katie d'une voix suffisamment forte pour que l'infirmière et Mme Kouchinsky lèvent la tête. Tu ne sais rien, Callie, et tu ne t'es jamais souciée d'Ari, alors arrête.

Callie tressaille, surprise. Je retiens ma respiration. Je n'ai jamais vu Katie comme ça, je crois que Callie non plus.

— Je crois qu'il vaut mieux que vous partiez, nous dit l'infirmière.

Callie désigne Katie, les mains tremblantes.

— Vous n'allez rien faire ?

— Allez, venez.

L'infirmière nous entraîne loin de Katie. Callie s'arrête, se tourne vers le rideau.

— Ne m'obligez pas à appeler la sécurité, dit l'infirmière en levant la main.

— Callie, murmuré-je. On doit y aller.

— Elle… C'est son père qui lui a fait ça, dit Callie, les larmes aux yeux. Il faut appeler la police.

— Chérie, on n'appelle personne si on ne nous le demande pas.

— Elle a dix-sept ans et elle… est sûrement en danger, interviens-je, soudain agacée par l'indifférence de l'infirmière. Il n'y a pas une loi qui dit que vous devez le signaler ?

— Elle a une cheville foulée et une lèvre fendue, répond l'infirmière avec gentillesse. Elle a très bien pu tomber dans l'escalier. Elle ne veut pas porter plainte. On voit ça tous les jours et elle a raison, votre présence ne fait qu'empirer les choses.

Sidérée, Callie se tait. L'infirmière nous raccompagne à la porte, s'assurant que nous partions. Nous croisons un petit garçon dans une chaise roulante avec le bras en écharpe.

Callie et moi restons plantées là, devant l'entrée. Une sirène retentit.

— L'infirmière a raison, dis-je. Si tu as vu juste à propos de M. Kouchinsky, qu'il a tué Ari et a le sentiment d'être pris au piège, qui sait de quoi il est capable.

Je me souviens d'un fait divers survenu dans une ville de Floride pas loin d'Orlando. Un ancien courtier en Bourse qui s'apprêtait à aller en prison pour extorsion a tué sa femme et ses trois enfants avant de mettre le feu à leur maison et de se tuer. Un frisson me parcourt l'échine.

— Si j'ai vu juste..., s'interrompt Callie. Tess, on aurait pu l'empêcher de tuer de nouveau. Si on avait dit la vérité, expliqué qu'on n'avait pas vu le visage de l'homme, ils auraient continué de traquer le Monstre.

— Tu t'emballes un peu. Rien ne prouve que le père d'Ari est le Monstre.

— Peu importe qui est le Monstre, continue Callie d'un ton chargé d'émotion. Il est sûrement quelque part. Le tueur de Lori erre quelque part. Et c'est notre faute.

Je ne peux pas lui dire d'arrêter de s'en vouloir pour la mort d'Ari. Les gens font ça tout le temps lorsqu'ils se sentent coupables. Ils pensent que s'ils avaient fait un truc différemment, ça aurait empêché toute une réaction en chaîne.

Avant, je trouvais ce raisonnement inutile. D'après moi, si on refusait de jouer le rôle que l'univers nous avait réservé, quelqu'un d'autre s'en chargerait. Je m'étais convaincue que si Callie et moi n'avions pas témoigné, le procureur aurait simplement trouvé quelqu'un d'autre pour le faire.

Je m'étais convaincue que Stokes serait allé en prison pour les autres meurtres même si Lori Cawley n'avait pas été tuée. Jouer le rôle du Monstre faisait simplement partie du plan que l'univers avait imaginé pour Wyatt Stokes.

Je ne sais pas si j'y crois toujours. Je ne sais pas non plus si j'y ai vraiment cru un jour ou si c'est une armure que je me suis construite pour ne pas me sentir trop coupable.

Je ne pensais pas que Callie serait la première à fissurer mon armure. Elle a toujours été tellement convaincue que Stokes a tué Lori ; d'ailleurs, elle refuse d'écouter ceux qui proposent d'autres hypothèses.

Ça ne me réconforte pas. Au contraire, j'ai l'impression désormais d'être à la dérive, comme si quelqu'un avait scié la chaîne de l'ancre sous moi.

— Ne t'approche plus des Kouchinsky, dis-je à Callie d'une voix grave. Au moins pour le moment.

— OK, répond Callie quelque peu distraite. Est-ce que je peux avoir les clés ? enchaîne-t-elle en me tendant la main. Je vais conduire.

Je les lui tends sans protester. Je suis fatiguée, il fait nuit et je n'ai pas envie de rouler sur l'autoroute. Assise dans le siège passager, je glisse une main dans ma poche et attrape mon téléphone. J'attends qu'il sonne.

Je laisse ma main là pendant le trajet retour.

Je laisse ma main là pendant le dîner, mangeant avec une seule main pendant que Callie explique à Maggie que Katie a trois fois rien.

Dans mon lit, je pose mon téléphone sur mon oreiller et m'endors toujours dans l'attente d'un coup de fil de ma mère.

* * *

Ça vibre. Mon téléphone sonne et je suis tellement désorientée que je le pousse et le fais tomber par terre.

Je me penche en avant, l'extirpe de l'interstice entre le lit et la table de nuit où il a glissé. En voyant le numéro affiché, je fronce les sourcils.

C'est Callie. Pourquoi est-ce que Callie m'appellerait depuis sa chambre ? L'horloge m'indique qu'il est 1 heure du matin.

— Allô ? dis-je d'une voix enrouée.

— Euh… allô, Tessa ? dit une voix masculine. C'est Ryan.

— Où est Callie ? lui demandé-je, soudain parfaitement réveillée.

— Elle est avec moi. Disons qu'il y a un problème.

— Comment ça ?

— Euh… Elle n'est pas en état de conduire, mais elle ne veut pas partir sans sa voiture. Et là, elle me hurle dessus.

En effet, j'entends la voix de Callie en fond. Une autre voix – masculine aussi – intervient, sans doute pour tenter de la calmer.

— Où êtes-vous ? demandé-je, paniquée – on frôle le désastre, là.

— Un motel sur la 95. Comme ça s'appelle déjà ?

— Le *Doyle Motor Inn*, répond la voix masculine.

Et je recolle alors les morceaux du puzzle.

— Callie est ivre dans un motel avec Nick Snyder ? sifflé-je.

— Je te raconterai tout, répond Ryan. Si je viens te chercher, est-ce que tu peux la ramener ensuite ? Je dois être au boulot à 5 heures et je ne peux pas laisser mon pick-up ici.

Je jette un œil à l'horloge.

— D'accord. Mais t'as intérêt à tout me raconter.

* * *

Ryan patiente à quelques maisons de là parce que son pick-up fait pas mal de bruit. Je sors en courant dès qu'il me prévient de son arrivée. Je suis toujours en pyjama – un short à peine plus sophistiqué qu'un caleçon et un débardeur. Je n'ai même pas pris la peine d'enfiler un soutien-gorge.

Ryan démarre avant que j'aie refermé la portière.

— Qu'est-ce qui s'est passé ? demandé-je.

Ryan se frotte le menton. Il a l'air agacé.

— Callie et moi, on traînait ensemble. Je ne suis pas débile, je me doutais qu'elle devait savoir où se trouvait Nick…

Il soupire, agrippe le volant.

— Alors je lui ai dit que mon oncle savait où se cachait Nick et que les flics comptaient l'arrêter dès le lendemain matin.

— Elle est allée le prévenir, c'est ça ?

Callie est tellement prévisible. Ça va nous attirer des ennuis.

Ryan referme sa vitre pour ne pas avoir à crier maintenant qu'on est sur l'autoroute.

— Elle m'a mené jusqu'à lui.

— Ce n'est pas la première fois, dis-je. On y est allées l'autre soir.

Ryan serre la mâchoire et j'ai envie de me frapper la tête contre le tableau de bord. Qu'est-ce que je suis bête !

J'avais tous les éléments : Callie qui traite Ari de pute, qui lâche tout pour aider Nick au milieu de la nuit. Mais je n'avais rien compris.

C'est Nick, le garçon que Callie aimait mais qui est sorti avec Ari. C'est à cause de Nick qu'elles ne sont plus amies.

— Désolée, dis-je. J'avais oublié que toi et Callie…

Mais je m'arrête là. Je ne sais pas comment qualifier la relation entre Ryan et Callie.

— C'est cool, répond Ryan. On n'est pas… Elle fait ce qu'elle veut.

Mais le ton de sa voix m'indique le contraire. Avant que je puisse creuser la question, Ryan allume la radio. Une station de rock classique, WFCN, la préférée de mon père. Que ce soit sur son autoradio ou sur le transistor qu'il laissait sur le porche, il écoutait WFCN. Je connaissais toutes les paroles de « Stairway to Heaven » avant même de savoir lire.

Quand j'étais petite, genre trois ou quatre ans, j'adorais chanter « Dirty Deeds Done Dirt Cheap » de AC/DC, que la radio diffusait au moins deux fois par jour. Je croyais que le chanteur disait « *dry your nuts* » au lieu de « *drive you nuts* », ce que mon père trouvait tordant. Lorsque ses amis venaient le voir, il disait « Eh, Tessy, chante "Dirty Deeds". » Et ils éclataient tous de rire quand j'arrivais à « *enough to dry your nuts* ». Vraiment, ils étaient hilares, sauf ma mère, et je n'arrivais pas à comprendre pourquoi elle était fâchée contre moi alors que je faisais rire tout le monde.

Une chanson grunge du début des années 1990 me ramène au présent. Apparemment, le rock classique, ce n'est plus ce que c'était. Ça fait partie des rares choses que j'aurais voulu ne jamais voir changer.

* * *

Nick nous ouvre la porte du motel. Il pue le shit, a les yeux injectés de sang.

— Enfin, mec, s'énerve Ryan. On dirait que tu as envie de te faire arrêter.

— Je m'en fous.

Nick a l'alcool mauvais. Je le vois tout de suite – faut dire que des gens qui ont l'alcool mauvais, j'en ai connu.

Callie est assise sur un lit, adossée à la tête de lit. Elle a les yeux fermés.

— Allez, on rentre, lui dis-je en lui secouant un genou. Avant que tes parents se réveillent.

Callie grogne. Je me retiens de ne pas la gifler. Elle prend le risque qu'on me renvoie chez moi juste à cause d'un garçon. Un garçon idiot, qui ne fait que les mauvais choix et n'est même pas si canon.

Je lui agrippe les bras, secoue encore plus fort.

— ON. Y. VA.

Les yeux fermés, elle glisse une jambe hors du lit. C'est alors que j'aperçois la bouteille de Bacardi vide par terre. Ryan aussi.

— Tu l'as laissée la terminer ? dit-il à Nick avec colère.

— Je ne lui dis pas ce qu'elle doit faire, *moi*, répond Nick.

Ryan a saisi l'allusion. Il est furieux.

— Allez, marmonne-t-il.

Bien que Callie jure qu'elle peut très bien se débrouiller toute seule – du moins, c'est ce que je crois qu'elle dit –, Ryan et moi la soutenons par les épaules.

Callie proteste.

— Tais-toi, lui lancé-je. Tu en as assez fait pour aujourd'hui, OK ?

— Eh, ne sois pas aussi dure avec elle, râle Nick. C'est la seule qui est encore de mon côté !

Je m'apprête à lui dire à lui aussi de se taire, mais Ryan m'interrompt.

— Alors parce que je pense que tu devrais rentrer chez toi, tu considères que je ne suis pas de ton côté ? s'écrie-t-il, le visage écarlate.

— Tu veux que j'aille en prison pour un truc que je n'ai pas fait ? répond Nick depuis le lit.

Ryan secoue la tête, mais sans regarder Nick.

Qui se redresse d'un bond. Un frisson me parcourt l'échine.

— Tu crois que je suis coupable ? demande-t-il en se jetant sur Ryan. C'est ça que tu crois ?

Callie gémit. Je l'éloigne de Ryan, qui regarde Nick avec un profond mépris.

— Je ne sais plus quoi penser, répond Ryan. Tu te comportes comme un criminel.

Comme Nick a l'air de vouloir se battre, je pousse Callie et Ryan dehors. Nick attrape la poignée, m'empêchant de fermer la porte. Mon cœur sursaute.

— Toi, tu penses que je ne suis pas coupable, me dit Nick en me regardant droit dans les yeux.

Il a les paupières qui tombent, il a du mal à articuler, mais il a les idées claires.

— Je le vois bien. Il faut que tu ailles sur Connexion. Que tu retrouves ce type.

— Il y avait un homme qui ne voulait pas de relations sexuelles, dis-je en essayant de faire le tri dans mes pensées. Est-ce qu'elle t'a parlé de lui ?

— Capitaine, répond Nick, soudain alerte. C'est son pseudo. Capitaine quelque chose.

— Tu es sûr ?

— Oui, elle appréciait Capitaine. Il était plus âgé et sa femme venait de mourir, continue Nick. J'en ai parlé aux flics, mais ils ont eu l'air de croire que j'avais tout inventé.

— Tessa, faut qu'on y aille, dit Ryan.

Je me tourne vers eux. Callie a vomi sur le parking.

— Il faut qu'on retrouve ce Capitaine, insiste Nick. Va sur Connexion, OK ?

Et avant que je ne puisse répondre, il ferme la porte.

Ryan et moi installons Callie dans le minivan. Je ne me sens pas bien, et ce n'est qu'une fois derrière le volant que je me rends compte que Nick a dit qu'*on* devait retrouver ce Capitaine.

Depuis quand sommes-nous dans le même bateau ? Ça ne me plaît pas du tout.

* * *

Callie reste inconsciente pendant tout le trajet. De temps en temps, je me penche vers elle pour vérifier qu'elle respire. Heureusement que j'ai fait attention au trajet à l'aller parce que Callie n'est pas en mesure de m'aider.

Je la réveille lorsque nous sommes arrivées. Elle s'agite, gémit.

— Ressaisis-toi, sifflé-je. Tu as complètement merdé.

— Pourquoi ? bafouille-t-elle.

— Si on se fait prendre, ta mère va m'obliger à partir.

— Et alors ? C'est pas ça que tu veux ? Retrouver ta jolie petite vie en Floride et oublier que j'existe ?

Je suis sciée. C'est vraiment ce qu'elle pense ? C'est elle qui a fait comme si je n'existais plus ; c'est elle qui a repris le cours de sa vie sans moi alors que je pensais à Wyatt Stokes tous les jours. Tandis qu'elle s'abrutissait avec des fêtes et de l'alcool, c'est moi qui rentrais directement à la maison pour parcourir les forums, un rituel dans lequel je me suis enfermée. L'école, la maison de Gram, le boulot, la maison de Gram. Sans une seule relation intéressante.

Ma vie était devenue ma propre prison. Parce que je méritais la prison. Jusqu'à maintenant, Callie n'a fait qu'éviter de purger sa peine.

Mais le nœud qui s'est formé dans ma gorge est si gros que je ne peux rien dire. J'aimerais en avoir terminé, avec Callie, avec Fayette. Je veux bien retourner dans ma prison en Floride. C'est toujours mieux qu'ici.

Et bien entendu, parce que, selon moi, la situation ne peut pas empirer, une lumière s'allume dans le salon. La silhouette de Maggie se découpe à la fenêtre. Elle nous observe.

Chapitre 22

Maggie ne me regarde pas, ne me parle pas. En silence, nous mettons Callie au lit. Maggie lui dit quelque chose que je ne comprends pas, mais Callie ne répond pas. Sa tête bascule sur le côté.

Elle est à la limite du coma.

Enfin, Maggie m'adresse la parole.

— Qu'est-ce qui s'est passé ?

Un mensonge me vient à l'esprit : on est allées au MST et la soirée a un peu dérapé. Mais ça va être difficile de la convaincre que je suis allée dans un bar habillée comme ça.

Si je dis que je suis allée chercher Callie dans un bar, je peux être sûre que Maggie va appeler la police pour leur dire que quelqu'un a servi de l'alcool à sa fille.

— Il a fallu que j'aille la chercher, dis-je lentement. Chez un ami.

— Quel ami ? rétorque-t-elle sèchement.

Toute cette scène – la tête furieuse de Maggie, le corps inerte de Callie, la chambre de Callie et les trophées de compétition de twirling – me donne le tournis.

Je ne peux pas non plus faire porter le chapeau à Ryan. Encore moins dire la vérité.

— Elle m'a demandé de ne rien dire.

— Bordel de merde, Tessa, jure Maggie en se couvrant le visage et en se demandant sûrement depuis quand ma loyauté a changé de camp. C'est le genre de chose que je m'attends à entendre de ma fille.

Mon cœur se serre. Sa *fille*. Ce que je ne suis pas, de toute évidence.

—Je suis désolée.

—On en reparle demain. Je ne veux pas réveiller Rick.

Et elle quitte la chambre sans me regarder.

* * *

Mais le lendemain matin, pas de discussion. Quand je me réveille, Maggie et Rick sont partis. Il y a un mot sur le plan de travail.

Partis chez Nana. On revient cet a.m. Il y a de la viande froide dans le frigo pour le déjeuner.

Aucune mention de la merde dans laquelle Callie et moi nous sommes fourrées. Mais je sais que, au retour de Maggie, nous allons avoir une conversation sur la durée de mon séjour à Fayette.

Je n'ai plus beaucoup de temps. Et tout ce que j'ai, ce sont des morceaux épars dont je ne sais même pas s'ils correspondent au même puzzle.

J'ai vu *Unmasking the Monster* tellement de fois que je connais pratiquement le commentaire par cœur. Mais il y a une phrase en particulier que je ne peux pas oublier. Quelque chose qu'un détective privé, qui a récupéré l'affaire après que Stokes a été emprisonné, a dit.

« J'ai toujours dit qu'il suffirait d'une personne pour faire éclater ce dossier – une personne qui a vu quelque chose ou qui sait quelque chose mais qui reste dans l'ombre. »

Je me verse un verre de jus d'orange. L'horloge du four me dit qu'il est un peu après 10 heures. Je monte, frappe à la porte de Callie. Comme elle ne répond pas, j'entre.

Elle dort, face à la porte, la bouche entrouverte. Elle ronfle. Il fait une chaleur à crever ; on n'a pas déclenché l'air conditionné dans sa chambre hier soir. Je l'allume, referme la porte.

Personne ne m'a appelée depuis que j'ai laissé mon numéro à l'épicerie. Je pose mon téléphone à côté de moi sur mon lit et ressors les dessins de mon père que j'ai glissés derrière la tête de lit.

De quoi aurait-on parlé, si je l'avais vu à temps ? Que m'aurait-il dit ?

« Je suis désolé, bébé. » C'est la dernière chose qu'il m'a dite avant de partir. Les journaux précisaient qu'il avait pleuré dans la salle d'audience. Il avait regardé Manuel Gonzalo et lui avait avoué qu'il était désolé de savoir qu'il ne marcherait plus jamais. Mon père a joué le rôle du prisonnier repenti et a supplié pour que le verdict soit clément, mais sans succès. Il a été condamné à la prison à vie.

Lorsque le jury a déclaré que Stokes était condamné à la peine de mort, il a eu un petit sourire en coin. On le voit sur les enregistrements. Les réalisateurs du documentaire lui en ont parlé. Il a éteint sa cigarette et regardé droit dans la caméra.

« Ils ont exécuté un type de ma section la semaine dernière, dit-il. Il a fallu trois gardiens et un Taser pour qu'il arrête de hurler comme un cochon qu'on égorge. Hors de question que je parte comme ça.

— Et comment comptez-vous partir ? demande le journaliste.

— Pas en citant Matthieu 6, 14, ça, c'est sûr. »

J'ai fait une recherche il y a longtemps ; c'est un verset qui a un lien avec le pardon. Me souvenant de la bible dans les affaires de mon père, je fouille le sac. Adossée à la tête de lit, je la pose sur mes cuisses et l'ouvre.

Alors que je tourne les pages, un morceau de papier s'échappe. Un marque-page, peut-être ? Je le ramasse. En l'examinant de plus près, je vois que c'est en fait un morceau d'enveloppe.

Il y a des traces d'encre rose dans un coin, sur le timbre. Je l'oriente vers la lumière et tente de lire le nom du bureau de poste.

E-A-S-T-O. Le reste est déchiré. Easton, en Pennsylvanie, peut-être ? Je crois qu'il y a un Easton à Lehigh Valley, près d'Allentown.

Est-ce possible ? Est-ce que Joslin a écrit à mon père en prison ?

Je retourne le morceau de papier. Et tombe sur un numéro de téléphone, écrit par mon père. Pas de nom, juste un numéro.

Je prends mon téléphone, appelle.

Une femme décroche à la deuxième sonnerie.

— Allô ?

Je ne reconnais pas sa voix. Mon cœur s'effondre. J'avoue, je m'étais autorisée à espérer que ce serait Joslin ou ma mère.

— Qui est-ce ? continue la femme, quelque peu agacée. Qui êtes-vous ?

Paniquée, je raccroche. Quelle idiote. Il me suffisait d'enchaîner : « Pardon, je crois que je me suis trompée. »

En attendant d'avoir le courage de rappeler, je descends dans la cuisine. J'ai faim.

Je pose une tranche de dinde sur du pain lorsque mon téléphone vibre. Mais ce n'est pas le numéro que je viens de composer.

Je ne le reconnais pas.

Mon cœur tambourine dans ma poitrine. C'est peut-être elle.

Et même si je ne suis pas prête – je ne serai jamais prête – je réponds.

— Allô ?

C'est une femme. Mais pas celle de tout à l'heure.

Et ce n'est pas ma mère.

— Qui est-ce ? demandé-je.

— Ici l'agent Morgan Doherty, du FBI. Mais la vraie question, c'est qui êtes-vous et pourquoi est-ce que vous appelez la famille d'un enfant qui a disparu ?

— Pardon ? Je ne savais pas qui j'appelais, réponds-je, choquée. Je suis désolée.

À l'autre bout du fil, on soupire.

— Oui, je m'en suis doutée, dit l'agent Doherty d'un ton plus calme. Personne n'a appelé le numéro vert depuis des années. Fais plus attention, la prochaine fois. Pour une blague, ce n'est pas drôle.

Ce n'était pas une blague, ai-je envie de dire. Mais tout ce que je parviens à articuler, c'est :

— Pardon, je ne savais pas.

— Ce n'est pas grave, soupire-t-elle de nouveau. C'est surtout une déception pour la famille Stevens.

L'agent Doherty raccroche, et je manque de lâcher mon téléphone.

Stevens.

Chapitre 23

Je laisse mon sandwich sur le comptoir et me précipite sur l'ordinateur. Qui est allumé – Rick a abandonné une partie de poker. Je réduis la fenêtre et ouvre le moteur de recherche où je tape : « Stevens, enfant disparu ».

Le résultat est immédiat.

Macy Stevens, vue pour la dernière fois en vie dans le Tennessee en 1991, un peu avant son deuxième anniversaire. Sa mère, Amanda Stevens, était supposée déposer Macy chez ses parents pour aller en boîte de nuit avec des copines. Elle n'est jamais arrivée.

Le lendemain matin, les parents d'Amanda, Robin et Bernie Stevens, ont signalé la disparition d'Amanda et de Macy. Un officier de police s'est rendu à l'appartement qu'Amanda louait. Il a trouvé une Amanda hystérique affirmant qu'on lui avait pris son bébé.

Et c'est là que tout s'est éclairé. Plutôt que de faire une demi-heure de route pour laisser sa fille chez ses parents, Amanda a laissé Macy dormir seule dans son lit pendant qu'elle faisait la fête à trois kilomètres de là. Amanda a dit qu'elle était retournée à deux reprises voir Macy et avait trouvé chaque fois son bébé endormi dans son lit. Ce n'est qu'en rentrant au petit matin qu'elle avait découvert que Macy avait disparu.

Amanda a échoué au détecteur de mensonges, mais ce n'était pas assez concluant pour l'accuser d'autre chose que de mise en danger de la vie d'autrui. Le FBI a lancé une vaste opération afin de retrouver Macy, mais des semaines, des mois ont passé, sans résultat.

Dans l'article de Wikipédia, il y a un dessin au crayon d'un homme. Une femme dans le Michigan a affirmé l'avoir vu avec une petite fille ressemblant à Macy quelques jours après sa disparition. Je respire – quel soulagement – parce que ce n'est absolument pas mon père. L'homme était noir. Et le tuyau a été jugé « non recevable ».

Les vautours se sont ensuite jetés sur Amanda Stevens. Brenda Dean, présentatrice vedette du Legal News Network, a été la première à diffuser les photos que des amis d'Amanda avaient envoyées anonymement. Amanda fumant un joint. Amanda léchant de la tequila sur le ventre d'un ami. Dans un entretien téléphonique désormais célèbre, et toujours selon Wikipédia, Brenda Dean a démoli Amanda Stevens, détournant ses phrases et affirmant que, parce qu'Amanda avait dit « j'aimais ma fille », cela voulait dire que la petite fille était morte et qu'elle l'avait tuée.

L'opinion publique a été dure avec Amanda Stevens, mais personne ne s'est autant acharné que Brenda Dean. Quatre ans après la disparition de Macy, les segments « Où est bébé Macy ? » de la journaliste étaient devenus si impitoyables que le procureur s'est senti obligé d'enquêter sur Amanda Stevens. Mais ça n'a rien donné. Si Amanda savait ce qui était arrivé à sa fille, elle ne comptait pas le dire.

Des années plus tard, quelqu'un a fait fuiter des extraits d'un projet de livre de Brenda Dean sur l'affaire. Dean promettait une révélation explosive qui prouverait la culpabilité d'Amanda : des documents officiels montraient que cette dernière avait déposé une demande pour que Macy soit officiellement déclarée morte moins d'un an après sa disparition – et tout ça pour toucher l'assurance vie.

Amanda s'est ouvert les veines dans la baignoire de ses parents quelques jours après ces révélations.

En 2006, les parents d'Amanda ont porté plainte contre LNN et Brenda Dean, affirmant que l'information fuitée avait déclenché un tel harcèlement qu'Amanda s'était suicidée. Les deux camps ont trouvé un accord à l'amiable, apparemment de plusieurs dizaines de millions.

Macy a été déclarée morte en 2008. La famille Stevens a offert une récompense de cent mille dollars à quiconque fournirait des informations permettant d'identifier et arrêter le tueur. Mais, à ce stade-là, la plupart des gens semblaient penser que l'assassin de Macy n'était autre que sa mère décédée.

Tout le monde, sauf, peut-être, mon père.

Il avait le numéro vert. Est-ce qu'il a appelé ? Connaissant mon père, il a dû tenter le tout pour le tout afin de toucher la récompense, même s'il n'allait jamais pouvoir profiter de cet argent.

Mais je ne connais pas bien mon père. Pas vraiment. Je l'ai connu pendant huit ans – moi, c'était toute ma vie, mais, pour lui, ce n'était qu'un fragment. Je ne savais pas pour Bear Creek. Je ne savais pas qu'il avait trouvé la foi.

Je ne sais rien de la vie de mon père avant sa rencontre avec ma mère. Où vivait-il en 1991, lorsque Macy Stevens a disparu ? Peut-être dans le Tennessee.

Ça bourdonne dans ma tête où sont en train de se former de mauvaises pensées.

Un meurtre – et maintenant deux. Ça devait se limiter à ça. Mais là, j'ai l'impression d'être tombée dans un trou, où Lori et Ariel n'ont sûrement rien à faire, et tout ce que je vais trouver au fond, ce sont de terribles révélations sur ma famille.

À côté, les chiens se mettent à aboyer comme des fous. Une portière claque dans l'allée du garage. Maggie et Rick sont rentrés. J'efface mon historique et rouvre les fenêtres de Rick. Il était en train d'acheter des crédits pour jouer au poker.

Quand ils rentrent, je suis dans la cuisine en train de ranger la viande froide.

— Bonjour, ma chérie, me dit Maggie.

Elle paraît nerveuse. Elle jette un coup d'œil vers Rick et je comprends.

Elle ne veut pas qu'il sache pour la nuit dernière. Et puisque Rick quitte rarement la maison sans Maggie, sauf pour aller travailler, elle ne peut pas parler de ce qui s'est passé avant lundi matin.

Ce qui me donne un peu de temps. Sans doute pas assez.

* * *

J'appelle la prison de Fayette et laisse un message pour Wanda, lui expliquant que j'aimerais lui parler des appels passés par mon père. Ensuite, je vais frapper chez Callie. Elle me dit d'entrer. Elle est assise au bord de son lit et se brosse les cheveux, qui sont mouillés. Je ne l'ai même pas entendue se lever ni allumer la douche.

— Alors, ça va être ma fête ? dit-elle d'une voix enrouée.

— Ta mère n'a encore rien dit, réponds-je en haussant les épaules.

— Merde, dit-elle. C'est pas bon signe.

— Callie ! lance Maggie depuis le rez-de-chaussée. Il y a quelqu'un pour toi.

— Crotte…

Callie s'essuie les yeux puis s'attache les cheveux. J'entends des pas dans l'escalier. Maggie a dit à l'invité mystère de monter.

Ryan se tient sur le seuil de la chambre. Il hésite.

— Salut, bredouille-t-il. Je voulais juste m'assurer que ça allait.

— Ça va, répond Callie d'une voix glaciale.

Ryan se gratte l'arrière de la nuque, étirant son bras et gonflant son biceps.

— On peut parler ?

— On peut parler devant Tessa, répond Callie en posant sa brosse – ce qui signifie qu'elle ne va pas changer d'avis.

Ryan me regarde.

— Euh, OK, d'accord.

Je m'assieds à l'autre bout du lit par rapport à Callie, et Ryan s'installe dans un coin sur le fauteuil violet en forme de bol, beaucoup trop petit pour lui.

— Tu m'en veux de t'avoir suivie, je sais, dit-il.

Callie se renfrogne, et je devine que c'est la première fois qu'elle reçoit quelque chose qui ressemble un tant soit peu à des excuses de la part de Ryan.

— Tu vas dire à ton oncle où se trouve Nick, c'est ça ? dit-elle.

— C'est vraiment ce que tu penses de moi ? s'indigne Ryan. J'étais ami avec lui avant toi.

— OK, alors, vu qu'on est ses *amis*, qu'est-ce qu'on fait ? demande Callie.

— Capitaine, dis-je, et ils se tournent tous les deux vers moi. Nick a dit que le type dont nous a parlé Katie, celui qui ne couchait pas avec Ariel, s'appelait Capitaine ou Capitaine quelque chose. Nick en a parlé à la police, mais ils ne l'ont pas écouté.

— On n'en sait rien, intervient Ryan, sur la défensive. Peut-être qu'ils suivent aussi cette piste.

— Ça ne coûte rien d'aller à un relais routier poser quelques questions, propose Callie. On devrait commencer par Buckstown. C'est à côté de Mason. Et je crois qu'une des premières victimes y a été aperçue.

Ryan la regarde, stupéfait.

— Ça n'a rien à voir avec Nick, en fait. Tu penses vraiment qu'il s'agit du Monstre.

— Je ne sais pas, répond-elle, et son menton tremble. Mais, si c'est le cas, les flics ne l'admettront pas.

Ryan s'enfouit un instant le visage dans les mains.

— Callie, tu ne peux pas partir à la recherche de ce type toute seule.

— OK, dit-elle d'un ton sec avec un regard en coin vers moi. Alors tu n'as qu'à venir avec nous.

Ryan soupire. Moi non plus, je n'ai pas envie de passer ma journée dans une voiture avec lui. J'ai envie de parler à Callie de cet étrange appel de l'agent du FBI et du lien possible entre mon père et Macy Stevens.

Mais Callie a décidé qu'elle faisait confiance à Ryan et qu'il pouvait nous aider. Il ne me reste plus qu'à me taire jusqu'à être du même avis – ou pas.

* * *

Le relais routier de Buckstown est à quarante-cinq minutes au sud. Une demi-heure de plus et on serait à la frontière avec l'Ohio. Nous décidons de commencer là parce que c'est le dernier endroit où Rae Felice a été vue avant de disparaître. Ari a pu croiser le Monstre ici aussi.

Ryan s'arrête sur l'aire de repos.

— Vu ce qui est arrivé à Ari, s'il y a des filles qui travaillent ici, elles doivent avoir peur. Il faut qu'on fasse attention à ce qu'on dit.

— On n'a qu'à prétendre qu'on cherche quelqu'un, proposé-je. La sœur de Callie. Elle s'est enfuie, on n'a pas de nouvelles depuis des semaines et on pense qu'elle traîne dans un relais routier.

Callie ne dit rien. Dans le rétroviseur, nos regards se croisent et je sais qu'elle pense à Joslin. Qu'elle a pu se rendre dans un relais routier et trouver quelqu'un pour la faire sortir de Pennsylvanie. Elle a pu basculer dans la drogue, la prostitution. Ou pire. C'est d'ailleurs ce que tout le monde pense – ça se finit rarement bien pour des adolescentes qui fuguent.

— Oui, c'est pas mal, dit Ryan. Mais ça ne marchera peut-être pas.

— Eh bien, nous verrons, lance Callie en ouvrant sa portière.

L'aire de repos possède une cafétéria avec trois comptoirs, *Burger King*, *Dunkin Donuts* et *Subway*. Sur un côté, il y a les toilettes et un kiosque à journaux qui vend des snacks et des cartes de Pennsylvanie. Tout est trop neuf, trop familial. Pas de chauffeur routier qui pisse dans le parking ou de fille en minijupe en skaï qui traîne près du stand à cigarettes. Ça n'a plus rien à voir avec les endroits que j'ai connus quand j'étais enfant.

Ryan semble penser aussi que c'est une cause perdue.

— On devrait au moins poser quelques questions.

Callie s'arrête, sort son téléphone. Elle consulte la page Facebook de quelqu'un. Emily Raymes.

La queue au *Dunkin Donuts* est la plus courte ; nous nous y glissons. Une femme qui pourrait avoir l'âge de Gram nous demande ensuite comment elle peut nous aider.

— On cherche une fille, explique Ryan. C'est sa sœur.

Il donne un coup de coude à Callie qui montre la photo d'Emily à la femme. Elle cligne des yeux.

— Elle s'est enfuie, continue Ryan. On a peur qu'elle n'ait des ennuis. Surtout si elle traînait par ici, avec des gens peu recommandables…

— Tu n'es pas au bon endroit, poussin, répond la femme. Cet endroit a été nettoyé il y a quelques années. On n'y croise plus des gens comme ça. Tu sais, des gens qui font du stop.

Prenant notre silence pour de la perplexité, elle ajoute à voix basse :

— Des macs.

Elle a un fort accent. De Géorgie ?

— Merci, répond Callie, qui paraît tellement déçue qu'on pourrait penser qu'elle a vraiment une sœur.

— Si j'étais vous, j'irais plutôt du côté du Midway Truck Center, continue-t-elle. Mais n'y allez pas le soir et n'y allez pas sans lui.

Lui, c'est Ryan. Nous la remercions et partons.

— Un instant, dis-je tandis que Callie et Ryan se dirigent vers la sortie. Je vous retrouve dehors.

Cinq minutes plus tard, je ressors avec un gros sachet de frites et un Coca Light du *Burger King*. Callie grimace.

— Quoi ? dis-je en fourrant une frite dans ma bouche. Autant rentabiliser notre déplacement.

Tout ce que j'ai mangé depuis ce matin, c'est une demi-tranche de dinde.

Ryan me pique des frites, et Callie baisse la vitre en toussant. Je prends une gorgée de mon soda. Je m'en veux un peu, mais ce n'est pas ma faute si elle a la gueule de bois.

Et ça ne va pas s'améliorer pour elle. Selon le GPS, le Midway Truck Center est à une heure de route en direction de l'est. Même moi, je commence à avoir envie de vomir assise à l'arrière du pick-up de Ryan. Nous roulons en silence, et le ciel vire peu à peu au rose.

Le Midway Truck Center a tout d'une vision cauchemardesque. À côté d'un camion avec des plaques de l'Oregon, un homme pisse sur le trottoir, relevant à peine la tête lorsque Ryan se gare à côté.

Il y a un petit supermarché et un Dairy Queen. Nous nous dirigeons vers le supermarché. Callie et moi laissons Ryan s'approcher seul du comptoir avec une photo d'Emily.

— Le serveur nous dit d'aller plutôt voir au Dairy Queen, annonce Ryan en revenant. Parait qu'il y a des « lézards » qui traînent là.

— Des lézards ? s'étonne Callie.

— C'est comme ça que les chauffeurs routiers appellent les prostituées, dis-je.

— Et comment tu sais ça ? demande-t-elle, mais avant que je ne réponde, elle ajoute : Laisse tomber, je préfère ne pas savoir.

Le terme surgit régulièrement dès qu'il est question de Kristal Davis. Un lézard, en général, propose son corps en échange de drogues. Avant que les crimes soient reliés, beaucoup de gens pensaient que Kristal Davis avait été tuée parce qu'elle avait tenté d'arnaquer le mauvais chauffeur routier.

Je les aperçois, assises dans un box près des toilettes. Trois femmes. Qui ne sont pas de la même famille : l'une est latino, l'autre noire et la troisième est blanche. Leur table est couverte d'emballages de fast-food.

La femme blanche a le visage grêlé, les bras parsemés de taches violettes. Des marques d'injection d'héroïne.

Alors qu'elle prend une gorgée de son soda, elle plisse les yeux et nous regarde. D'un coup de coude, elle alerte sa voisine. Qui s'arrête de rire.

— Y a un problème ? demande la femme noire.

Elle porte sur la nuque un tatouage d'un rosier rampant qui s'enroule autour du prénom Micah.

Callie et Ryan ne servent à rien, donc je me décide à parler – même si ces femmes me filent les jetons.

— On cherche quelqu'un, dis-je.

— Ouais, eh bien, on ne connaît pas quelqu'un.

La femme héroïnomane a perdu sa dent de devant. À côté d'elle, celle qui semble être la plus jeune – et qui n'a encore rien dit – baisse les yeux en direction de son soda.

— Peut-être qu'on peut vous montrer une photo ? demande Callie d'une voix timide.

— Peut-être que vous pouvez aller vous faire foutre, répond la Black. Si ça se trouve, vous travaillez pour les flics.

— Écoutez, on ne veut pas d'ennuis, reprend Ryan, et il parle tellement comme un policier que j'en ai honte pour lui. On a simplement peur que notre amie traîne avec un type qui pourrait lui faire du mal.

— Dans ce cas-là, vous feriez mieux d'arrêter de la chercher, grogne la femme blanche. Allez, soyez sages et rentrez chez vous avant que ce soit l'heure du dodo.

— Ouais, parce que les méchants vont pas tarder à débarquer, raille Micah en haussant les sourcils.

Elle et sa copine éclatent de rire et tapent la table du plat de la main. La plus jeune sursaute.

— On s'en va, marmonne Ryan, et nous faisons demi-tour en direction de la sortie.

Au dernier moment, la femme blanche nous interpelle, voulant savoir si on a des clopes.

Tout en poussant la porte du Dairy Queen pour Callie et Ryan, je serre les poings, frustrée. Certes, je n'ai pas grandi dans la rue, mais je pense que, sans la présence de Barbie Majorette et de Ken Policier, j'aurais pu les faire parler.

— Eh bien, ça s'est bien passé, bredouille Ryan lorsque nous sortons dans le parking.

Callie a l'air traumatisé.

— Vous auriez dû me laisser faire, dis-je. Là, elles ont eu l'impression qu'on les harcelait.

Callie se racle la gorge et, du menton, me fait signe de tourner la tête. La plus jeune des trois filles se tient juste derrière moi.

— Elles se comportent comme ça quand elles ont peur, murmure-t-elle. Shanice s'est fait prendre en voulant acheter de la drogue à un flic en couverture, et puis il y a cette fille qui s'est fait tuer à Mason…

Elle enroule les bras autour de sa taille.

— Moi, c'est Pam.

Elle hésite légèrement – peut-être que ce n'est pas son prénom. Elle doit avoir à peu près notre âge. Son portrait figure sûrement sur une affiche de personnes disparues quelque part.

— Vous avez une photo ? Je peux peut-être vous aider.

Callie sort son téléphone, et Pam secoue la tête en voyant Emily.

— Non, je ne la connais pas. Mais ça ne veut rien dire. Y a plein de filles qui passent par ici.

— Et la fille qui a été tuée ? demandé-je. Tu l'avais déjà croisée ?

Pam secoue la tête.

— Elle n'était pas comme nous. D'après ce que j'ai entendu, elle passait par Connexion. Parfois, les filles donnent des rendez-vous ici, mais je ne l'ai jamais vue.

— Y a beaucoup de chauffeurs routiers qui se servent de ce site ? demandé-je.

— Non, répond Pam, visiblement mal à l'aise. Passer par ce site pour trouver des hommes, c'est pas une bonne idée. On ne le fait pas. J'ai entendu des trucs terribles.

— Et un type qui se fait appeler Capitaine ? intervient Ryan. Notre a... Sa sœur a rencontré un type bizarre sur Connexion. Il ne voulait pas coucher avec elle.

Quelque chose traverse le visage de Pam. Je me prends à espérer.

— On se serre les coudes, explique-t-elle. On a une liste de types à éviter. Mais vous ne devez en parler à personne, OK ?

Callie et moi hochons la tête. Ryan, non. Je le fusille du regard.

— OK.

Pam hésite, puis se lance :

— OK. Alors, avant que ça ferme, je travaillais près du centre d'information de Pennsylvanie, sur la 81. C'était violent. Plus violent qu'ici. Une femme m'a prise sous son aile. Je ne peux pas vous dire son nom parce qu'elle m'a demandé de ne jamais le donner. Mais elle dansait aussi dans un strip-club qui se trouvait en face. Un soir, on parlait de mecs à éviter et elle m'a dit qu'il y a quatre ans, elle a rencontré un type au club. Elle l'a ramené dans sa voiture. Et c'est comme vous dites – il ne voulait pas la toucher, rien. Elle en a eu marre et l'a provoqué, et il l'a giflée. Elle a voulu se défendre et il s'est mis à l'étrangler.

Callie frissonne à côté de moi.

— Elle s'est évanouie et, quand elle s'est réveillée, ils étaient garés dans la forêt et le mec fouillait son coffre. Mais elle a toujours un cutter sur elle. Elle a fait semblant d'être toujours KO et… (Pam marque une pause.) … quand il a ouvert la porte, elle lui a entaillé le visage. Il avait ses clés, donc elle est partie en courant et en hurlant à l'aide. Il l'a pourchassée pendant un moment, mais après il en a eu marre et elle a réussi à s'échapper.

» Bref, ça m'a fait penser à votre Capitaine parce qu'elle m'a dit qu'il portait une sorte d'uniforme. Elle n'en a pas parlé pendant des années parce qu'elle croyait que c'était un flic, et elle avait peur qu'il la trouve et finisse le boulot.

— Elle t'a dit à quoi il ressemblait ? demandé-je, la gorge sèche.

— Ils se ressemblent tous, répond Pam en levant les yeux au ciel. La quarantaine. De taille moyenne, chauve. Mais il a deux signes distinctifs, apparemment.

Nous sommes tous les trois pendus à ses lèvres.

— Ses yeux, murmure Pam. Elle m'a dit qu'il avait un regard amical.

Callie me regarde. Si c'est bien lui le Capitaine, il ne ressemble pas du tout à Daryl Kouchinsky.

— Et la deuxième chose ? demande Ryan. C'est quoi ?

— Ben, c'est-à-dire qu'elle l'a bien coupé, répond Pam. Donc il doit avoir une cicatrice.

Pam observe ses ongles, presque tous rongés.

— Je ne sais pas, reprend-elle. Depuis la mort de cette fille, je pense à lui. Mais ça m'étonnerait que ce soit avec lui que traîne votre amie.

J'ai presque envie de dire à Pam que nous n'avons pas d'amie disparue, mais, sous ses airs innocents, Pam est une femme qui sait se débrouiller seule. Une femme qui n'aimerait pas qu'on lui mente.

Nous la remercions et regagnons le pick-up. Callie s'arrête, comme si elle avait oublié quelque chose. Elle sort un billet de vingt de sa pochette et va le donner à Pam. Puis elle lui murmure quelque chose et Pam hoche la tête.

— Qu'est-ce que tu lui as dit ? demandé-je à Callie lorsqu'elle nous rattrape.

— De faire attention.

Quelque chose dans son attitude a changé depuis qu'on est ici – toute envie de provoquer a disparu. Alors que nous remontons dans le pick-up, elle ne dit rien. Depuis la banquette arrière, je l'observe dans le rétroviseur.

Elle fixe la route pendant tout le trajet, presque comme si elle craignait de s'endormir, à présent qu'elle est enfin réveillée.

Chapitre 24

Quelque part vers la sortie 40, je brise le silence.

— Je crois que le type que Pam a décrit est le Capitaine et je crois que c'est lui, le Monstre.

Ryan ne dit rien.

— Tu penses que j'ai tort ? lui demandé-je en croisant son regard dans le rétroviseur. Tu as pris un risque en nous racontant comment Ariel a été tuée, tu n'as pas dénoncé Nick et tu es venu avec nous ce soir. Toi aussi, tu penses qu'ils ont arrêté le mauvais homme.

Ryan ne dit toujours rien.

— Et au cas où tu ne serais pas au courant, Callie et moi n'avons pas vu Stokes dans le jardin, ce soir-là, continué-je. On n'était que des gamines, et les inspecteurs de la police nous ont manipulées pour obtenir les réponses qu'ils voulaient.

Callie appuie la tête sur la vitre. M'en veut-elle d'avoir dit la vérité à Ryan ? Peut-être le savait-il déjà. En tout cas, il ne réagit pas, et impossible de deviner ce qu'il pense – certaines personnes sont comme ça.

Après un long silence pesant, Ryan prend enfin la parole :

— Si c'est le Monstre qui a tué Ari, pourquoi maintenant ? Pourquoi prendre le risque d'être arrêté après toutes ces années ? Ça n'a pas de sens.

— Il a essayé de tuer une autre femme, dis-je. Il a essayé de tuer l'amie de Pam, mais elle a réussi à s'échapper. Il s'est sans doute caché au cas où elle serait allée à la police. Il est suffisamment intelligent pour disparaître pendant un temps. Il sait comment ça marche. Si ça se trouve, c'est même un…

— Ne le dis pas, dit Ryan. Que c'est peut-être un policier.

— Pourquoi ? L'homme que Pam a décrit ne ressemble en rien à ton oncle.

— Tessa, intervient Callie d'une voix sèche. Arrête.

Encore un silence tendu, puis Ryan reprend :

— Flic ou pas, personne ne va croire une prostituée. Nick est le seul qui peut attester l'existence de ce Capitaine, mais sans l'historique de chat du téléphone d'Ari, ça ne vaut rien.

— Il va recommencer, dis-je. S'il pense qu'il peut s'en sortir, il va recommencer.

— J'ai une idée, déclare Callie d'une voix si ferme que je comprends que ça fait un moment qu'elle y pense. On peut faire quelque chose. Pour l'obliger à s'exposer.

— Non, rétorque Ryan. Je sais à quoi tu penses et c'est de la folie…

Je comprends tout à coup de quoi ils parlent.

— Ça pourrait marcher, lancé-je. On crée un faux profil sur tous les sites de call-girls et on voit si on peut l'appâter. On sait ce qu'il aime. Une fille maigre, seule, avec de grands yeux.

— C'est dangereux, et ça risque de ne pas marcher, dit Ryan en agrippant le volant. Ce type doit être hyper vigilant, maintenant. S'il a eu l'intelligence de rester terré pendant dix ans, il comprendra vite qu'on veut le piéger.

— Pas si on n'a rien à cacher, continué-je. Il ne pourra pas craindre l'intervention de la police, vu qu'il n'y aura pas la police.

— S'il nous contacte, on verra où il veut nous rencontrer, poursuit Callie, fébrile. On va au lieu de rendez-vous, mais on reste dans la voiture et on l'observe. Pour voir à quoi il ressemble, prendre une photo.

On a presque atteint la sortie de Fayette. Callie pose la main sur le genou de Ryan. C'est la première fois qu'elle lui montre un peu d'affection.

— Si c'était toi… Si tu t'étais tellement trompé à un moment donné et que ça avait eu de terribles conséquences, tu ne voudrais pas corriger ton erreur par n'importe quel moyen ? demande Callie.

Même si elle ne me regarde pas, je sais qu'elle s'adresse à moi. Je comprends qu'elle est prête à avoir tort, et à tout assumer. Que même si on ne découvre jamais ce qui est arrivé à Lori ce soir-là, on peut quand même réparer une partie des dégâts qu'on a causés en retrouvant le Monstre qui a tué Ari.

Rectifier les torts. C'est le seul moyen de mettre un terme à ce cauchemar qui dure depuis dix ans. Coûte que coûte.

* * *

Ryan nous dépose devant le portail des Greenwood.

— Tu ne peux pas en parler à ton oncle, lui dit Callie par la vitre après que nous sommes descendues.

— Tu as conscience que, au bout du compte, il faudra bien qu'on en parle à quelqu'un ? dit Ryan.

Callie reste de marbre. Ryan ricane. Secoue la tête.

— Quoi ? dit-elle.

— Je ne sais pas pourquoi tu fais ça, dit-il à voix basse.

— Pourquoi je fais quoi ? répond-elle, et je recule, souhaitant disparaître.

Ryan secoue de nouveau la tête.

— Comme si tu n'avais pas besoin d'aide alors que tu n'attends que ça.

Peut-être que j'ai sous-estimé Ryan Elwood.

La lèvre inférieure de Callie tressaille, mais elle ne dit rien. Et c'est en silence que nous regardons Ryan s'éloigner.

— Il a raison, dis-je. Il va falloir en parler à quelqu'un. On manque de temps et je vais bientôt devoir partir.

Mais je ne vois pas sa réaction parce qu'elle se met à hurler. Il y a quelqu'un accroupi derrière le minivan. Daryl Kouchinsky émerge de l'ombre et se plante devant nous dans l'allée du garage.

Tout se passe tellement vite que je ne réagis pas. Callie hurle et Daryl l'insulte et il la prend ensuite à la gorge, la soulevant de terre et la projetant sur la voiture. La tête de Callie rebondit violemment.

— J'ai appris que t'avais rendu visite à ma fille hier, grogne-t-il. T'essaies de lui donner des idées, sale petite pute ?

Callie tente de secouer la tête, mais Daryl lui enfonce le pouce dans la trachée et elle ne peut pas bouger.

Je me précipite vers un des pots de fleurs de l'allée et le soulève. Il est lourd et vacille tandis que je le hisse au-dessus de ma tête aussi haut que mes bras me le permettent. Puis je me plante derrière Daryl et l'abats sur sa tête.

Il titube en arrière. Je me fige, craignant de l'avoir tué. Callie s'effondre par terre, en larmes. Daryl se relève et se tourne vers moi. Il est sonné. Il trébuche en avant, mais des cris retentissent ensuite dans la rue et il se fige.

— Callie ? Qu'est-ce qui se passe ? lance la voisine d'en face depuis son porche, un téléphone à la main.

Daryl la voit et part en courant en direction de son pick-up, garé en face de la maison – et qu'on n'avait pas remarqué.

La voisine d'en face accourt vers nous, mais je suis déjà sur le porche des Greenwood. J'ouvre la porte, appelle Maggie en hurlant. Des bruits de pas tambourinent dans la cage d'escalier et je repars vers l'allée.

Callie est avachie près du minivan. Elle a le souffle court, les mains autour de la gorge. La voisine d'en face est au téléphone.

— Oui, elle a été attaquée, dit-elle et elle donne à l'opérateur l'adresse des Greenwood.

Tremblante, je m'assieds à côté de Callie. Je crois que je me suis un peu pissé dessus. Maggie et Rick apparaissent et poussent un cri de surprise.

— Qu'est-ce qui s'est passé ? s'écrie Maggie. Qu'est-ce qui s'est passé, bon sang ?

— Daryl, répond Callie, la voix enrouée.

Rick tape du poing sur la voiture et déclare qu'il va chercher ses clés.

— Je vais lui faire sa fête, lance-t-il.

— Non, hurle Maggie en le rattrapant par la manche de sa chemise.

La voisine leur demande de faire moins de bruit, elle est toujours au téléphone. Maggie se cale à côté de Callie et prend son visage entre ses mains.

— Ça va, dit Callie, ça va.

Puis elle souffle en se tournant vers moi :

— Tess…

— Quoi ? demande Maggie en redressant la tête.

Soudain, elle aperçoit mes mains couvertes de terre et le pot brisé dans l'allée.

Lâchant un sanglot, elle me serre contre elle. Elle me serre si fort qu'elle chasse toutes mes pensées. Sauf une : je suis en sécurité.

Je me libère alors qu'une ambulance apparaît dans la rue et s'arrête devant la maison. Une voiture de police suit juste derrière. Deux ambulanciers sortent par les portes arrière et déplient un brancard. Des lumières bleues et rouges éclairent l'allée.

— Pour l'amour de Dieu, dit Callie. Ça va.

Maggie ne l'écoute pas. Elle les oblige à faire monter Callie dans l'ambulance. Près de la boîte aux lettres, Rick s'énerve contre l'officier de police, qui semble avoir à peine l'âge de boire de l'alcool.

— … *u-c-h-i-n-s-k-y*, épelle Rick. Je peux vous conduire chez lui dès maintenant.

— Monsieur, ce n'est pas la peine.

Le policier lève la main, attrape la radio à sa ceinture et demande qu'on envoie une autre unité à la maison. Il me désigne ensuite de son stylo.

— Tu étais là ?

Je lui décris les événements. Que Daryl nous attendait, que je l'ai frappé à la tête avec un pot de fleurs, qu'il s'est enfui lorsque la voisine est sortie de chez elle. Quand l'officier demande si Daryl avait une raison de s'en prendre à Callie, j'hésite et lance un regard à Rick.

— On est allées voir sa fille à l'hôpital, hier, dis-je. Quelqu'un l'a tabassée et ce n'est un secret pour personne que Callie pense que c'est lui.

Rick pince les lèvres. L'officier écrit quelque chose dans son carnet. Une autre voiture de police se gare à la place de l'ambulance qui emmène Callie et Maggie aux urgences. Rick me dit de rentrer. Il m'appellera si les policiers ont encore besoin de me parler.

Les jambes flageolantes, je gravis les marches du porche. À l'étage, j'enfile mon pyjama, m'enferme dans la salle de bains et vomis dans les toilettes. Puis je me lave les dents et redescends au rez-de-chaussée. Le salon est éclairé par les gyrophares de la police.

J'ai besoin de parler à quelqu'un de ce qui s'est produit, de tout ce qui s'est déroulé ces huit dernières heures. Mais si j'appelle Gram et lui raconte que j'ai passé une partie de ma journée à discuter avec des call-girls sur une aire d'autoroute avant d'assommer un homme avec un pot de fleurs, elle risque de sauter dans le premier avion.

Il faut que je m'éloigne de ces lumières. Sinon, ma tête va exploser. J'entre dans le salon télé et m'assieds au bureau, me forçant à faire des exercices de respiration. Ça marche assez bien et mes mains cessent de trembler. Du coup, j'allume l'ordinateur. Puisque Callie est aux urgences, autant que je me renseigne davantage sur Macy Stevens.

Sur une photo célèbre, elle tient dans ses mains une grenouille en peluche. Ses cheveux châtain clair sont attachés en une petite queue-de-cheval drue sur le haut de sa tête. Je parcours d'autres photos : Macy en pyjama, un cadeau de Noël sur les genoux. Macy dans une chaise haute, le visage couvert de purée.

Il y a aussi une photo montrant à quoi elle aurait ressemblé à vingt-sept ans. Même sans sourire, la jeune femme est magnifique. Elle ressemble à Amanda Stevens, qui avait de grands yeux verts et une peau laiteuse. J'agrandis l'image.

Mon sang se fige.

Je ne l'ai pas remarquée sur les autres photos : cette petite entaille rose sur son menton. Qui, avec le temps, aurait formé une cicatrice.

J'agrandis encore la photo. Les battements de mon cœur résonnent à mes tempes.

Est-ce du même côté ?

Non.

Si.

J'examine la photo de Macy à vingt-sept ans. Ils se sont trompés sur sa bouche – elle n'a pas hérité les lèvres pulpeuses d'Amanda Stevens. Mais ces yeux, cette cicatrice sur le menton. Il n'y a aucun doute.

Joslin.

Quel enfoiré ! Il était au courant ?

Mon père n'a pas tué Macy Stevens et caché son corps. Elle a vécu avec lui à Fayette une bonne partie de sa vie.

Chapitre 25

Il faut que quelqu'un d'autre voie cette photo. Quelqu'un qui affirmera que je suis bonne à interner pour avoir pensé un instant que ma sœur était Macy Stevens.

Gram ne répond pas sur le téléphone fixe, ni la première ni la deuxième fois. Il est presque 21 heures. Gram ne sort jamais si tard. Je sens la panique monter.

J'essaie sur son portable et je suis aussi surprise de l'entendre qu'elle de voir que j'appelle.

— Tessa ?

— J'ai appelé deux fois à la maison, dis-je.

— Je suis allée me promener, répond-elle, contrariée – elle déteste quand je m'inquiète pour rien.

Cette fois, je ne sors pas mon éternel discours, à savoir que dans les histoires où une femme part se promener seule le soir, elle se réveille souvent attachée à un radiateur dans un sous-sol.

Non, cette fois, je lui dis :

— Tu dois me dire qui est le père de Joslin.

Gram respire difficilement. Cet air humide de Floride, qui ralentit les battements de son cœur…

— Je t'ai dit, Tess…

— Tu m'as menti.

Quelque chose est en train de se fissurer en moi, transformant mes émotions en dynamite. Le premier qui dit un truc de travers et je risque d'exploser.

— J'en ai plus que marre qu'on me mente.

— Qu'on te mente ? s'indigne Gram. La seule personne qui t'a menti, c'est ta mère, Tessa. Elle t'a tenue à l'écart de moi. Je n'ai même jamais rencontré mon autre petite-fille.

Ce n'est pas ta petite-fille. Je ne parviens pas à l'articuler. Je refuse. Gram va penser qu'être à Fayette m'a poussée à bout.

Et si je le dis à voix haute – que je crois que Joslin est un enfant kidnappé –, ça veut dire que ce n'est plus ma sœur. Et même après tout ce qu'elle m'a fait – me mentir, partir, m'abandonner –, je ne peux pas la trahir.

Je sors la première chose qui me passe par la tête.

— Est-ce que j'ai un certificat de naissance ?

— Quoi ? Bien entendu. Tu en as eu besoin pour obtenir ton permis de conduire.

Vaguement. C'est Gram qui s'est occupée de remplir les dossiers ; moi, j'étais tellement stressée que j'ai échoué deux fois. Mais si, j'ai un certificat de naissance. Je suis née à Fayette le 18 décembre. Il neigeait ce matin-là. Même mon père s'en souvient alors que, selon lui, après 1994, il ne se souvient plus de grand-chose à part de sa bouteille de whisky.

Et Joslin ? Elle ne peut pas avoir de certificat de naissance si elle est Macy Stevens.

Est-ce que Joslin a découvert la vérité ? Et c'est pour ça qu'elle est partie ? Mais pourquoi n'a-t-elle pas contacté les Stevens ? « Eh, salut, je suis votre petite-fille décédée. » Non, tout le monde pense que Macy Stevens est désormais un tas d'os de bébé.

— Tessa, qu'est-ce qui se passe ? demande Gram d'une voix soucieuse.

Je prends une grande respiration.

— Rien, réponds-je. Ça va. C'est juste… J'ai besoin de prouver que Joslin n'était pas la fille de Glenn, au cas où elle reviendrait et exigerait de l'argent. Et je ne peux pas retrouver son certificat de naissance si je ne connais pas le nom de son père.

Gram réfléchit. Elle doit se douter que je mens. Mon père est mort sans même un pot dans lequel pisser.

— Tessa, reprend-elle. Je t'ai caché des choses uniquement pour t'éviter des souffrances inutiles.

— Gram, s'il te plaît. Dis-moi comment il s'appelle.

— Alan Kirkpatrick, soupire Gram. Je ne l'ai jamais aimé. Il y a des gens qui sont mauvais, Tessa, et je pensais qu'un enfant venant de lui et d'Annette le serait aussi.

Je perçois un hurlement de sirène, mais c'est du côté de Gram, pas du mien.

— Je n'ai jamais vraiment cherché ta sœur parce que j'avais peur de ce que j'allais trouver, avoue-t-elle d'une voix tremblante.

Elle ne sait rien. Je l'entends à son ton.

Gram n'a rien à voir avec tout ça, avec cette terrifiante série d'événements qui ont abouti à ce que mon père et ma mère élèvent un enfant qui n'était pas le leur.

Et je m'en veux de l'avoir soupçonnée.

* * *

Rick entre dans la maison. Maggie vient d'appeler, ils ont admis Callie aux urgences. La police a envoyé des agents récupérer Daryl Kouchinsky. Je hoche la tête, lance un « Ah, OK » de temps en temps. Dès qu'il soupire et part dans le salon télé, j'appelle Callie.

Répondeur. Je raccroche sans laisser de message. Quand est-ce que j'ai décidé que j'allais parler à Callie de ma sœur et de Macy Stevens ? Je ne suis pas sûre qu'elle me croie. Peu de gens me croiraient. Decker, peut-être.

Ou cette agente du FBI qui m'a réprimandée ce matin parce que j'ai appelé les Stevens. Ne doivent-ils pas poursuivre toutes les pistes, aussi farfelues soient-elles, comme par exemple celle d'une adolescente de dix-huit ans qui pense que sa sœur qu'elle n'a pas vue depuis dix ans est Macy Stevens ? La sœur dont je n'ai même pas une photo.

Je monte et m'enferme dans la chambre d'amis. J'y reste même quand j'entends la porte d'entrée s'ouvrir peu après minuit, puis des pas dans l'escalier. On chuchote. Quelqu'un allume la lumière du couloir. L'éteint. Quelqu'un va à la salle de bains.

La porte de ma chambre s'ouvre. Je ferme les yeux, tressaute. Je sais très bien faire croire que je dors. Les nuits où mon père m'emmenait avec lui au Boathouse, je restais allongée sur la banquette arrière et restais immobile pendant tout le trajet retour, au point que mon père me portait dans la maison.

Maggie n'allume pas la lumière. Elle s'assied au bord de mon lit.

— J'aurais aimé que tu sois là, murmure-t-elle. Toutes ces années. Tout aurait été différent si elle avait pu compter sur toi.

Sait-elle que je suis réveillée ? Ou bien compte-t-elle justement sur le fait que je dorme ?

Après son départ, je ne me rendors pas. Callie non plus. Dans ma tête, on joue à un jeu : celle qui peut veiller le plus tard. Je l'entends marcher dans sa chambre, déplacer son fauteuil. Peu après quatre heures, je sombre.

* * *

On frappe à ma porte. Je me réveille. Callie entre dans ma chambre, son ordinateur sous le bras. Je m'assieds.

Elle a les cheveux détachés. Dans les rayons de soleil, on distingue trois nuances de blond différentes. Callie a toujours fait partie de ces filles qui sont jolies dès le réveil. Ça rend les hématomes sur sa nuque encore plus visibles.

Elle porte la main à sa gorge.

— C'est vraiment affreux à ce point ?

Elle a la voix éraillée. Elle grimace.

Je ramène mes genoux contre ma poitrine.

— Est-ce que…

— Ça va, dit-elle en s'asseyant à côté de moi sur le lit – et non pas sur le fauteuil à bascule, comme d'habitude. J'ai un léger traumatisme crânien, donc tu penses bien que ma mère est dans tous ses états.

— Daryl Kouchinsky a essayé de t'étrangler. Je crois que, pour une fois, tu peux lui pardonner.

Elle esquisse un sourire, qui meurt rapidement.

— Ils l'ont arrêté pour conduite sous influence. Ils le gardent en cellule jusqu'à ce que je décide si je vais porter plainte.

— Décide ?

Elle s'assied en papillon, en plaçant ses plantes de pieds l'une contre l'autre.

— Tu as vu ce qu'il a fait à Katie juste parce qu'elle m'a parlé. Je ne vais faire qu'empirer les choses. Je vais obtenir une injonction d'éloignement, dit-elle.

Puis, levant les yeux :

— Je ne crois pas que ce soit lui.

— Moi non plus.

Selon Pam, le Capitaine est de taille moyenne. Aucune personne sensée ne décrirait ainsi Daryl Kouchinsky comme étant moyen. Il est plutôt du genre à se pencher pour entrer dans une pièce.

— Bref, soupire Callie en tournant l'ordinateur vers moi. J'ai fait ça hier soir.

Elle me montre la page Connexion de Sasha, vingt ans et ravie d'offrir ses services aux gentlemen des comtés de Fayette et de Westmoreland. Voire plus loin.

Sasha, c'était une poupée American Girl que Callie avait quand on était petites. Une poupée fabriquée sur mesure pour ressembler à sa propriétaire. Sasha avait même une tenue de foot et de twirling, comme Callie.

— Sympa, le prénom, dis-je à Callie.

Je parcours la page. Mon cœur fait du yo-yo dans ma poitrine. Je tombe sur un selfie d'une fille. Elle porte juste un bas de maillot de bain, et ses longs cheveux blonds ruissellent dans son dos. Je reconnais la coque de téléphone de Callie – elle est vert menthe avec un pissenlit sur lequel on a soufflé.

— J'ai caché mon visage, dit Callie. J'ai regardé d'autres profils, personne ne montre son visage. Il y a quantité d'autres sites – c'est même écœurant –, et j'ai mis l'annonce un peu partout.

Je me détourne.

— Ça ne me plaît pas. Je ne crois pas qu'on devrait poursuivre.

Callie referme son ordinateur.

— Tu sais bien que s'il y avait un autre moyen, on le ferait.

Je ravale ma salive.

— Et maintenant ?

— On attend de voir s'il est intéressé.

* * *

J'explique à Callie que j'ai peut-être une piste pour Joslin, et elle promet de me filer les clés du minivan dès que Maggie et Rick seront sortis. Elle veut venir avec moi, mais je lui rappelle que Maggie va péter un câble si elle voit que Callie est sortie.

La première étape, c'est la salle informatique de la bibliothèque. Je rentre le code de la carte de Callie, et une fenêtre grise apparaît, m'indiquant que j'ai une heure.

Je tape « certificats de naissance » et tombe sur un site qui affirme détenir plus de 4,6 milliards de données dans ses archives. Je commence par faire un test et tape : Annette Mowdy. État de naissance : Floride.

« Deux certificats trouvés. » Je ne peux accéder à l'intégralité du certificat sans payer, mais ça a l'air d'être le bon.

Deuxième recherche, Joslin Mowdy de Pennsylvanie.

« Aucun certificat trouvé. »

J'essaie ensuite Joslin Kirkpatrick et, comme ça ne donne rien, Joslin Lowell, bien que ma sœur n'ait pris le nom de mon père que plus tard.

« Aucun certificat trouvé. »

Je glisse un doigt dans le trou de mon jean. Il doit y avoir une erreur. Ou bien ma mère a menti sur le lieu de naissance de Joslin. D'après elle, elle a quitté le père de Joslin, emménagé en Pennsylvanie, eu un bébé, rencontré Glenn Lowell lorsque le bébé a eu deux ans et épousé Glenn un an plus tard.

Mais je ne trouve pas de certificat de naissance au nom de Joslin Mowdy ou Joslin Kirkpatrick sur l'ensemble du territoire américain.

Je quitte le site, jette ensuite un œil derrière moi, flippée à l'idée que quelqu'un se rende compte que je ne vis pas ici et que je me sers de la carte d'un autre membre. Mais les gens autour de moi ressemblent à des zombies fatigués devant leur écran. J'espère que je n'ai pas la même tête qu'eux.

Je fais une autre recherche sur Macy Stevens, parcourant un album photo que le magazine *People* a publié cinq ans auparavant. J'ai le sentiment qu'elle passionnait les foules, qu'elle passionne encore. Macy Stevens est le bébé de l'Amérique. Le public a autant besoin de réponses que sa famille.

Qu'elle se soit pointée la semaine dernière à la prison du comté de Fayette sous le pseudo de Brandy Butler me paraît ahurissant.

Je lis l'article en vitesse. Une phrase attire mon attention : « Dans un entretien en 2004 avec Cynthia Chan, Robin et Bernie Stevens ont affirmé que, selon eux, leur petite-fille était toujours en vie et avait été vendue au marché noir de l'adoption. Les autorités assurent qu'ils suivent toutes les pistes anciennes et nouvelles, mais indiquent que le trafic d'enfants est extrêmement rare aux États-Unis. »

Cynthia Chan présentait *This Evening* sur NBC avant que Diane Sawyer ou je ne sais qui d'autre lui pique sa place. Gram regardait parfois ses émissions. C'était une femme monotone avec une coiffure de Playmobil qui se contentait de hocher la tête lorsque ses invités pleuraient.

Je trouve son entretien avec la famille Stevens sur YouTube et insère mes écouteurs dans l'ordinateur. La vidéo dure quarante minutes. Je passe rapidement le début, quinze minutes pendant lesquelles les parents d'Amanda proclament son innocence.

Amanda est tombée enceinte à dix-neuf ans. Le père du bébé a été tué dans un accident de moto. Amanda a eu une vie difficile. Mais elle aimait Macy et ne lui aurait jamais fait de mal.

À la vingtième minute, Cynthia Chan invite les Stevens à expliquer ce qui, selon eux, est arrivé à leur petite-fille.

— Je crois qu'elle a été vendue, dit Robin Stevens, avec la verve d'une femme convaincue par quelque chose et qui ne compte pas en démordre sauf preuve du contraire.

Ça me perturbe. On dirait Joslin. Dans ma tête, j'entends mon père qui marmonne.

« Quelle tête de mule. Elle tient ça de sa mère. »

Sur l'écran, Robin Stevens s'essuie les yeux avec un mouchoir. Elle est deux fois plus petite que son mari. Elle a les cheveux coupés au carré et le teint de la couleur du Coca cerise. Elle repositionne ses lunettes.

— Macy était une magnifique petite fille en pleine forme. Vous savez ce que des gens sont prêts à payer au marché noir pour un bébé blanc en bonne santé ?

La vidéo se bloque. Je ferme la fenêtre. J'en ai assez entendu.

* * *

Wanda ne paraît pas étonnée de me voir. Elle pose une feuille de papier et soupire, et tout son corps s'affaisse.

— C'est encore moi, dis-je.

— Mon chou, je ne sais pas si je peux t'aider.

Elle a l'air coupable. Elle a eu mon message, mais a choisi de ne pas me rappeler.

— C'est important, dis-je en me penchant en avant. J'ai trouvé quelque chose dans les affaires de mon père. Je crois qu'il avait des informations sur une enfant disparue.

Wanda se retourne, interpelle son collègue.

— Bill, je prends ma pause-déjeuner maintenant.

Elle se lève. Je me dirige vers le portail de sécurité.

— Non. Toi, tu restes là, marmonne-t-elle.

Elle longe la paroi vitrée puis me fait signe de la suivre dehors. Sur un côté du bâtiment, il y a une cour réservée aux employés. Avec deux grandes tables de pique-nique où trois gardiens sont installés pour déjeuner.

Wanda et moi prenons place à la table inoccupée. Je remarque qu'elle n'a pas pris son déjeuner.

— C'est à propos de Macy Stevens ? demande-t-elle.

Quelque chose en moi se dégonfle.

— J'ai trouvé un numéro de téléphone. Je l'ai appelé et une chose étrange est arrivée. Un agent du FBI m'a rappelée et m'a expliqué que le numéro correspondait à un numéro vert pour un bébé disparu.

Je m'attends à ce que Wanda ait l'air surprise ou me demande des précisions. Mais elle soupire.

— Ton père a essayé d'arnaquer la famille d'un célèbre bébé disparu, dit-elle. Et il n'est pas le seul. Au cours des années, une petite dizaine de prisonniers ont affirmé avoir tué Macy Stevens.

Je cligne des yeux.

— Faux témoignage, explique Wanda. Ils sont condamnés à vie, ils s'ennuient. Ils affirment avoir des informations sur un meurtre très médiatisé, qu'ils savent où se trouve le corps, et envoient la police sur de fausses pistes juste pour attirer l'attention sur eux. Ça arrive tout le temps.

— Ça ne ressemble pas à mon père, dis-je. Il n'était même pas en prison pour meurtre. Et s'il savait vraiment quelque chose ?

— Il a appelé le numéro vert, expliquant qu'il leur dirait où se trouvait Macy, mais seulement s'ils lui versaient d'abord l'argent de la récompense.

— Et il n'a jamais rien dit d'autre ?

Wanda secoue la tête.

Et voilà. La preuve que mon père a été un sale connard jusqu'au bout.

Je pensais que ça ne pourrait pas me blesser. J'avais tort.

Chapitre 26

Alors que je m'engage sur Main Street, mon téléphone vibre dans ma poche. La dernière chose dont j'ai besoin, c'est d'une amende parce que je parle au téléphone en conduisant, et il n'y a aucun endroit où se garer sur Main Street sauf à faire un créneau risqué. Ce que je refuse : hors de question qu'on me renvoie en Floride parce que j'ai endommagé la voiture de Maggie.

Mon téléphone cesse de vibrer et un sentiment de panique m'étreint. Si c'était elle et que je l'ai ratée ? Je n'aurais peut-être pas d'autre occasion de lui parler.

Ma mère.

Je me glisse dans une place sur le parking de la poste au moment où mon téléphone sonne de nouveau. Je le sors de ma poche. C'est Callie.

— T'es où ? me demande-t-elle – elle a encore la voix éraillée, mais ça va mieux. Je n'arrête pas de t'appeler.

— Oui, j'ai vu.

Mon cœur bat la chamade et j'en veux à Callie de ne pas être Annette. Jusqu'à ce qu'elle dise :

— Reviens à la maison. Je crois qu'il m'a envoyé un message.

* * *

Callie est assise en tailleur sur son lit, son portable devant elle.

— Il n'a pas proposé de rendez-vous ni quoi que ce soit, dit-elle dans une même respiration. Mais son pseudo…

Je m'assieds à côté d'elle sur le lit.

Message privé de cpt818 :

Qu'est-ce qu'une gentille fille comme toi fait sur un site comme celui-ci ?

— CPT, ça peut être de fausses initiales, dis-je à Callie.

— Regarde sa photo, poursuit-elle en désignant l'écran.

Il s'agit d'un homme portant un chapeau noir et des lunettes aviateur. Il pointe fusil de chasse à canon long vers la caméra.

— On dirait une image tirée d'un film, dis-je.

— *Luke la main froide*, répond Callie, fébrile. Lui, c'est Capitaine, le méchant dans *Luke la main froide*.

— Tu as vu *Luke la main froide* ? m'exclamé-je, étonnée.

— Non, j'ai envoyé la photo à Ryan et il l'a reconnue. Je t'avais dit qu'il pourrait nous être utile.

— Qu'est-ce que tu vas lui dire ? demandé-je, préférant ignorer sa remarque sur Ryan.

Mon sang bat dans mes tempes. *C'est peut-être lui. Le Monstre.*

Callie réfléchit deux secondes avant de taper :

Qu'est-ce qui te fait croire que je suis une gentille fille ?

Le Capitaine ne répond pas. L'icône dans le coin nous indique qu'il s'est déConnexioné. Callie se plaque une main sur la bouche.

— Merde, dit Callie. Qu'est-ce que j'ai raté ?

Je me lève, arpente la chambre de Callie. Merde, en effet. J'ai envie de casser quelque chose, de hurler par la fenêtre. *Merde ! Merde ! Merde !*

On l'avait, ce salaud. On l'avait, et on l'a perdu.

* * *

Le lendemain matin, Callie affirme qu'elle va mieux et qu'elle a envie d'aller faire du shopping aux magasins d'usine de Briarwood, ce dont elle et Maggie étaient convenues quelques jours auparavant. Je suis tellement déçue par l'échec de notre plan pour retrouver Capitaine que je ne proteste même pas quand Callie me propose de venir.

Au *Pottery Barn*, Callie achète des draps bleu et blanc pour le lit de sa future résidence étudiante. On passe devant *Old Navy*, où un panneau annonce une promo : deux shorts pour 20 dollars.

Le visage de Maggie s'éclaire.

— Oh, j'aurais bien besoin d'un short.

Callie lève les yeux au ciel, mais Maggie nous entraîne devant un présentoir où sont exposés des shorts de toutes les couleurs imaginables.

— Il ne m'en faut qu'un, dit-elle en fouillant.

Callie s'est mise à l'écart et regarde son téléphone. Maggie trouve un short à ma taille et me le tend.

— Tu devrais l'essayer, non ? Quel dommage de laisser passer une telle offre.

Je crois qu'elle en a marre de me voir transpirer des fesses dans mon jean.

— Merci, dis-je.

Je disparais dans une cabine d'essayage avec le short. Je l'enfile, m'observe dans le miroir. Mes jambes sont pâles, mais j'ai des taches de rousseur en plus sur le nez d'avoir passé tant de temps dehors. Et mes cheveux tombent en vagues sur mes épaules. Rien à voir avec la choucroute « doigts dans la prise » avec laquelle je dois me battre tous les jours en Floride.

De l'extérieur, on peut dire que mon séjour à Fayette a été bénéfique.

La poignée de la porte tremble et je recule, me sentant agressée. Callie entre dans la cabine, les yeux exorbités.

— Regarde.

Elle approche son téléphone de mon visage.

Elle est sur Connexion, sur sa boîte privée.

Tu as des projets, ce soir, chérie ? – CPTN

— Putain, dis-je.

On frappe à la porte.

— Alors, Tess, ça te va ? demande Maggie.

— Oui, croassé-je. Je vais le prendre.

Dès que Maggie s'éloigne, Callie commence à rédiger un message. Je lui attrape les doigts.

— Attends, qu'est-ce que tu fais ? sifflé-je.

— Il faut que je réponde, insiste-t-elle. Il va soupçonner quelque chose si je disparais.

— Et si on lui posait des questions sur lui ? Histoire de voir si on ne peut pas découvrir son identité ?

J'ai soudain l'impression de manquer d'air dans la cabine exiguë.

— Si c'est lui, le Monstre, il ne va pas répondre, objecte Callie. On n'a pas vraiment le choix.

Je fourre mes mains tremblantes dans mes poches tandis que Callie écrit :

Je termine à 22 heures. Qu'est-ce que tu avais en tête ?

* * *

Rick est couché à 22 h 30. Callie et moi regardons un film dans le salon télé, chacune à un bout du canapé. Maggie s'affaire dans la cuisine. Lance le lave-vaisselle. À 23 heures, elle passe sa tête dans la pièce et nous souhaite une bonne nuit.

On vient de commencer un autre film.

— On ira au lit quand ce sera terminé, dit Callie, et elle fait semblant de bâiller.

— OK.

Maggie dépose un baiser sur chacune de nos têtes. Je l'entends tourner la poignée de la porte d'entrée trois fois avant d'être sûre que c'est bien fermé – et même si Daryl Kouchinsky dort dans une cellule au commissariat central.

Puis elle monte à l'étage. Callie et moi regardons les trois premiers quarts d'heure d'un *Fast and Furious* en silence. Ensuite, son téléphone vibre.

— Ryan est là, dit-elle.

Nous laissons la télé et la lumière allumée. La Westfield Plaza est à vingt minutes de Fayette. Si Capitaine est à l'heure et que tout se passe comme prévu, on devrait être rentrées dans une heure. Avant la fin du film.

Notre plan est, selon Callie, « simplissime ». On attend l'arrivée de Capitaine dans le pick-up de Ryan. On chope son numéro de plaque d'immatriculation, on prend une photo et on se tire vite fait avant qu'il ne se rende compte que Sasha ne va pas venir.

Tout est une question de timing. Si on se plante, ça risque de nous exploser à la figure.

Ryan est garé deux maisons plus loin. Phares éteints. Il nous salue d'un hochement de tête lorsque nous montons dans le pick-up. Dans l'obscurité, ses yeux brillent d'inquiétude.

— J'arrive pas à croire qu'on va faire ça, dit-il en tournant la clé de contact.

Le moteur cale et nous prenons tous une respiration. Mais Ryan recommence et l'engin se met à ronronner tranquillement. Devant moi, Callie agrippe la poignée de la portière de toutes ses forces.

Nous arrivons au centre commercial avec un quart d'heure d'avance. Tous les magasins sont fermés et plongés dans la pénombre, à l'exception d'un bowling à l'autre bout du parking qui a l'air mal famé.

— Là-bas, dis-je en désignant le parking du bowling. Il fait plus sombre. Mieux vaut attendre là, il ne nous verra pas, comme ça.

— Sasha lui a dit qu'elle le retrouverait devant le *Target*, proteste Callie.

— Tessa a raison, dit Ryan. Gardons nos distances le plus longtemps possible.

— Pour qu'il se rende vite compte que Sasha ne viendra pas et qu'il s'en aille ? objecte Callie. L'un de nous devrait se cacher derrière les poubelles près du *Target*. On verra mieux.

— Non. C'est le meilleur moyen pour terminer dans une poubelle.

Je rumine en silence le point de vue de Callie. Ryan se tourne vers moi.

— Quoi ?

— Elle a raison, dis-je. Il risque de partir avant qu'on ait pu traverser le parking. Auquel cas, on n'aura jamais sa plaque d'immatriculation. Je peux me cacher derrière les poubelles et partir ensuite en direction du Best Buy dès que je l'ai mémorisée. Vous pouvez me récupérer là.

— Personne ne sort de cette voiture, dit Ryan en agrippant le volant.

— On a déjà pris tellement de risques, dit Callie. Ce serait vraiment bête qu'il nous échappe maintenant.

Elle semble déterminée. Ryan soupire et passe la première.

— Tu notes la plaque d'immatriculation et tu te tires, me dit-il.

Bonne idée. J'avais prévu de traîner un peu, ai-je envie de répondre. Si Ryan accepte, c'est uniquement parce que c'est moi qui y vais et pas Callie.

Capitaine est censé rencontrer Sasha dans un quart d'heure. Ryan roule jusqu'au *Target* et je descends du pick-up. Ensuite il s'éloigne en direction du bowling. Me voici seule. Les lampadaires diffusent une lueur orange sur le bitume. Je les évite et vais me cacher près des poubelles, sur le côté du bâtiment.

Je m'accroupis près d'un vieux sac plastique. Ma vessie se manifeste et je me souviens que, petite, j'avais toujours envie de faire pipi lorsque je jouais à cache-cache. J'envisage un instant d'aller me soulager, mais il est minuit moins dix et Capitaine sera peut-être en avance.

Je regarde mon téléphone. J'ai déjà un message de Callie : *On voit tes pieds.*

Je me décale, observe l'horloge de mon téléphone. À peine une minute s'est écoulée. Je crois que le temps est suspendu. Dans ma tête, je passe en revue tous les scénarios catastrophe possible. Que Capitaine n'est pas celui qui a attaqué l'amie de Pam. Que Capitaine est un policier, un bon, et qu'il vient arrêter Sasha.

11 h 56. Un faisceau de lumière balaie le parking. Je tends le cou pour mieux voir.

Une Subaru Forester argentée est arrêtée près du lampadaire le plus éloigné du magasin, à environ quinze mètres. Les phares s'éteignent, mais le moteur continue de tourner, comme Capitaine l'a indiqué à Sasha.

Capitaine est en avance. Évidemment. J'ai du mal à bouger, à respirer.

Allez, Tessa. Je m'étire le plus possible, mais je ne vois pas la plaque d'immatriculation de là où je suis. Il est trop loin et il fait trop sombre. Une lumière rouge clignote sur le mur en brique derrière moi. Je me fige.

Lève la tête. Une caméra de surveillance, orientée vers le devant du magasin. Je ne l'avais pas remarquée. C'est pour ça que Capitaine s'est garé aussi loin ; il savait que sa plaque d'immatriculation ne serait pas visible à l'écran. Un frisson me parcourt l'échine.

J'envoie un message à Callie. *Je vois rien. Ne bougez pas.*

Je passe en revue mes options. Près d'un groupe d'arbres, à environ sept mètres de la voiture de Capitaine et à l'écart des lampadaires, il y a des chariots. Je peux me glisser derrière sans qu'il me repère. Et je devrais être assez proche pour voir sa plaque. Il faut juste que je sois très rapide.

Surtout, évite la lumière.

Je prends une grande respiration, me lève. Et pars en courant.

Je me cache derrière les chariots au moment où les phares de la Subaru se rallument. Ça me suffit pour lire la plaque d'immatriculation : CRK-1841

— Merde, lancé-je alors que Capitaine démarre.

La vitre côté conducteur s'abaisse et un bras dans une chemise en jean en dépasse.

Il sort la tête, observe le parking. Il balaie les chariots du regard mais ne semble pas me voir parce qu'il ne s'attarde pas.

Mais moi, je vois son visage. Il est chauve, il porte une barbe.

J'en ai le souffle coupé.

Lui !

Je sais qui est le Monstre.

Des lumières inondent le parking du *Target*. Mais ce n'est pas le véhicule de Capitaine. C'est Ryan. Capitaine tourne la tête, voit le pick-up approcher derrière lui. Il marmonne quelque chose, puis appuie sur l'accélérateur et part à toute vitesse, sans prendre la peine de remonter sa vitre.

Je sors de ma cachette et cours en direction du pick-up qui s'arrête brusquement. Callie me regarde, l'air paniqué.

J'ouvre la porte et monte sur Callie afin de me glisser sur la banquette arrière.

— Est-ce que tu as pu voir sa plaque d'immatriculation ? demande-t-elle d'une voix suraiguë tandis que Ryan crie :

— Tu as pris trop de risques ! Il aurait pu te voir…

— Je l'ai vu, dis-je. J'ai vu son visage, je sais de qui il s'agit.

Ils se taisent.

— Il travaille à a prison. C'est un putain de surveillant.

Chapitre 27

Il m'a tendu le sac contenant les affaires de mon père. Il m'a souri et j'ai pensé : *Je parie qu'il a une fille*. Je suis partie et je n'ai plus jamais repensé à lui.

— Capitaine, c'est le directeur de la prison dans *Luke la main froide*, dit Ryan. Merde…

— Il ressemble à quoi ? demande Callie.

— Comme l'a décrit Pam. Chauve, taille moyenne. Mais il a une barbe.

— Et la cicatrice ?

J'appuie mon bras contre la portière pour me ressaisir.

— Je n'ai pas pu voir. J'étais trop loin. Mais elle est peut-être cachée par sa barbe.

— Je vais demander à mon oncle de faire une recherche sur la plaque. On trouvera son nom.

— Pas la peine, dit Callie, qui se tourne vers moi et me montre l'écran de son téléphone.

Elle est sur le site de la prison du comté de Fayette, à la rubrique « L'équipe ».

— C'est lui ?

Elle désigne un homme aux cheveux blancs portant une veste de policier bleu marine. Le capitaine Phillip Swain, directeur.

Je secoue la tête et fais défiler la page. Sur sa photo, il sourit.

Il a un regard amical.

Le surveillant pénitentiaire James « Jimmy » Wozniak. Cet enfoiré n'est même pas capitaine.

* * *

Jay Elwood n'a pas de sonnette sur sa porte d'entrée. Ryan frappe jusqu'à rendre complètement fou le chien à l'intérieur. Une lumière s'allume dans l'entrée et une voix masculine apaise le chien.

L'oncle de Ryan ouvre la porte, regarde son neveu.

— Qu'est-ce que vous avez fait ?

Il pense qu'on est là parce qu'on a des ennuis. Je ne sais pas trop pourquoi, mais je trouve ça réconfortant.

— Rien, répond Ryan tandis qu'un immense berger blanc le contourne pour aller coller son museau sur l'entrejambe de Callie. Puis le mien.

— Sammy, assis, dit Ryan Elwood en tirant sur le collier du chien. C'est très malpoli.

Lorsque Sammy est allongé à ses pieds, il pivote sur le côté et nous fait signe de rentrer dans la maison.

— Ta mère sait que tu es là ? demande-t-il à Ryan.

Une odeur de nourriture chinoise et de nourriture pour chiens emplit la maison, me faisant grimacer. À droite de l'entrée se trouve la buanderie ; des vêtements jonchent le sol jusque dans le couloir et l'oncle de Ryan donne un coup de pied dans le tas afin de dégager le passage, puis nous guide vers la cuisine.

— OK, qu'est-ce qui se passe ? demande-t-il en croisant les bras.

Callie regarde Ryan.

— Est-ce que vous avez d'autres pistes à part Nick pour le meurtre d'Ari Kouchinsky ?

Jay Elwood sort une bouteille à moitié vide de jus d'orange du frigo. Il s'assied sur une des chaises de la cuisine.

— Tu sais que je ne peux pas te répondre.

Ryan croise le regard de son oncle. Le fixe.

— Tu connais Jimmy Wozniak ?

Jay recule dans sa chaise. Observe Ryan d'un air perplexe.

— Le type qui travaille à la prison ?

Ryan hoche la tête.

— C'est un type bien, continue Jay. Il s'occupe souvent des transferts entre la prison et le tribunal.

Ryan attrape une chaise, la tire jusqu'à son oncle et s'y installe.

— On pense qu'il a eu rendez-vous avec Ari. Nick nous a décrit un type étrange qu'elle a rencontré sur Connexion, et il ressemble à un autre type qui a essayé de tuer une prostituée à Ridgefield.

Jay se redresse.

— Holà. Un instant. Comment tu sais ça ?

Callie baisse les yeux. Jay le remarque. Il pose son verre de jus d'orange d'un geste brusque. Je sursaute.

— Ne me dites pas que vous êtes allés parler à des prostituées ?

— Tu dois nous croire, dit Ryan. Jimmy Wozniak se sert de Connexion pour trouver des filles à assassiner.

— C'est peut-être même lui, le Monstre de l'Ohio River, ajouté-je. Il a tué Ari de la même manière que les autres filles.

Ryan tressaille.

— Et qui vous a dit comment Ari avait été tuée ? demande Jay d'une voix très calme. Serait-ce Elliot Banks, notre stagiaire ?

— Tu nous as dit que ton oncle t'avait fourni les détails, dit Callie à Ryan.

Ryan a vraiment l'air d'un chien qu'on vient de gronder.

— Je ne voulais pas qu'Eli ait des ennuis.

— C'est pas croyable, marmonne Jay en serrant les poings. C'est terminé pour lui. C'est comme ça que ça atterrit dans les médias.

— On n'a rien dit à personne, s'empresse d'ajouter Ryan.

Puis, nous désignant, Callie et moi :

— Tu ne penses pas qu'elles étaient concernées ? Elles ont témoigné contre le type que vous, la police, leur avez désigné comme étant le Monstre. S'il y avait la moindre possibilité qu'elles aient eu tort, elles avaient le droit de le savoir.

Jay Elwood se passe les mains sur le visage.

— Ry, rentre chez toi.

— Il faut que tu enquêtes sur Jimmy Wozniak, insiste son neveu, et sa lèvre inférieure tremble. S'il te plaît, oncle Jay.

— Je vais examiner son dossier, voir s'il y a des incohérences, dit Jay en nous raccompagnant à la porte. Mais c'est tout ce que je peux faire.

Jay ouvre la porte puis siffle, et Sammy se lève. Elle se dresse, pose les pattes avant sur la poitrine de Ryan.

— J'arrive pas à croire que tu enquêtais derrière mon dos, dit Jay Elwood. Enfin, Ry, à quoi tu pensais ?

Le visage de Ryan vire à l'écarlate. Il retire les pattes de Sammy de son torse.

— Surtout, ne vous approchez pas de ce type, dit Jay. S'il est impliqué et que vous avez éveillé ses soupçons…

Je me raidis. Callie, elle, semble sur le point de s'évanouir. Jay secoue la tête, ferme la porte.

On rentre à la maison en silence.

* * *

Callie file se coucher après que Ryan nous a raccompagnées à la maison. Moi, je me glisse sous mon lit, incapable de dormir. Le tic-tac de l'horloge me vrille les nerfs. Je sors, attrape un plaid et descends au rez-de-chaussée.

En attendant que l'ordinateur s'allume, je regarde la télé sans le son. Je me demande si Jimmy Wozniak a lui aussi du mal à dormir maintenant qu'il se doute que Sasha était une arnaque. A-t-il compris que quelqu'un le soupçonnait ?

Bien enveloppée dans le plaid, je m'installe à l'ordinateur. Et tape « Macy Stevens cicatrice » dans le moteur de recherche.

Je tombe sur une discussion sur le forum de Cyber Sleuths. Lorsque la police a posé la question à Amanda, elle a expliqué que Macy s'était heurté le menton sur la table basse en verre. Mais quand ils furent interrogés, certains amis d'Amanda se rappelèrent avoir fait une remarque sur la cicatrice, ainsi que ce qu'Amanda leur avait répondu. « Elle y repensera peut-être la prochaine fois qu'elle sera tentée de m'emmerder. »

Des années plus tard, tout le monde semblait d'accord avec Brenda Dean : la cicatrice de Macy n'était pas due à un accident.

La voix de ma mère résonne dans mon cerveau. Je la vois, debout devant la télé, deux doigts posés sur son menton ; elle enregistre les atrocités des infos du soir. Une histoire d'une femme qui a noyé son nouveau-né.

— Il y a un endroit bien à part en enfer pour les gens qui font du mal à leurs enfants, dit-elle.

Au-dessus de moi, le plancher grince. Je mets l'ordinateur en veille, m'allonge sur le canapé et fais semblant de dormir.

Des pas dans l'escalier.

— Qu'est-ce que tu fais là ? me demande Callie.

— Je n'arrivais pas à dormir, dis-je en me redressant.

Callie s'assied à l'autre bout du canapé. Glisse ses pieds sous ses fesses.

— Moi non plus.

Après un temps, Callie me dit :

— Tu savais qu'ils avaient retrouvé des fibres grises sur deux des victimes ?

J'acquiesce. Le juge n'avait pas autorisé que les fibres soient admises comme preuves puisque leur présence n'avait rien de concluant. Certains des Cyber Sleuths affirment que les fibres ne pouvaient pas provenir de Stokes. Elles étaient en polyester, une matière apparemment absente des affaires de Stokes.

Le juge a estimé que les fibres pouvaient provenir de tout un tas d'autres personnes qui avaient été en contact avec les victimes ; par ailleurs, il était fort probable que Stokes se soit débarrassé des vêtements qu'il portait ces jours-là.

— L'uniforme des surveillants pénitentiaires est gris, dit Callie.

Elle attend que je le dise. Alors je le dis.

— Il faut qu'on aille voir le procureur demain.

Callie ferme les yeux. Son visage reflète le blanc et le bleu de l'écran de la télé.

— Ma mère ne me le pardonnera jamais. Ne nous le pardonnera jamais.

Je suis incapable de lui dire ce qu'elle veut entendre, à savoir que Maggie finira par admettre que nous avons bien agi.

— Je sais.

— Tu crois qu'on découvrira un jour ce qui lui est arrivé ?

Elle parle de Lori. J'entends la défaite dans sa voix, la peur de voir Stokes reprendre le libre cours de sa vie sans qu'il y ait quelqu'un pour prendre sa place en prison.

— Je ne sais pas, avoué-je. Mais ça, c'est la première étape. Ils rouvriront l'enquête et ce sera déjà ça.

Callie bâille. Elle éteint la télé et se recroqueville sur elle-même, étendant ensuite les jambes pour qu'elles m'effleurent. Je fais pareil.

On ne s'endort ni l'une ni l'autre, mais on reste ainsi blotties sur le canapé et sous la couverture, comme lorsqu'on était petites et qu'on ne savait pas que les monstres existaient vraiment.

Chapitre 28

On me secoue. On me réveille. Le plaid est tout emmêlé à mes pieds. Le décodeur du câble m'indique qu'il est 7 heures du matin.

— J'ai laissé un mot à ma mère lui expliquant qu'on était parties prendre le petit déjeuner au deli et qu'on allait ensuite à la piscine, m'explique Callie.

Je porte les mêmes habits qu'hier. Callie me tend le short que j'ai acheté et je m'enferme dans la salle de bains d'en bas. J'enlève l'étiquette, l'enfile.

— Le tribunal ouvre si tôt ? demandé-je à Callie.

— À 8 heures, répond-elle. Mais je veux qu'on soit les premières.

Et elle veut s'éclipser avant que Maggie se réveille. Elle a raison, moi non plus, je n'oserais pas la regarder dans les yeux.

Dans la voiture, je me renseigne sur le nouveau procureur grâce au téléphone de Callie. Elle a été avocate commise d'office pendant quinze ans avant d'avoir été élue procureur il y a trois ans. C'est bien ; elle a été de l'autre côté de la loi et elle peut se révéler bienveillante envers Stokes.

Elle soutient aussi la peine de mort. Ce qui n'a rien de surprenant, après tout, on est en Pennsylvanie. Mais ça ne me paraît pas être un point positif.

— Qu'est-ce qu'il y a ? dit Callie en me regardant.

— Je viens de me rendre compte de quelque chose. S'il y a un nouveau procès et que Stokes perd, ils ne vont pas rouvrir le dossier. Et donc Wozniak sera libre. Il pourra continuer de travailler dans la prison où ils vont tuer Stokes.

— Ne dis pas ça, frémit Callie.

Elle agite les doigts. Je sais qu'elle essaie de ne pas se tirer les cheveux. Ses mains s'enroulent autour du volant et y restent pendant les vingt minutes de trajet jusqu'au tribunal.

Dans la rue sont garées deux camionnettes de chaînes télévisées. Devant le tribunal, il y a un fourgon blindé : Centre pénitentiaire du comté de Fayette.

Une terrible appréhension m'envahit. Callie aussi. Que se passe-t-il ?

Un agent de sécurité nous arrête avant le parking. Callie baisse sa vitre et le gardien incline la tête vers nous.

— Vous avez rendez-vous ?

— Non, avoue-t-elle.

— Pas d'accès aujourd'hui, dit l'agent.

— Pourquoi ? Qu'est-ce qui se passe ?

— Une audience pour un prisonnier très médiatique, répond le gardien. Donc, à moins de faire partie du personnel autorisé, je vais vous demander de partir.

— Une audience, dit en Callie en me regardant d'un air accusateur – alors que je n'y suis pour rien.

Un prisonnier très médiatique.

Non, ce n'est pas possible. Le juge n'avait pas encore donné la date de la première audience de Stokes.

On arrive trop tard.

Callie opte pour une autre tactique :

— Monsieur, c'est une urgence. On a vraiment besoin de parler à quelqu'un du bureau du procureur.

— Les urgences, c'est pour la police, déclare l'agent, puis il donne quelques coups légers sur le toit de la voiture.

À une dizaine de mètres de nous, sur la voie d'accès réservée aux pompiers, deux hommes aident un troisième homme vêtu de l'uniforme orange de la prison à descendre du véhicule. Il est hispanique. Il a les pieds et les mains attachées.

— Callie, ce n'est pas lui, dis-je, et une vague de soulagement m'envahit.

— Pardon, dit Callie à l'agent – et elle semble sincère.

— Pas de souci. Décalez-vous sur la voie de droite et faites demi-tour dès que vous pouvez, nous explique-t-il.

Callie gare la voiture sur le côté pour laisser passer un autre fourgon de la prison, à qui l'agent de sécurité demande de s'arrêter. Elle sort son téléphone.

— Qui tu appelles ? lui demandé-je.

— Ryan, répond-elle. Il ne décroche pas.

Une portière claque près de nous. Un homme sort du fourgon de la prison. Tout en sifflant, il ouvre les deux portes arrière pour que l'agent de sécurité l'inspecte.

Il nous voit. Il me sourit. Et mon cœur s'arrête.

C'est lui.

Je détourne le regard, vite. Callie raccroche, tourne la tête.

— Ne fais rien, murmuré-je. Ne le regarde pas.

Callie se tait. Je relève à peine la tête. Jimmy Wozniak nous observe avec intensité. L'agent de sécurité lui dit quelque chose et Wozniak acquiesce. Remonte dans son véhicule et avance jusqu'au parking.

— Tirons-nous d'ici, dis-je à Callie.

Par erreur, elle met la voiture au point mort. Elle corrige, passe la première, puis appuie trop violemment sur la pédale et monte sur le trottoir. L'agent de sécurité s'approche de nous, agacé.

— Oh, mon Dieu, gémit Callie qui se ressaisit le temps de faire son demi-tour.

Je lance un « désolée » à l'agent de sécurité et nous sortons de la voie d'accès au parking.

— Tout va bien, dis-je en enfonçant mes ongles dans la poignée de la portière. Il ne peut pas…

— Ma coque…, bredouille Callie. Il m'a vue téléphoner, et ma coque de téléphone…

Elle n'a pas besoin de terminer.

Sa coque de téléphone figure sur la photo qu'on a envoyée afin d'attirer Jimmy Wozniak sur le parking du *Target* hier soir.

Je déglutis.

— Ça va, tout va bien, répété-je, comme si c'était une formule magique.

Callie tire sur sa frange.

— Qu'est-ce qu'on est censées faire, maintenant ? Je ne veux pas attendre demain pour parler au procureur.

— On peut appeler et laisser un message, suggéré-je tout en essayant de garder mon calme. On a encore un peu de temps.

Callie soupire, et un trou se forme dans mon estomac. À dire vrai, je ne sais pas si on a encore du temps, mais j'ai vraiment besoin d'en convaincre Callie.

* * *

Callie appelle le bureau du procureur dès que nous rentrons à la maison. Elle est assise dans un fauteuil et elle lève les yeux au ciel lorsqu'on la transfère dans un autre service.

— Il n'y a vraiment personne à qui je peux laisser un message ? demande-t-elle.

Le trou dans mon estomac est désormais de la taille de l'univers.

— Laisse-moi leur parler, dis-je, nerveuse.

Callie s'adosse dans le fauteuil alors que j'essaie de lui prendre le téléphone. Elle pose une main sur le combiné, le regard furieux.

— Ça va pas ? Lâche-moi !

Je baisse les yeux et vois que je lui ai attrapé le poignet. Je la lâche. Puis je me précipite dans ma chambre.

Est-ce une crise de panique ? Ou quelque chose de pire encore ? Peut-être que j'ai vraiment perdu les pédales. Mais qui va nous croire ? Si la police nous a écoutées lorsqu'on était petites, c'est parce qu'ils avaient besoin qu'on joue un rôle.

Mais, au final, personne ne nous a vraiment entendues.

Je ferme les yeux. Je vois Lori. Je vois Macy Stevens bébé et mon père, recroquevillé sur lui-même et crachant du sang sur son lit en prison.

La porte de la chambre s'ouvre et je bondis. Callie me regarde d'un air perplexe.

Je pose une main sur ma poitrine.

— Tu m'as fait une de ces peurs.

— Désolée, dit-elle en venant s'asseoir sur mon lit. Est-ce que ça va ? On dirait que tu vas tomber dans les pommes.

— Ça va, réponds-je.

Avec peine. J'ai le cœur qui bat à toute vitesse et je me sens oppressée. Je n'arrive pas à respirer. Je m'allonge sur le côté et cligne des yeux dans l'espoir de chasser les étoiles qui brillent dans mon champ de vision.

— Tu paniques, me dit Callie en m'examinant, inquiète. Tu veux un Valium ?

Je hoche la tête. Callie disparaît et je ramène mes genoux contre ma poitrine. Les minutes s'égrènent et les battements de mon cœur ralentissent. Je n'ai plus vraiment besoin du Valium. Je me redresse et attends Callie. Mes jambes tremblent.

Je me tourne vers l'horloge. Callie est partie depuis dix minutes. Quelque chose a dû la distraire. Je me lève, descends.

— Callie !?

Elle ne répond pas. J'entre dans le salon, continue. Depuis l'entrée, j'aperçois un verre d'eau sur l'îlot de la cuisine. Ainsi qu'un flacon de Valium au nom de Margaret Greenwood.

Et le téléphone portable de Callie.

Je sors la tête par la porte arrière et l'appelle. Rien. Mais les chiens d'à côté sont hystériques.

Je me précipite dans le salon, tire les rideaux. Le minivan est toujours dans l'allée. J'ouvre la porte d'entrée, appelle une nouvelle fois Callie. Puis Maggie, parce que je ne l'ai pas vue depuis qu'on est revenues du tribunal.

Callie ne sortirait jamais sans son téléphone.

Il nous a suivies. Une puissante envie de vomir me saisit.

J'observe l'îlot de la cuisine. J'imagine le Monstre entrer par la porte de derrière, lui dire de tout lâcher et de le suivre. Elle n'a pas crié ; peut-être qu'il avait une arme. Mais les chiens du voisin ont entendu sa voiture.

Je compose le 911 depuis le téléphone de Callie et annonce que je veux signaler un enlèvement, et s'il vous plaît envoyez Jay Elwood.

Chapitre 29

Une voiture de police tout gyrophare et sirène dehors se gare devant le trottoir. Deux agents en uniforme en sortent et examinent la maison. Celle qui se trouvait côté passager dit quelques mots dans sa radio.

— Où est l'inspecteur Elwood ? demandé-je.

— C'est vous qui avez téléphoné ? me demande l'autre policier.

Je le reconnais, il était là le soir où Daryl a attaqué Callie.

— Oui, et je vous ai demandé de contacter Jay Elwood…

Il m'interrompt d'un geste de la main.

— Mademoiselle, je vais vous demander de vous calmer et de me raconter ce qui s'est passé.

Que dire ? Il n'y a aucun signe de lutte dans la cuisine. On pourrait croire que Callie est tout simplement partie se promener, et je n'ai pas le temps de leur expliquer pourquoi ce n'est pas le cas.

— Elle n'a pas répondu lorsque je l'ai appelée depuis l'étage, alors je suis descendue et j'ai vu un homme la faire monter de force dans une voiture, dis-je sans hésitation. Il avait une arme.

— Tessa ?

Je me retourne. Maggie est au bout de l'allée, vêtue d'un short d'un tee-shirt trempé. Elle retire ses écouteurs ; observe les policiers avec de grands yeux.

— Qu'est-ce qui se passe ? me demande-t-elle. Où est Callie ?

— Madame, si on entrait dans la maison, intervient la policière.

— Non, je veux qu'on m'explique ce qui se passe.

Maggie avance sur la pelouse, vers moi. S'arrêtant devant elle, le policier lui barre le chemin avec son bras.

— Tessa, que s'est-il passé ? crie Maggie.

Je ne parviens pas à lui répondre. Dans la rue, un bruit de sirène. Deux autres voitures de police. Et une Ford Escape bleue. Conduite par Jay Elwood.

Maggie se dispute à présent avec la policière. Je saisis l'occasion pour me précipiter vers le SUV de Jay Elwood. Il descend du véhicule et se dirige vers moi.

— Qu'est-ce qui s'est passé ?

— Il l'a enlevée, dis-je. On l'a vu au tribunal ce matin et il a dû nous suivre…

— Qui ? aboie Jay.

— Jimmy Wozniak. Il avait une arme, répété-je, parce que la vérité risque de coûter la vie à Callie.

— Que conduisait-il ? continue Jay.

J'hésite et on dirait que Jay va m'étrangler. Se doute-t-il que je mens ? Vite, je réfléchis. Si Wozniak nous a suivies, il n'a pas eu le temps de changer de véhicule.

— Une camionnette blanche, lancé-je. De la prison.

Jay se passe une main sur le menton. Le policier qui m'interrogeait nous rejoint, l'air perplexe.

— Lancez une alerte : on cherche un fourgon blanc de la prison. Je veux tous les agents dispos sur le coup, lui dit Jay.

Puis, à moi :

— Toi, tu montes dans la voiture. On va aller au commissariat faire un portrait-robot.

— Je vous l'ai dit, c'est Jimmy Wozniak…

— Je ne peux pas publier sa photo. Mais je peux publier un dessin. Monte dans la voiture.

Je me retourne vers Maggie. Elle tient son téléphone dans une main et se couvre la bouche de l'autre. Elle doit être en train de demander à Rick de rentrer. Ça me fend le cœur.

Je monte dans la voiture de Jay.

Jay démarre, appelle le commissariat et les prévient de notre arrivée. Nous heurtons un nid-de-poule et mon estomac me remonte dans la gorge.

— On ne va pas la trouver à temps, dis-je dans un sanglot.

Jay éteint sa radio.

— Les quelques heures qui suivent sont critiques. À ta place, je me rendrais utile au lieu de me dire ce que je dois faire.

Je serre les dents. Puis je répète que j'ai vu Jimmy Wozniak forcer Callie à monter dans sa camionnette.

À peine ai-je terminé qu'un message est diffusé à la radio. On a retrouvé un véhicule abandonné dans la zone boisée qui longe la 70.

Deux gouttes de pluie roulent sur le pare-brise. Jay allume ses essuie-glaces, mais je vois bien qu'il est concentré sur la radio.

« J'envoie la police de l'autoroute faire un tour… »

Je regarde fixement Jay jusqu'à ce qu'il se tourne vers moi.

— La 70, c'est là qu'il se débarrasse de ses victimes.

Jay se pince l'arête du nez. Marmonne quelque chose d'inintelligible. Appuie sur un bouton de sa radio.

— Attendez des renforts. Officier en route.

Il sort son gyrophare, le plaque sur le tableau de bord et vérifie que ma ceinture est bien attachée avant d'appuyer sur l'accélérateur. Lorsqu'on arrive au carrefour menant au commissariat, il continue tout droit en direction de l'autoroute.

— Tu restes dans la voiture, me dit Jay. Peu importe ce que l'on trouve, tu restes là. C'est compris ?

Il croit qu'elle est déjà morte. Ma vision se brouille. Des arbres verts et marron, une lumière bleue, l'autoroute grise – tout se mélange.

Ça ne devait pas se passer comme ça.

L'opérateur de police précise l'emplacement exact de la voiture. Je jette un œil à l'odomètre de Jay. Il fait du 140 kilomètres-heure. Une formule de physique stockée dans un endroit de mon cerveau où j'entasse des informations dont je ne sais que faire me revient. La force de cette voiture en mouvement est égale à une fois et demie sa masse multipliée par son volume au carré.

Je ne sais pas combien pèse cette voiture, et encore moins comment convertir le poids en kilos. Mais bon, je me dis que la force est suffisamment importante pour qu'on meure sur le coup en cas de choc.

Ce serait sûrement rapide. Indolore. En tout cas, moins pénible que d'écouter un officier de police expliquer à Maggie que ma présence dans sa maison a coûté de nombreuses vies.

Jay ralentit quand nous atteignons une brèche dans la glissière de sécurité. La forêt s'étend des deux côtés de l'autoroute. La prochaine aire est à des kilomètres. Il s'arrête, sort de la voiture. Examine le bas-côté.

Il y a une camionnette blanche un peu plus bas.

Jay remonte dans la voiture et démarre.

— Accroche-toi, dit-il.

Le moteur gronde. Jay fonce vers la camionnette, se gare à côté et sort à toute vitesse. S'approche des portières arrière, son arme à la main.

À son visage, je comprends que le fourgon est vide.

Un cri déchire le silence.

Jay se retourne, brandit son arme ; je la vois en premier.

Callie, plaquée contre Jimmy Wozniak qui s'en sert de bouclier. Il a un bras passé autour de son buste, de l'autre il braque un pistolet sur sa tempe. À une dizaine de mètres de la camionnette.

— Remonte dans la voiture, lance Wozniak à Jay d'une voix forte.

Il paraît calme, comme quelqu'un qui a l'habitude de donner des ordres.

— Je ne peux pas faire ça, répond Jay. Jimmy, c'est ça ? Jimmy, faut qu'on discute.

Wozniak redresse brutalement Callie. Même depuis la voiture, je vois bien qu'elle pleure.

— Je refuse d'aller en prison, dit-il. Je préfère mourir plutôt que de manger et chier à côté de ces animaux.

— Pose ton arme et on peut en parler, crie Jay. Allez, Jimmy. Tu as une femme ? Des enfants ?

— Je sais ce que tu essaies de faire, répond Jimmy. Tu as une idée de ce qu'ils feront subir à un surveillant de prison là-dedans ?

— Tu n'iras pas là, continue Jay et son bras tendu tremble. Ils te transféreront dans un endroit où personne ne saura qui tu es…

Wozniak sourit.

— Il n'y a pas un endroit au monde où personne ne saura qui je suis.

Wozniak a plaqué sa joue contre celle de Callie. Même si Jay était tireur d'élite, il aurait du mal à l'atteindre sans la toucher.

Wozniak savait que ça se terminerait ainsi. Il savait qu'on avait compris qui il était, qu'on allait le retrouver après toutes ces années. Le Monstre est venu mourir ici et il a emmené Callie avec lui.

— Ne fais pas ça, Jimmy ! lance Jay. Pense à ta famille.

Callie s'agite et parvient à tourner la tête vers le Monstre. Elle lui dit quelque chose. Il baisse les yeux.

Le doigt de Wozniak se resserre sur la gâchette. Un coup de feu. Je hurle, me penche en avant.

Le Monstre s'écroule. Callie s'écarte, se colle contre un arbre. Elle a la bouche ouverte, mais aucun son ne sort. Elle est couverte de sang et de morceaux de cervelle.

Stupéfait, Jay Elwood observe l'arme dans sa main. Je me ressaisis, sors de la voiture.

— Vous auriez pu la tuer, hurlé-je.

Jay me regarde, dévasté.

— Je n'ai pas tiré.

Callie est toujours collée à son arbre.

— Je... Je lui ai demandé s'il avait tué Lori.

Elle baisse les yeux en direction de son corps. Je ne peux pas le regarder. Et je connais déjà la réponse parce que les lèvres de Wozniak n'ont pas bougé avant qu'il ne se fasse exploser la cervelle.

Si le Monstre a tué Lori Cawley, il a emporté la vérité avec lui.

Chapitre 30

Il fait déjà nuit lorsqu'un officier de police me dépose à l'hôpital. Ils refusent de me laisser voir Callie tant que nous n'aurons pas été entendues séparément. La dame à l'accueil m'indique que Maggie et Rick sont avec Callie. Personne ne l'a encore interrogée, mais ils vont envoyer quelqu'un me parler.

Je m'assieds sur une chaise à côté de la boutique. J'ai froid et mon téléphone portable est mort.

Je ne suis pas seule. Une petite fille danse devant moi, les bras écartés. Ses tresses volent autour d'elle et se heurtent. Elle m'observe de derrière sa frange. Je la salue ; elle se précipite dans la boutique.

Si Maggie descend me voir, tout ira bien. Si c'est Rick, ça veut dire qu'elle m'en veut parce que j'ai mis Callie en danger.

La petite fille aux tresses quitte la boutique accrochée à une femme qui parle au téléphone. D'autres personnes les suivent et j'établis un classement : du plus inquiet au moins inquiet. Une femme avec un ballon et un ours en peluche : moins. Un homme avec deux enfants et le visage blafard : plus.

Ils se dirigent tous vers l'ascenseur. Aucun signe de Maggie ni de Rick.

Cela fait un quart d'heure. Je n'ose pas demander à la dame de l'accueil de rappeler la chambre de Callie.

Vingt minutes. Deux policiers franchissent les portes coulissantes. Ils passent devant moi sans me voir.

Une demi-heure. Une femme s'approche de l'accueil et enroule ses bras autour de son corps comme si elle avait froid.

— Est-ce que Tessa Lowell est ici ? demande-t-elle.

Je me redresse. Cette voix… Me revoilà à la station-service, cette fameuse nuit.

« Tessa, chérie, monte dans la voiture.

— Où va-t-on, maman ? »

Je me lève. Observe la femme de dos.

— Maman ?

Elle se tourne vers moi, les yeux écarquillés. Elle avance. S'arrête. On dirait qu'elle croit voir un fantôme.

— Tessa, murmure-t-elle.

Elle m'enlace de ses bras frêles. Et me serre tellement fort que je ne peux rien faire.

— Tu me fais mal, croassé-je.

Ma mère me relâche. Elle sourit, passe une main dans mes cheveux. Tout s'est tellement précipité lorsque j'ai compris que Callie avait été enlevée que je ne me les suis pas attachés.

— Tu les as coupés, me dit ma mère.

— Comment… Comment tu as su que j'étais ici ?

J'ai du mal à croire qu'elle est bien là.

— Tu as eu mon message ?

— Oui, ce matin. Cela fait des heures que j'essaie de te joindre. Comme je tombais tout le temps sur ton répondeur, je suis montée dans ma voiture. Je suis allée chez les Greenwood et une voisine m'a expliqué que tout le monde était à l'hôpital. Tessa, j'étais tellement inquiète.

Ma mère agrippe mes avant-bras. Approche sa main de mon visage. Je me détourne.

— Regarde-moi, murmure-t-elle. J'ai du mal à croire que c'est bien toi.

Je n'ai pas de réponse. J'ai envie de la regarder, d'enfoncer mon visage dans le creux de son épaule pour voir si ça sent toujours le vieux cuir et l'huile essentielle de menthe – elle en raffolait.

C'est ma mère. Mais c'est une étrangère.

— Est-ce que Joslin est ici ? lui demandé-je.

Annette cligne des yeux.

— Pourquoi est-ce que ta sœur serait ici ?

— Elle est venue voir papa, dis-je. Juste avant qu'il meure.

Le visage de ma mère se décompose.

— Glenn est mort ?

Je ne peux pas m'en empêcher. J'attrape son bras et y enfonce mes ongles.

— Putain, mais où t'étais passée ? Où est Jos ?

— Tout le monde nous regarde, siffle ma mère. Viens, on va discuter à la cafétéria.

J'ai envie de lui dire que je ne compte aller nulle part avec elle tant qu'elle ne m'aura pas dit la vérité sur mon père, Joslin et Macy Stevens. Mais je sais que ma mère a horreur des scènes en public.

Je nous trouve une table et elle achète un café pour elle et un chocolat chaud pour moi. Alors qu'elle progresse dans la file, je ne la quitte pas des yeux, de peur qu'elle ne disparaisse de nouveau si je détourne une seconde le regard. Au moment de payer, elle jette un œil par-dessus son épaule. A-t-elle peur que je ne m'en aille ?

Elle prend les gobelets, se dirige vers moi, sourit. Je regarde ailleurs, fais semblant d'être fascinée par l'homme en blouse à côté de moi qui mange un burrito. Comment les médecins peuvent-ils manger dans un endroit comme celui-ci ? Ça doit un peu trop leur rappeler le boulot, non ?

— Tiens, un chocolat chaud, dit Annette en déposant un gobelet en polystyrène devant moi.

Elle s'assied et me regarde, attentive. Je retire le couvercle, laisse la fumée me caresser le visage.

— Merci, dis-je.

Annette a l'air ravie. À croire que je lui ai rendu un service. Elle m'observe tandis que je souffle sur ma boisson, les mains croisées sur la table.

— Je n'arrivais jamais à t'empêcher de manger la poudre de chocolat à la cuillère. J'ai dû cacher la boîte sur le frigo.

Et Joslin montait sur le plan de travail afin de le récupérer pour moi. Je prends une gorgée, me brûle la langue.

Annette m'observe par-dessus son gobelet.

— Comment va-t-elle ? Ta grand-mère ? Maggie m'a amenée ici, cette nuit-là. Tu le savais ?

— Ici ? À l'hôpital ?

— L'unité psychiatrique, dit-elle en baissant les yeux. J'y suis restée une semaine. J'étais si déprimée, Tessa, après ton père, ta sœur… Je n'ai pas été à la hauteur pour toi. Mais dès que j'ai été mieux, j'ai voulu te récupérer. Mais ta grand-mère était déjà venue te chercher.

Je ne dis rien. Je ne savais pas que Maggie était allée récupérer ma mère. Pourquoi ne me l'a-t-elle jamais dit ?

— Comment va-t-elle ? reprend Annette. Ta grand-mère ?

— Elle va bien, réponds-je.

Annette n'a pas touché son café.

— Elle t'a sans doute raconté des choses sur moi… Des mensonges…

— Ne me parle pas de Gram, dis-je sans pouvoir retenir ma colère. C'est elle qui s'est occupée de moi ces dix dernières années.

Un éclair traverse le regard d'Annette.

— Et en dix ans, est-ce qu'elle t'a dit qu'elle t'aimait ?

Je ne peux pas la regarder.

— Elle ne m'a jamais, jamais dit qu'elle m'aimait, poursuit Annette, les yeux brillants. Jamais…

— Je t'ai dit que je ne voulais pas en parler.

Annette semble rétrécir sur son siège.

— Même si j'avais eu l'argent pour descendre en Floride, je n'aurais pas été la bienvenue dans la maison de ma mère. Elle ne m'aurait pas laissée te voir.

Je tape du poing sur la table.

— Pas un coup de fil. Pas un. Pour autant que je sache, tu aurais pu être morte.

— Tessa, j'étais morte à l'intérieur. J'avais perdu mes deux filles…

— Ne dis pas ça, coupé-je – j'ai du mal à penser clairement. Tu n'avais pas perdu tes deux filles puisque je suis là.

Une terrible nausée m'envahit alors. Je m'oblige à regarder ma mère dans les yeux.

— Est-ce que Joslin s'est enfuie parce qu'elle a découvert la vérité sur son identité ? Que tu l'avais kidnappée ?

— De quoi tu parles ? demande ma mère, nerveuse tout à coup. Tessa, est-ce que ça va ?

J'ai la tête qui tourne. Des étoiles devant les yeux.

— Ça va, réponds-je, la langue pâteuse. J'aimerais parler de Jos. De Macy.

Annette prend ma main dans la sienne. Son visage se brouille.

— Macy ? C'est qui, Macy ?

Je m'affaisse dans ma chaise. Mes oreilles bourdonnent.

— Je crois… Je crois que je vais m'évanouir.

— Allons dans l'entrée. On va trouver un médecin…

Je me tourne vers la chaise tout à l'heure occupée par l'homme en blouse, mais il est parti. Annette m'aide à me lever. La pièce vacille devant moi.

— Tout va bien, murmure Annette.

J'ai l'impression que tout le monde me regarde. Et que je ne suis pas vraiment là.

— On va aller aux urgences, me dit ma mère.

Elle m'entraîne vers la sortie. Une bouffée d'air froid me souffle sur le visage ; ensuite, tout est humide. *Ce n'est pas par là, les urgences.* On est dehors. Je me penche en avant et Annette m'aide à me redresser. Me dit qu'on y est presque.

Une portière de voiture s'ouvre et je rampe sur la banquette arrière tandis qu'une main appuie dans mon dos. Un pick-up ? Au loin, j'entends une voix crier « Non, non, NON », mais mon corps ne fonctionne plus.

La dernière chose que j'entends avant que tout disparaisse, c'est la voix de ma mère.

— Tessa, on était enfin en sécurité. Pourquoi tu as fait ça ?

Chapitre 31

Quelque chose en laine me gratte le visage. Une vague odeur de crème à la rose me parvient, comme celle que ma sœur se mettait sur les mains tous les soirs avant de se coucher.

J'ouvre les yeux. Est-ce que j'étais en train de rêver de mon ancienne maison ? Ma vue s'éclaircit, il y a une couverture en laine marron posée sur moi et qui tombe jusqu'au plancher. Dans mon ancienne maison, il y avait de la moquette.

Je me redresse, un peu trop vite, ça tourne. Je passe ensuite une main sur la couverture. L'approche de mon nez, la respire, même la regarder, c'était déjà assez. C'est la mienne.

C'était la mienne.

Je sors du lit et me dirige lentement vers la seule fenêtre de la pièce. Il fait un soleil radieux et la lumière me fait mal aux yeux.

Le soleil. C'est donc le matin. Mes pensées commencent à se remettre en ordre.

Jimmy Wozniak est mort. Il s'est tiré une balle dans la tête devant Callie et moi.

Des heures au commissariat de police. Puis l'hôpital. Un chocolat chaud avec ma mère.

Un putain de chocolat chaud.

Un sentiment de rage m'étreint et je me dirige vers la porte. Tourne la poignée. Fermée. Je frappe la porte du plat de la main et crie :

— Qu'est-ce que tu m'as fait ?

Elle ne vient pas. J'alterne entre frapper la porte et crier.

— Qu'est-ce que tu m'as fait ? QU'EST-CE QUE TU M'AS FAIT ?

Lorsque ma paume est bien rouge et gonflée, je me jette sur mon lit. Pousse un long cri. Mais je sais que ça ne sert à rien – je l'ai su à l'instant même où j'ai jeté un œil par la fenêtre et n'ai vu que des arbres et le ciel.

Ma mère m'a emmenée à Bear Mountain, où personne ne me retrouvera jamais.

* * *

Lorsque je me réveille une deuxième fois, ça sent les haricots cuits. Je reste allongée sur mon lit jusqu'à ce que la porte s'ouvre.

— Tu as faim ? me demande ma mère.

Je ne réponds pas.

— Je voulais juste que tu te calmes, dit-elle en venant s'asseoir au pied de mon lit. On va réfléchir à la suite ensemble.

Elle tient un bol entre ses mains et elle me le tend, ainsi qu'une fourchette en plastique. Je me rends compte tout à coup que cela fait longtemps que je n'ai pas mangé.

— Qu'est-ce que tu as mis dans ma boisson ? demandé-je en posant ma fourchette.

— Tessa…

— Je n'avalerai rien tant que tu ne m'auras pas expliqué ce que tu as fait et pourquoi.

Ma mère ouvre la bouche, la referme. S'efforce de sourire.

— Et si tu venais dans la cuisine ? Je peux te préparer autre chose. Je te promets de ne rien mettre dedans. Tu peux regarder.

Je la suis dans la pièce principale du chalet. Tout est en bois, mais c'est un bois fragile – on dirait la cabane construite par le premier Petit Cochon. Il y a une kitchenette dans un coin, avec une cheminée. Une porte fermée de l'autre côté de la pièce, à gauche de la porte d'entrée.

— Elle est fermée, Tessa, me prévient ma mère. Et il n'y a personne à des kilomètres.

Elle m'indique de m'asseoir sur le canapé, d'où je peux bien voir la kitchenette. Elle ouvre une boîte de flageolets et les chauffe sur un four à bois. Ma mère a les bras musclés, toniques. Elle doit certainement couper le bois elle-même.

Il y a une serrure sur un des tiroirs, celui qui contient sans doute les ustensiles de cuisine. Une terrible idée me traverse. Prévoit-elle ça depuis qu'elle a appris que j'étais revenue à Fayette ?

Annette dépose les flageolets devant moi, sur une souche qui sert de table basse. Je les ignore.

— Si tu ne me dis pas qui a tué Lori, il te faudra trouver un moyen de te débarrasser de mon corps affamé.

— Wyatt Stokes a tué Lori, me dit ma mère sans me regarder.

— Non, rétorqué-je. C'était Joslin ? Est-ce que Joslin a tué Lori ?

Annette regarde par la fenêtre. Elle ne nie pas – mais pourquoi protège-t-elle encore Joslin ? Et pourquoi me mentir alors que je suis emprisonnée ici et que je ne peux le dire à personne ?

Ma mère appuie sa main sur sa joue. Elle a les mains bronzées, abîmées. Je les imagine enroulées autour du cou de Lori.

Surtout, ne t'approche pas de moi.

Ma mère ne protège pas Joslin. Elle n'a jamais protégé Joslin.

— Mon Dieu, soupiré-je. Lori savait. Amanda Stevens s'est tuée ce printemps-là, suite aux fuites du livre de Brenda Dean. La photo de Macy a été diffusée partout – c'est comme ça que Lori a compris. Il a fallu que tu la tues pour qu'elle se taise à jamais.

— Arrête, dit-elle d'un ton sec.

— C'est pour ça que tu ne t'es pas opposée au fait que j'aille vivre avec Gram, continué-je. Tu ne pouvais rien faire de peur qu'on se rende compte que tu n'es qu'une pauvre folle qui a kidnappé des bébés…

Annette me saute dessus en un éclair, m'interrompant d'une violente gifle. Elle vise trop bas et m'atteint à la mâchoire. Je me passe la langue sur la lèvre inférieure, il n'y a rien. Elle me regarde, tressaille, comme si elle ne comprenait pas qu'elle ait pu faire ça.

Ma mère ne nous a jamais frappées, Joslin et moi.

Je me jette sur Annette, mais elle me bloque avec son avant-bras. Puis me repousse sur le canapé. J'essaie de me libérer, mais elle est plus forte que moi.

Mon père avait tort. C'est moi la plus faible.

Annette attrape mon menton.

— Ouvre la bouche.

Je serre les dents, mais elle appuie fortement sur mon visage et je finis par ouvrir la bouche. J'ai les larmes aux yeux et ça me dégoûte. Annette dépose une pilule au fond de ma gorge, puis m'entraîne dans la cuisine et m'oblige à boire. Elle m'agrippe l'arrière de la nuque. J'essaie de m'enfoncer un doigt dans la bouche pour me faire vomir, mais elle m'attrape le bras.

— Si tu le vomis, on va juste recommencer, dit-elle gentiment.

Elle me ramène ensuite sur le canapé et s'installe à l'autre bout, sans jamais me quitter des yeux. Je la fixe à mon tour, jusqu'à ce qu'elle ait quatre yeux et deux têtes. Un puissant haut-le-cœur me terrasse et je ferme les yeux. Même si je vomissais maintenant, ce serait trop tard. Je me sens encore plus mal que lorsque je me suis réveillée ; les effets de cette drogue doivent se cumuler.

Je doute qu'il se soit passé plus d'une journée depuis qu'Annette m'a enlevée à l'hôpital. Maggie est obligée d'attendre quarante-huit heures avant de signaler ma disparition. Il faudra encore pas mal d'heures avant que quelqu'un comprenne que je ne suis pas partie avec ma mère de gaieté de cœur.

Je pose ma main sur ma poche, là où se trouvait mon téléphone. Annette l'a certainement pris. De toute manière, je ne peux pas m'en servir, la batterie est déchargée.

Je bascule dans un état étrange entre conscience et sommeil. Et me voilà assise dans la voiture de ma mère, il y a dix ans. Je descends aussi vite que possible, trébuchant sur des emballages de fast-food avant de traverser l'autoroute.

Elle m'a laissée m'échapper une première fois. À en juger par son visage en ce moment, ça ne risque pas d'arriver de nouveau.

Chapitre 32

Je me réveille sur le canapé. Voulant essuyer les restes de bave séchée sur ma joue, je pousse un juron. J'ai les poignets attachés. Je les approche de ma bouche et tente de ronger le plastique. J'ai la mâchoire douloureuse, comme si j'avais grincé des dents en dormant. Ou peut-être est-ce un effet secondaire des pilules.

Le bruit de la serrure de la porte d'entrée m'oblige à baisser les bras. La porte s'ouvre et Annette entre, les bras chargés de bûches.

— J'ai soif, dis-je d'une voix éraillée.

Annette hoche la tête et pose les bûches.

— Je vais faire chauffer de l'eau.

Elle se penche au-dessus de son poêle. Allume une allumette, qu'elle jette sur le petit bois. Pose une théière sur le brûleur.

— Il fait un peu chaud pour du thé, non ?

— L'eau vient de la rivière, m'explique-t-elle en me regardant par-dessus son épaule. Je la fais bouillir pour qu'elle soit potable.

— Tu m'as droguée, enlevée, et tu te soucies de savoir si je vais choper une bactérie ?

Annette s'approche de moi. S'assied à l'autre bout du canapé.

— Tu es ma fille, dit-elle tout en regardant mes poignets attachés. Ta place est avec moi. Et ne prononce pas ce mot.

— Enlevée ?

Je me contorsionne afin de m'appuyer sur l'accoudoir et me redresser. Mes chevilles sont aussi attachées. Annette me regarde. Ses yeux sont marron, comme ceux de mon père et comme les miens. Je n'ai jamais trouvé bizarre que Jos ait les yeux verts.

— Papa ne savait pas qu'elle n'était pas à toi, c'est ça ? demandé-je. Il y a des années, elle lui a dit la vérité. Et tu sais ce qu'il a fait ? Il a essayé d'obtenir la récompense promise par la famille Stevens.

Annette se lève, va surveiller l'eau qui bout.

— Gram m'a dit pour le bébé ! crié-je, essayant par tous les moyens de la faire réagir.

Son corps entier tressaille.

— C'est pour ça que tu as volé Jos ? Alan ne voulait pas d'un autre bébé ?

En silence, elle ouvre un placard et sort un verre. C'est un verre à confiture Tom et Jerry, un des nombreux qu'on avait nettoyés et gardés.

— C'était ton préféré, dit-elle avec un sourire en coin.

— Réponds-moi ! hurlé-je. Pourquoi tu l'as enlevée ?

Elle ferme les yeux, s'évade un instant.

— Tant qu'on n'a pas eu d'enfant, on ne sait pas ce qu'est la peur, Tessa. Tu sais ce que j'ai vu sur le visage de cette femme, à la télé, après qu'elle s'est rendu compte que son bébé était parti ?

Annette agite les braises avec un tison.

— Du soulagement. Pas de la peur. Joslin était plus en sécurité avec moi.

— Ce n'est pas son prénom, putain ! hurlé-je. Elle s'appelle Macy !

Elle soulève le couvercle de la bouilloire. C'est comme si elle ne m'avait pas entendue. Ma poitrine se comprime.

— Il nous faut plus de bois, dit-elle. Je suis juste dehors.

Dans son ton, j'entends une mise en garde. Annette : a une hache. Tessa : a les pieds et les poings liés. Lorsque la porte se referme, je ferme les yeux. Je refuse de pleurer. Si elle s'en aperçoit, elle me donnera d'autres pilules. Ou, pire, elle essayera de me réconforter.

J'observe les flammes dans le four qui crépitent avec paresse. Le bois doit être humide vu qu'il a plu hier soir. J'examine la cuisine et remarque la présence des mêmes liens en plastique sur les poignées de plusieurs placards.

J'attends d'entendre le bruit régulier de la hache avant de me redresser. Puis je m'avance sur le bord du canapé, pose mes pieds par terre ; lentement, je me mets debout. Je vacille un peu, mais je garde l'équilibre.

Serrant les chevilles, je saute jusqu'à la cuisine.

Annette a laissé un tiroir ouvert. Le contenu est plus que décevant : des fourchettes et des couteaux en plastique, des serviettes en papier, dans des sachets provenant de différents fast-foods.

Je me tourne vers le four. Un élan d'excitation me traverse lorsque je vois ce qu'Annette a posé à côté de la bouilloire.

Une boîte d'allumettes.

Je me débrouille comme je peux pour les glisser dans la poche avant de mon short. Puis je tire sur mon tee-shirt et retourne tant bien que mal sur le canapé. Quelques instants plus tard, Annette rentre, les mains vides.

— Le bois a besoin de sécher, dit-elle. Je vais aller au magasin acheter quelques bouteilles d'eau.

Elle m'attrape les mains et me met debout.

— Qu'est-ce que tu fais ? demandé-je.

— Je ne peux pas te laisser là, répond-elle. Je suis désolée, Tessa.

Posant une main sur ma hanche, elle m'accompagne jusqu'à la chambre. Un nœud se forme dans ma gorge tandis qu'elle m'installe sur le lit, soulève mes chevilles attachées.

Mon tee-shirt remonte vers mon nombril. Avant que je ne puisse le rabaisser, le regard d'Annette glisse sur ma poche. Le visage neutre, elle y pose la main. Retire la boîte d'allumettes.

Elle les met dans sa poche et ferme la porte à clé derrière elle. Je hurle jusqu'à ne plus avoir de voix.

* * *

Je me réveille avec la vessie pleine et des pulsations derrière les yeux. Je lève les bras. Annette a tranché mes liens pendant que je dormais. Sur mes chevilles aussi. Elle a dû penser me faire une faveur.

Dehors, une chouette lance un cri dans la nuit. Je vais à la fenêtre et tente de l'ouvrir. Elle ne bouge pas.

Je tape sur la vitre, effrayant un groupe d'oiseaux dans un arbre en face. Le verre est épais, impossible à briser à mains nues. Dans cette pièce, le seul meuble, c'est le lit.

Je cogne à la porte.

— Je dois pisser !

Rien.

— JE DOIS PISSER !

Je pourrais continuer de crier. Je pourrais essayer de fracasser la porte à coups de pied. À mon avis, la seule chose que je risque de gagner, c'est une autre pilule dans la gorge, de nouveaux liens. Alors j'enlève mon short, pisse au milieu de la pièce et remonte dans le lit.

* * *

Annette découvre ce que j'ai fait le lendemain matin. Elle ne dit rien, se contente d'essuyer la flaque avec un torchon. Quand elle a terminé, elle m'attrape par l'épaule et me traîne jusque dans la pièce voisine.

Avant qu'elle me jette dans la salle de bains, j'aperçois une série de dessins au crayon affichés dans un recoin.

— C'est lui qui a fait ça ? demandé-je. C'est papa ?

— Ton père a construit ce chalet, me dit Annette en m'asseyant sur les toilettes et en ouvrant le robinet de la baignoire. C'est de l'eau fraîche qui vient de la montagne.

J'observe l'eau qui coule.

— Pourquoi est-ce qu'on n'est pas venues ici lorsqu'on nous a jetées dehors ?

— On avait un locataire, répond Annette. Pendant des années, on s'est fait deux cents dollars par mois en louant le chalet, mais les gens qui viennent ici ne sont pas recommandables. Ton père a laissé entrer un homme en qui je n'avais pas confiance. Il a cessé de payer le loyer, et on ne pouvait rien y faire. Lorsqu'on est venus ici récupérer notre argent, on l'a trouvé sur le porche avec une carabine. On n'a pas eu d'autre choix que d'attendre qu'il parte.

Annette plonge un doigt dans la baignoire. Elle n'est même pas remplie au quart.

— Monte.

Je croise les bras. Elle m'attrape mon tee-shirt et me l'enlève, puis elle retire mon short. Je monte dans la baignoire. L'eau est glaciale et m'arrive aux chevilles.

— Assieds-toi.

Annette attrape une tasse posée sur un petit meuble et me verse de l'eau sur la tête.

— Cela fait un petit moment que je n'ai pas trouvé de shampoing.

Tremblante, je ramène mes jambes contre moi. De l'eau me coule dans les yeux.

— Je suis contente de voir que tu t'es calmée, dit Annette en passant une main dans mes cheveux mouillés.

C'est parce que je suis en train de m'imaginer te tuant dans ton sommeil.

* * *

Je mange les flageolets. Et les carottes en boîte. Et sans me plaindre du goût amer qui provient certainement de la poudre blanche que je l'ai vue glisser dans la casserole.

Tout ce que je veux, c'est dormir. Ce qui convient à Annette. Je l'entends couper du bois dehors tandis que je suis au lit. Elle revient, en nage, et se lave avant de préparer son dîner avec des légumes provenant d'une autre boîte.

Le troisième soir, elle m'apporte un bol de maïs. Je suis trop fatiguée pour relever la tête et elle me nourrit à l'aide d'une fourchette en plastique, quelques grains à la fois. Je les entrepose dans les replis de mes joues.

— Je peux le faire, finis-je par dire.

Annette m'adresse un sourire contrit. Me tend la fourchette.

— La dernière fois que je t'ai vue, tu avais encore besoin d'aide pour la fermeture Éclair de ton manteau.

Parce que je suis pathétique, ai-je envie de dire. *J'ai du mal à commander un sandwich à cause de toi. Tu ne nous laissais rien faire, pour qu'on ait toujours besoin de toi.*

Mais pas Jos. Elle n'avait pas besoin de ma mère, contrairement à moi, qui stressais pour tout et gémissais sans arrêt. Une fermeture Éclair coincée. Un chewing-gum collé sous ma chaussure. *MamanmamanJos. Quelqu'un peut m'aider ?*

Elle part sans se rendre compte que j'ai glissé la fourchette en plastique sous le drap.

Chapitre 33

J'attends que la lueur provenant des lampes à pétrole dans le salon disparaisse avant de sortir de mon lit.

À la lumière d'une demi-lune, je tâtonne à la recherche des vis qui tiennent la barre en métal sous mon lit. L'une cède sous mes doigts. Je remercie en silence mon père et sa tendance à acheter du matériel pas cher et pourri – ce lit ayant sans doute été récupéré sur la pelouse de quelqu'un.

Contrairement à ce que j'avais espéré, le manche de la fourchette ne glisse pas dans la rainure de la vis. Ça me stresse et je me mets à transpirer. Ce serait bien aussi que je puisse y voir quelque chose.

J'incline la fourchette de façon à ce qu'elle s'enfonce dans la vis. Je retiens ma respiration et je tourne. Trop fort – le plastique va se briser. J'oriente mon corps de façon à pouvoir tourner doucement la fourchette tout en poussant la vis par en dessous.

Au bout de quelques minutes, la vis commence à tourner. Peut-être que je ne m'en sortirais pas si mal en prison. Le temps de récupérer la vis, je suis trempée de sueur. Et il y en a d'autres. Je recommence, malgré mon tee-shirt mouillé et mon visage brûlant.

La barre se détache dès que j'ai enlevé la deuxième vis. Elle est creuse, mais ça devrait aller. J'espère. J'essaie de la coincer entre le rebord de la fenêtre et la serrure, mais elle glisse. Malheureusement, j'ai besoin d'un vrai pied-de-biche.

Mes yeux me piquent. Retenant un sanglot, je glisse la barre derrière le cadenas. Puis je la fais pivoter vers moi jusqu'à avoir le sentiment que les os de mes bras vont claquer.

La serrure se brise. Elle se détache de la fenêtre et heurte la vitre, qui se fissure légèrement. J'enfonce la barre dans la fissure jusqu'à ce que la fenêtre cède, emportant aussi la moustiquaire, et je me hisse sur le rebord. Le haut de la fenêtre m'érafle le dos, mais je suis tellement exaltée que je le remarque à peine.

J'ai réussi. Je suis sortie du chalet.

Je pars en courant. Enfin, je trébuche, surtout. Des cailloux, des branches s'enfoncent dans mes plantes de pieds, mais je ne m'arrête pas. Peu importe qu'il fasse nuit, que je ne voie rien. Je ne sais même pas vraiment si je monte ou je descends.

Je suis très, très fatiguée. J'aperçois une lumière, une ampoule orange sur un porche. Je dépasse le chalet. Personne ne va m'aider ici. Je préfère encore retourner avec ma mère plutôt que de prendre le risque de frapper à la porte du skinhead que Decker et moi avons croisé devant l'épicerie de Bear Creek. Mieux vaut un mal familier qu'un mal inconnu.

Je continue d'avancer, jusqu'à ce que mes pieds soient en sang et que mes jambes tremblent sous l'effort. Je dois marcher depuis plus d'une heure, mais je ne vois toujours pas le village. Des heures d'obscurité s'étalent devant moi.

Je trouve un endroit sombre entre deux arbres, à l'abri des rayons de lune, me recroqueville sur moi-même et m'endors.

* * *

Le soleil baigne la forêt de jaune, orange et rose lorsque je me réveille. La première chose que j'entends, c'est un chien qui aboie. Et des voix. Deux voix. Masculines.

Je rentre dans ma coquille. Me fais à l'idée que c'est la fin.

Jusqu'à ce qu'un des hommes émerge d'entre les arbres. Il porte un uniforme couleur sable, un badge sur sa poche poitrine. Le berger allemand qui l'accompagne me voit et se met à aboyer.

— Eh, Ed, lance l'homme sans me quitter des yeux. Par ici.

Quelqu'un me cherche.

Le shérif me tend la main ; derrière les arbres, une radio crépite.

— C'est toi, Tessa ?

J'ai froid, j'ai mal partout d'avoir dormi à même le sol, mais je parviens à hocher la tête et à articuler :

— Aidez-moi.

CHAPITRE 34

J'ignore quel jour on est lorsque je me réveille, ni où je suis. Mais j'ai l'impression que ça fait un moment que je suis là, à dormir.

Les murs sont blancs, le sol est jaune pisseux. Il y a un drap blanc sous moi et une télécommande glissée sous mon bras. J'appuie sur le bouton rouge pour appeler l'infirmière.

Un homme en blouse entre, suivi par le shérif qui m'a trouvée sur Bear Mountain. Patientaient-ils derrière la porte ?

— J'ai dormi combien de temps ? demandé-je.

J'ai la gorge sèche. L'infirmier m'apporte un gobelet en plastique.

— Environ vingt heures, répond le shérif. Les médecins t'ont trouvé trente milligrammes d'Ambien dans le sang. C'est trois fois la dose prescrite.

Tandis que l'infirmier me fait une prise de sang et me donne un médicament antinauséeux, le shérif m'explique que le signal de mon téléphone portable a été repéré à une antenne-relais à environ huit kilomètres de Bear Creek. Annette l'a allumé parce qu'elle voulait envoyer un message à Callie de ma part, lui disant que tout allait bien, et la batterie a tenu suffisamment longtemps pour que le signal soit capté par l'antenne la plus proche.

— Un ami à toi a dit à la police de Fayette que tu pouvais en effet être dans ce coin. Euh… Dexter quelque chose ?

Dès que je sors d'ici, je vais offrir à Decker Lucas le plus gros paquet de Twizzlers qui existe.

Le shérif m'explique que, pendant que je dormais, les rangers ont arrêté ma mère. J'ai aussi raté l'arrivée de Maggie à l'hôpital de Allegheny Valley. Apparemment, elle a crié sur les médecins jusqu'à ce qu'ils l'autorisent à venir me voir.

— Quand est-ce qu'elle est repartie ? demandé-je.

L'infirmier secoue la tête et enroule un tensiomètre autour de mon bras.

— Elle n'est pas partie. Elle est en bas, à la cafétéria.

* * *

Callie voulait venir me chercher avec Maggie ici, à Linesville, la ville la plus proche de Bear Creek, et où se trouve l'hôpital. Mais elle n'en est qu'au troisième jour de son séjour d'un mois au Healing Horizons Center for Youth Addiction. Elle me dit qu'après avoir vu Jimmy Wozniak se faire exploser la cervelle, elle s'est enfermée dans sa chambre et a descendu une demi-bouteille de vodka. Maggie et Rick l'ont conduite au centre de désintoxication le soir même. Alors que le médecin signe mes papiers de sortie, elle m'appelle pour me raconter tout ça.

— On t'a cherchée partout au moment de quitter l'hôpital. On n'arrivait pas à te joindre, on tombait sur le répondeur, alors mon père a appelé la police, m'explique-t-elle en chuchotant. On a pensé que tu étais peut-être toujours au commissariat. Mais le registre de l'accueil comportait ta signature. La réceptionniste avait appelé la mauvaise chambre, c'est pour ça que personne n'est venu te chercher.

Callie baisse encore la voix. N'est-elle pas seule ?

— La police ne nous a pas pris au sérieux. Ils ont dit que tu rentrerais bientôt. Si je n'avais pas complètement pété un câble, j'aurais pu partir à ta recherche.

— Ne t'en veux pas, dis-je, puis j'ajoute, pour plaisanter : Les médecins estiment que le traumatisme ne devrait pas être permanent.

Callie rit timidement.

— Il a fallu que tu rivalises avec moi et que tu te fasses aussi kidnapper, hein ?

— Tu gagnes quand même, réponds-je d'un ton calme. Elle ne m'aurait pas tuée.

Callie ne répond pas, et je sais que j'ai mis les pieds dans le plat. Déjà qu'elle doit vivre le restant de sa vie avec le souvenir de l'arme de Jimmy Wozniak appuyée sur sa tempe.

— Tu sais ce qui craint le plus ? murmure-t-elle. Wyatt Stokes est toujours en prison.

— Je sais.

Oui, nous pensions que ce serait aussi simple que cela : nous trouvons le vrai Monstre ainsi que le véritable assassin de Lori Cawley, et Stokes sort de prison. Mais faire annuler sa première condamnation suite aux nouvelles preuves à charge contre Wozniak va prendre du temps, même si la personne qui a tué Lori est sous les barreaux au poste de police de Bear Creek. Et même si les premiers tests montrent que l'ADN partiel retrouvé sur certaines des victimes correspond à celui de Wozniak.

C'était ça, les « nouvelles » preuves des avocats de Stokes : les avancées scientifiques en termes de tests

ADN montraient que l'ADN partiel pouvait provenir de plusieurs milliers d'individus.

Le procureur a déclaré qu'elle accepte de libérer Stokes dès qu'un juge aura pris une décision. Cela demandera du temps aussi.

Mais il ne sera pas exécuté.

— Eh, reprend Callie. Est-ce que tu soupçonnais quelque chose… pour ta mère ? Enfin, Annette. Elle vous aimait tellement.

— Non, réponds-je, et une vague d'émotion me submerge. Je ne savais pas.

— Oui, bien entendu, désolée, ma question était stupide. Attends deux secondes.

J'entends des voix en arrière-fond. Des bruissements.

— Mon temps est écoulé, dit-elle. Je peux te rappeler bientôt ?

Je hoche la tête. Me reprends. Callie veut m'appeler, alors que rien ne l'y oblige.

— Oui, déclaré-je. Absolument.

Je raccroche et observe ma chambre d'hôpital pour la dernière fois. J'ai la gorge nouée, le cœur lourd. Mon vol retour est ce soir à 17 h 45.

Il fallait bien que ça arrive : mon départ de Pennsylvanie. Simplement, je ne m'attendais pas à partir avec plus de bagages qu'à l'aller.

* * *

Après avoir soutenu pendant quatre heures que j'étais sa fille et que je l'avais suivie volontairement à Bear Creek, Annette a craqué et livré le témoignage suivant :

Il y a vingt-cinq ans, Annette Lowell se trouvait à une station-service dans le Tennessee, où elle vivait depuis un an. Une jeune femme à la pompe voisine avait laissé sa fille de deux ans dans la voiture le temps d'aller acheter des cigarettes au magasin. Lorsque la femme revient, Annette lui dit qu'elle a une magnifique petite fille. La femme la remercie. Plus tard, Annette découvre que la jeune femme s'appelle Amanda Stevens.

Elle suit Amanda jusque chez elle. Plus tard ce soir-là, Annette revient et voit que la voiture de la femme n'est pas dans l'allée. Elle fait le tour de la maison et entend un bébé pleurer à travers une fenêtre entrouverte. Annette trouve un double des clés sous le paillasson à l'entrée, s'invite chez Amanda Stevens et enlève Macy Stevens. Le temps que quelqu'un signale la disparition de l'enfant, elle était déjà en Pennsylvanie.

Lorsque les policiers lui ont demandé si elle s'était inquiétée du fait que quelqu'un aurait pu la voir prendre Macy Stevens, elle a répondu que personne ne la remarquait jamais. De même, quand elle s'est installée à Fayette, en Pennsylvanie, avec sa fille de deux ans Joslin Mowdy, personne n'y a vraiment prêté attention.

Peu de temps après, elle a rencontré Glenn Lowell. Huit ans plus tard, Annette annonce à son mari et à ses amis de Fayette qu'elle est enceinte. Elle a pris dix kilos et expliqué que le médecin l'obligeait à rester au lit jusqu'au terme. Lorsque Joslin est à l'école et Glenn au travail, Annette se rend à la bibliothèque et passe ses journées sur les forums de femmes enceintes. Là, elle fait la connaissance de Taylor, de Warren, dans l'Ohio. Taylor, elle aussi enceinte de quatre mois, lui confie qu'elle travaille dans un magasin OshKosh à un kilomètre de chez elle et que, pendant son temps libre, elle s'occupe de lévriers à la retraite.

Une semaine avant la date de terme de Taylor, Annette laisse Joslin avec Glenn, se rend au OshKosh de Warren, dans l'Ohio, et attend que Taylor Lesley ferme la boutique. Lorsque Taylor s'approche de sa voiture, Annette la neutralise avec du gaz poivre et l'oblige à monter dans sa voiture. La voiture de Taylor est retrouvée calcinée sous un échangeur d'autoroute une semaine plus tard.

Au moment où la voiture est localisée, Annette est déjà à Bear Creek avec Taylor, qu'elle retient prisonnière dans le chalet jusqu'à ce qu'elle accouche d'une petite fille.

Une semaine avant sa date supposée de terme, Annette rentre à Fayette. Elle dit à son mari qu'elle est allée à Philadelphie voir de la famille. Elle cache le bébé de Taylor dans l'appentis pendant deux jours. Un après-midi, Joslin, neuf ans, rentre de l'école et trouve Annette berçant un nouveau-né dans le salon. Annette lui explique que la sage-femme est arrivée tôt le matin et déjà repartie. Glenn n'a pas la moindre idée qu'Annette a fait semblant d'être enceinte – quel idiot, ce Glenn Lowell, qui rentrait chez lui tous les soirs en titubant, ivre et imbibé de l'odeur des femmes rencontrées dans des bars et pouvant lui donner ce que sa pauvre femme alitée ne pouvait pas.

J'avoue, j'ai arrêté un instant d'écouter lorsque l'inspecteur m'a décrit ce qu'Annette avait fait de ma mère après ma naissance. Ce que je sais : Taylor et son bébé à naître ont été déclarés morts il y a quelques années. Le seul éventuel suspect, c'était le mari de Taylor. Il avait été arrêté précédemment pour l'avoir battue et il n'avait pas d'alibi pour le soir où sa femme enceinte a disparu.

Les autorités ont du mal à comprendre comment une femme d'un mètre soixante conduisant une Toyota Camry a pu être responsable des deux kidnappings les plus médiatisés des vingt dernières années. Lorsque les policiers ont demandé à Annette pourquoi elle avait tué Taylor Lesley, elle a répondu qu'elle avait menti sur le fait d'être enceinte et qu'il avait bien fallu qu'elle trouve un bébé.

Elle a expliqué que la police trouverait les restes de Taylor Lesley enterrés sous le porche du chalet.

Deux jours après que la police m'a secourue, une boîte à bijoux a été retrouvée dans les affaires de Jimmy Wozniak contenant :

– le médaillon de Rae Felice,

– la montre de Kristal Davis,

– le bracelet en or de Marisa Perez,

– et le bracelet d'Ariel Kouchinsky, identifié par Nick Snyder comme étant celui ayant appartenu à sa mère décédée.

Ces éléments ont suffi pour que le procureur annonce la réouverture de l'enquête sur le Monstre de l'Ohio River.

Le lendemain, Annette Lowell a reconnu avoir tué Lori Cawley en échange de la garantie que l'État ne demanderait pas la peine de mort.

Voulant convaincre Joslin de sa théorie, Lori a imprimé une photo d'Amanda Stevens et y a souligné toutes les similarités génétiques. Les lobes d'oreilles attachés, les yeux verts.

Annette a trouvé la photo dans notre chambre. Face au silence de Joslin, Annette a compris qu'il n'y avait qu'une seule personne suffisamment intelligente pour recoller les morceaux.

Annette affirme qu'elle est allée voir Lori uniquement pour lui parler. Elle s'est rendue chez les Greenwood, s'est garée parmi les arbres à l'arrière de la maison, puis a allumé la lumière de l'appentis pour que Lori vienne l'éteindre.

Lori a menacé d'appeler la police lorsqu'elle a vu Annette.

Annette assure que c'était un accident. Elle ne voulait pas tuer Lori. Après, elle a paniqué et s'est souvenue de ce qu'elle avait vu à la télé sur le Monstre de l'Ohio River.

Annette a découpé la moustiquaire de la fenêtre de la chambre de Lori pour faire croire à une effraction.

Les gens disent qu'Annette Lowell ne verra plus jamais l'extérieur d'une prison.

Les gens la traitent de monstre.

Et c'est vrai. Mais je ne parviens pas à lui en vouloir de m'avoir enlevée vu que je ne lui ai toujours pas pardonné de m'avoir abandonnée.

Chapitre 35

À présent que je suis revenue de l'enfer, l'aéroport d'Atlanta ne me paraît plus aussi terrible. Mais, cette fois, je suis sur un vol direct pour Orlando.

Le FBI a détaché un agent pour venir me chercher à l'aéroport et me conduire chez Gram. Je n'ai pas le droit d'être seule avec elle jusqu'à ce que les autorités soient sûres qu'elle n'avait rien à voir avec mon enlèvement. Les tests ADN ont confirmé que je suis bien la fille de Taylor Lesley. La conférence de presse a été organisée alors que j'étais à huit mille mètres d'altitude.

Il n'y a pas de camionnette de télévision devant chez Gram. Pas de journalistes en costume auréolé de sueur pour me tendre une micro dans la face. Simplement un SUV noir dans l'allée, immatriculé en Virginie.

— Qui est-ce ? demandé-je à l'agent qui me conduit.

Il est costaud, mais un peu mou au centre. Le genre de mec sans doute chargé régulièrement de la paperasse et des allers-retours à l'aéroport.

— Quelqu'un de chez nous.

L'agent déverrouille ma portière et je descends du véhicule.

Gram ouvre la porte. Elle n'a pas mis son visage, comme elle dit. Elle a les yeux rouges, sans mascara. Elle titube jusqu'à moi et me serre contre elle.

Par-dessus son épaule, j'avise une femme blonde dans un coin de la pièce. Elle attend que Gram m'ait relâchée avant de se racler la gorge et de s'avancer vers moi.

— Tessa, je suis ravie de te rencontrer, dit-elle. Je suis l'agent Morgan Doherty. Je crois qu'on s'est parlé au téléphone.

Un terrible sentiment d'appréhension m'envahit.

— Vous êtes chargée de l'affaire Macy Stevens.

L'agent Doherty acquiesce. Ses yeux brillent.

Joslin entre dans le salon depuis la cuisine. Elle a les yeux et le nez rouges. Elle serre un Kleenex dans sa main et me sourit.

Je me précipite dans ma chambre et claque la porte.

* * *

Peu de temps après mon déménagement, Gram m'a emmenée à Disney World. À l'époque j'étais encore obsédée par Cendrillon. Deux ans auparavant, les Greenwood étaient allés à Disney World et Callie m'avait montré sa collection d'autographes. C'est à ce moment-là que j'avais décidé que je devais absolument rencontrer Cendrillon. Je savais que ce n'était pas *la* Cendrillon, tout comme le Père Noël du centre commercial n'était pas le vrai Père Noël, mais peu importait. Il fallait que je la rencontre.

Lorsqu'il m'arrivait d'être à la fois fâchée contre ma mère et Joslin, je m'enfermais dans le placard et faisais semblant d'être Cendrillon. Mon vrai père était mort, me laissant avec une méchante belle-mère et une vilaine belle-sœur. J'étais la princesse orpheline. Je n'aurais jamais pensé avoir à ce point raison.

Bref. Quand j'ai enfin aperçu Cendrillon à Disney, Gram m'a demandé si je voulais une photo avec elle. Et je me suis figée. Je n'arrivais tout simplement pas à avancer. Cendrillon m'a vue, a dû se dire que j'étais très timide et m'a souri. J'ai supplié Gram de me ramener à la maison.

Je ne me doutais pas que revoir ma sœur me ferait le même effet. Je ne me doutais pas non plus que ma sœur n'était en réalité pas ma sœur.

Personne ne me suit dans la chambre. Ils doivent se dire que j'ai bien le droit de piquer ma petite crise, vu tout ce que j'ai vécu.

J'enfonce mon visage dans mon oreiller, le respire. Je me rends compte soudain de tout ce que je risque de perdre. Je ne peux pas les laisser me séparer de Gram.

Un peu plus tard, on frappe à ma porte. Gram entre et s'assied sur le rebord de mon lit. Elle aplatit le couvre-lit à mes pieds.

— Tu dois te demander quel genre de mère j'ai été, dit-elle, pour avoir élevé quelqu'un comme elle.

Je ne dis rien. Gram soupire.

— J'ai tout retourné dans tous les sens, essayant de trouver une raison. Mais je ne sais pas, Tessa, dit-elle en passant un doigt sous son œil – si elle commence à pleurer, je ne pourrai pas me retenir. Je lui ai donné à manger, je l'ai changée, je l'ai récupérée à l'école. J'ai tout fait comme il fallait.

Une silhouette apparaît dans l'encadrement de la porte. Joslin se tient sur le seuil. Elle porte une robe jaune. En la regardant rapidement, on la trouverait sans doute jolie. Douce. Mais en la regardant plus longuement, on verrait le piercing au sourcil. Les rides sur son front qui n'ont rien à faire là, surtout à son âge.

— Je n'ai jamais bien connu Annette, continue Gram. Je ne lui ai jamais demandé ce qu'elle aimait, ce qu'elle voulait. Je n'avais pas la place pour ces informations, pas après la mort de son père. J'ai fait ce qu'il fallait faire pour survivre sans m'arrêter sur tout ce qui donnait de la valeur à la survie.

Elle me tapote les pieds.

— Je me vois beaucoup en toi, Tessa. Et, parfois, ça m'est insupportable.

Gram se lève. Se faufile entre le cadre de la porte et Joslin, qui entre ensuite dans la chambre. Nous nous observons. Le malaise dans nos regards me brûle les entrailles.

— J'imagine que tu dois me détester, dit-elle enfin. Je te demande dix minutes. C'est tout.

Je hoche la tête et lui fais une place sur le lit.

* * *

Jos n'a jamais su qu'Annette et Lori s'étaient disputées au téléphone cette nuit-là. Elle était occupée avec Danny qui l'avait appelée en panique pour lui demander un service. Lorsque la police est venue chercher Danny, elle a menti, et ce n'était pas la première fois. En revanche, c'était la première fois qu'il avait été bête au point de faire exploser un truc.

Joslin avait du mal à avaler la folle théorie de Lori sur Macy Stevens. Elles ont eu une discussion animée à ce sujet quelques jours avant la mort de Lori. Joslin a accusé Lori de céder à la frénésie médiatique autour de Bébé Macy.

Mais après la mort de Lori, Jos s'en est voulu de ne pas l'avoir plus écoutée. Elle a fouillé la chambre d'Annette et trouvé un certificat de naissance pour Joslin Mowdy. Nom du père : Alan Kirkpatrick.

Pendant des mois, Joslin a fait des économies pour acheter un billet pour La Nouvelle-Orléans. Le soir où elle est partie, elle a pris un bus Greyhound jusqu'à Philadelphie, puis un train. En Louisiane, elle a fait du stop afin de se rendre à l'adresse qu'elle avait obtenue pour Alan Kirkpatrick.

Alan, un homme sec qui sentait les entrailles de poisson, a été stupéfait de trouver Joslin devant sa porte. Jos affirme qu'il lui a suffi d'un regard pour comprendre que ce n'était pas son père. Alan lui a dit qu'Annette était tombée enceinte pendant qu'ils étaient ensemble. Annette avait bien perdu un bébé.

Mais Annette avait déménagé quelques mois après sa fausse couche. Elle et Alan se disputaient sans cesse, notamment sur le sujet des enfants. Annette en voulait, lui non.

Joslin a appelé l'hôpital en Pennsylvanie noté sur le certificat de naissance. Ils n'avaient aucune trace de sa naissance, ni d'une patiente appelée Annette Mowdy. Le certificat était un faux.

Joslin est retournée en Pennsylvanie pour faire part de ses découvertes à Annette. Elle s'est pointée devant notre porte au milieu de la nuit ; comprenant que la vérité ne tarderait pas à éclater, Annette a joué le seul atout qu'elle avait. Elle s'est servie de moi. Annette a dit à Joslin que si elle évoquait le cas Macy Stevens à la police, elle me tuerait avant que les policiers n'aient le temps d'arriver.

Jos a cherché à me revoir à ses dix-huit ans, mais j'étais ici, avec Gram. Elle a réussi à retrouver Gram et a appelé la maison un jour que j'étais à l'école. Elle a dit à Gram qu'elle voulait que je vienne vivre avec elle.

Très calmement, Gram lui a expliqué que, le lendemain, c'était journée piscine à l'école. J'étais tellement excitée que j'avais voulu dormir avec mon maillot de bain. Et le week-end prochain, nous allions à Disney World.

Jos a raccroché et n'a jamais rappelé.

Il y a cinq ans, Joslin est retournée à Fayette. Elle a rendu visite à mon père en prison et lui a parlé de Macy Stevens. Il a affirmé n'être au courant de rien et Joslin l'a cru. Elle lui a fait promettre qu'il ne dirait rien à personne. Elle attendait que je sois auprès d'elle avant de contacter la police.

C'est à ce moment-là que mon père a appelé les Stevens. Qu'il a cherché à leur extorquer l'argent de la récompense. Ce que Joslin ignorait jusqu'à ce qu'elle leur envoie un e-mail *via* le site Web Find Baby Macy, disant qu'elle pensait être leur petite-fille. Quand les Stevens ont vu le nom – Lowell –, ils lui ont demandé de ne plus jamais les appeler.

Ce rejet a fortement blessé Joslin. Elle a commencé à douter des conclusions de Lori. Donc Jos est restée à Allentown. Elle s'est acheté une nouvelle identité, Brandy Butler, afin de faire une formation d'infirmière à temps partiel.

Il y a quatre ans, elle et son petit ami ont eu une fille. C'est à ce moment-là qu'elle a compris qu'elle n'était plus seule, qu'elle devait s'occuper d'une autre personne. Elle devait faire le maximum pour que sa fille soit en sécurité, même si cela impliquait de laisser Annette s'en tirer. Jos a eu peur que personne ne la croie et qu'Annette s'en prenne ensuite à sa fille.

— J'ai été bête, dit-elle, et une larme roule sur sa joue. Je l'ai crue quand elle m'a dit que personne ne me croirait.

Que ma vraie mère ne voulait pas de moi et que ma vraie famille ne m'accepterait jamais.

— Comment as-tu su que papa était mourant ? lui demandé-je.

— J'ai programmé une alerte Google avec son nom, dit Joslin. Une chaîne de télévision locale a appris qu'il avait un cancer. Tu es trop jeune pour t'en souvenir, mais son procès a été très médiatisé, à l'époque. C'était rare qu'on soit condamné à vie pour un vol à main armée.

Jos glisse sa main dans son sac. En sort une photo.

— Il voulait te donner ça, dit-elle en la posant devant moi. Je lui ai dit que je me chargeais de te la donner lorsqu'on se reverrait.

Je n'ai jamais vu cette photo. Je suis allongée sur le dos, un truc chauve emmailloté de rose. Joslin est penchée au-dessus de moi et elle serre sa poupée contre elle. Dans un coin, mon père rit.

— Je m'imaginais que tu étais mon bébé, sourit Jos. Elle… Elle ne me laissait jamais te prendre. Donc il est rentré un soir avec cette poupée.

Mon cœur se serre. Mon père pouvait être surprenant.

— Il t'aimait tellement, dit Jos. Il n'y avait que toi, je crois.

— Mais ce n'était qu'un mensonge, murmuré-je. On n'est même pas vraiment sœur…

— Arrête, dit Joslin en prenant mon visage entre ses mains. Tu es ma sœur. Compris ?

Je ferme les yeux et appuie mon front contre le sien. Même si j'ai douté d'elle, même si je l'ai soupçonnée d'avoir commis l'irréparable, même si je me suis convaincue que je ne l'aimais plus, je comprends.

Elle a sacrifié tant de choses pour que je sois en sécurité. Et je ne pourrai jamais effacer tout ce qu'elle vient de me raconter sur les années où nous étions séparées.

Lorsque j'ai dit à Callie qu'il y a des choses qu'on ne peut pas oublier, même si on aimerait bien, je le pensais.

Mais, pour la première fois depuis bien longtemps, j'ai envie de me rappeler.

Épilogue

Je rencontre la fille de Joslin, Alexa, une semaine avant la rentrée universitaire. Nous allons à Disney World et elle insiste pour me tenir la main dans la queue pour les manèges. Lorsqu'elle aperçoit une princesse en bleue avec une longue tresse blonde qui lui descend aux fesses, Alexa se tait, et ses joues virent au rouge fraise.

Nous faisons la queue pour la rencontrer. Alexa chantonne la bande originale du film et se cache entre mes jambes dès que la princesse entre dans son champ de vision.

— Je subis cette chanson vingt fois par jour, me chuchote Joslin en levant les yeux au ciel. Je te jure. Ils n'ont pas trouvé mieux pour torturer les mères.

Je tressaille en entendant ce mot. Je ne suis pas encore prête à la partager. J'ai attendu trop longtemps qu'elle me revienne. Mais maintenant qu'elle s'est de nouveau teint les cheveux en châtain, elle ressemble à la sœur que j'ai connue. Nous portons toutes les deux des lunettes de soleil et une casquette de baseball.

Les médias se sont montrés impitoyables – quatre embuscades, deux changements de numéro de téléphone et une femme vraiment flippante qui m'a suivie dans un *Walmart* –, mais Joslin jure qu'elle ne s'est jamais sentie aussi libre.

« Réfléchis deux secondes, me dit-elle. On peut obtenir un passeport, maintenant. Voyager. »

De nombreux livres sur ma mère sont en cours de rédaction. Quand l'affaire a éclaté, le *New York Post* a imprimé la photo prise de son arrestation avec cette légende : « Pilleuse d'utérus ». Brenda Dean a signé un contrat de deux millions de dollars pour un livre sur les meurtres du Monstre et les kidnappings d'Annette Lowell intitulé *Vies volées*.

J'ai refusé d'être interviewée. Je commence mes cours à Tampa bientôt, je n'ai pas envie d'attirer l'attention.

Et puis. Personne ne m'a volé ma vie. Elle a toujours été à moi. Faut juste que je décide ce que je veux en faire.

* * *

Ils l'ont trouvée lorsqu'ils ont entrepris de détruire le chalet dans la montagne. Ils n'avaient pas ouvert la porte du cellier lors du premier raid, puisque Annette l'avait recouverte de feuilles.

La fillette avait six ou sept ans, était en bonne santé. Ils l'ont trouvée sur un canapé-lit. Sur le sol, des dizaines d'emballages de confiseries et des bouts de crayons.

Et des dessins d'elle et d'une femme aux cheveux châtains, se tenant la main et cueillant des pâquerettes.

Elle n'a dit qu'une seule chose aux inspecteurs :

— Maman m'a dit de rester ici et de ne monter avec personne sauf elle.

Remerciements

Je ne pensais pas avoir le courage d'écrire cette histoire. Je ne l'aurais peut-être pas fait sans les encouragements de Suzie Townsend. Merci, Suzie, tu me comprends toujours si bien.

Ce livre n'existerait pas sans Krista Marino, magicienne éditoriale qui a cru en moi. Merci de m'avoir aidée à construire cette histoire depuis le début et de l'aimer autant que moi. J'ai l'impression d'être l'auteur la plus chanceuse du monde parce que je travaille avec toi.

L'équipe de Random House Children's Books – Beverly Horowitz, Monica Jean, Kimberly Lauber, John Adamo, Mary McCue, Dominique Cimina, Adrienne Waintraub, Rachel Feld, Laura Antonacci, Aisha Cloud, Anna Gjesteby, Sonia Nash Gupta et Stephanie O'Cain – merci pour votre accueil chaleureux, votre enthousiasme et votre soutien infini.

J'ai la chance de bénéficier du soutien d'une équipe de rêve chez New Leaf Literary and Media – Kathleen Ortiz, Joanna Volpe, Pouya Shabhazian, Jess Dallow, Danielle Barthel, Dave Caccavo, Jackie Lindert, Jaida Temperly, et Chris McEwen.

Ce livre m'a été inspiré par les West Memphis Three et leur envie de raconter leur histoire. Merci à Margaret Riley de m'avoir encouragée et orientée vers le documentaire *Paradise Lost*.

Merci aussi à Larry Salz et Lucinda Moorhead à UTA ; à Kathy Bradey et Lindsey Culli, qui ont lu et relu mes brouillons ; et à ma famille pour leur soutien indéfectible et leur patience.

Découvrez le tout début du nouveau thriller haletant de Kara Thomas

Last Weekend

Traduit de l'anglais (États-Unis) par Isabelle Troin

PREMIÈRE PARTIE

DANS LA MONTAGNE

Chapitre 1

Aujourd'hui

De la terre froide et caillouteuse contre ma joue. Des racines pareilles à des veines durcies qui me meurtrissent le corps. J'ouvre les yeux et la lumière du soleil m'agresse, faisant radier une vive douleur à travers mon crâne. Je frémis.

Un halètement à mon oreille – sans doute ce qui m'a ramenée à la conscience. Étais-je assommée ou évanouie ? Je ne veux pas me demander ce que ça signifie, parce que j'ignore où je suis et à qui appartient cette langue humide contre ma joue…

Des cris. Je tourne la tête. Une voix de femme agacée ordonne :

— Tucker ! Reviens ici !

Je cligne des yeux jusqu'à ce que mon regard se focalise sur la tête d'un énorme labrador noir à quelques centimètres de la mienne. Quand je me redresse sur les coudes, le chien s'écarte en aboyant et décrit de petits demi-cercles devant moi.

— Putain, Tucker !

— Au secours.

Ma voix m'écorche la gorge comme si je n'avais pas parlé depuis longtemps. Je m'humecte les lèvres. Elles sont glacées.

Des pas qui piétinent des brindilles. La propriétaire de la voix émerge d'un bosquet sur ma droite.

— Mon Dieu.

Ses boucles argentées descendent plus bas que ses épaules. Tucker court vers elle et s'assoit à ses pieds pendant qu'elle pose ses bâtons de marche et sort une bouteille d'eau minérale de son sac. Elle dévisse le bouchon et me la tend.

— Comment tu t'appelles ?

— Claire.

— Moi, c'est Sunshine. Tu es seule ?

— Je ne sais pas.

Je ravale une boule d'angoisse tandis que mon cerveau tente de s'orienter. C'est le week-end du bal de promo. Sans que je m'explique pourquoi, c'est la seule chose dont je suis absolument certaine.

— On est où ?

— Sur le mont Bobcat, répond Sunshine.

Je porte la bouteille à mes lèvres en regardant l'inquiétude voiler son visage. Tucker trottine vers moi et me pousse la main avec sa truffe, y déposant une traînée de bave. Je m'appuie sur mon autre bras pour m'écarter de lui. Une nouvelle lance de douleur me transperce du cou jusqu'aux yeux.

Je roule sur le flanc et vomis le peu d'eau que j'ai avalée. La voix de Sunshine résonne par-dessus le bourdonnement de mes tympans.

— Où tu as mal ?

— À la tête.

Mal, c'est un doux euphémisme : il me semble qu'une hache me fend le crâne en deux. Je cligne des yeux pour chasser les taches noires dans mon champ de vision. Sunshine se relève en époussetant la terre sur son pantalon.

— Tu es peut-être grièvement blessée. Je vais marcher jusqu'au poste des rangers pour appeler une ambulance.

Un tsunami de panique s'élève en moi. Je ne sais pas où se trouve le poste des rangers, ni combien de temps Sunshine mettra pour l'atteindre et revenir.

— S'il vous plaît, ne me laissez pas.

— Je fais le plus vite possible.

Elle s'éloigne, le crissement des cailloux sous ses pieds diminuant à chaque seconde. Tucker me fourre sa truffe dans l'oreille avant de la suivre, et je me retrouve de nouveau seule.

Je ferme les yeux, serrant les paupières jusqu'à ce que des larmes pointent et qu'elles se mettent à trembler. J'ignore où je suis et pourquoi je suis seule. Je ne sais rien hormis le fait que c'est le week-end du bal de promo.

C'est le week-end du bal de promo. Je porte du vernis à ongles rouge vif assorti à ma robe, qui a une encolure bateau et une jupe plus courte devant que derrière.

Je ne me trouve pas à Fire Island, où j'ai dit que j'irais après le bal, et je suis blessée. Mes parents ne tarderont plus à apprendre ces deux choses.

Je tente de me souvenir des derniers jours. Je vois très bien la robe rouge qui m'a coûté un mois de salaire. J'ai été franchement soulagée de la rapporter chez *Macy's* vendredi matin et d'imaginer l'argent recrédité sur mon compte bancaire.

J'examine ma main tremblante tandis que les deux derniers jours me reviennent au goutte-à-goutte.

C'est le week-end du bal de promo, mais je n'y suis pas allée. Je n'ai pas verni mes ongles ; c'était inutile, puisque je ne comptais pas porter la robe.

La coupure barre ma paume droite telle une branchie incrustée de sang. Elle n'est pas douloureuse tant que je ne plie pas les doigts.

Comment je me suis fait ça ? Une onde de douleur pulse de mon cerveau. *Tu en demandes trop. Pose une question plus simple.*

Comment je suis arrivée là ?

Je porte un short en maille et un débardeur à côtes. Ma tenue de sport du lycée. Je ne me souviens pas de l'avoir enfilée, ni d'avoir lacé les baskets qui compriment mes orteils torturés. J'ai probablement des ampoules.

Depuis quand je suis là ?

J'ignore combien de temps s'écoule avant que Sunshine revienne avec deux hommes. Le premier est vieux, en uniforme vert ; le second est jeune et porte une chemise bleue marquée SAMU. Ils m'examinent en murmurant des paroles réconfortantes qui m'embuent les yeux.

— Tu peux nous montrer où tu as mal ?

Je lève ma main gauche ensanglantée, et l'ambulancier sort une trousse de premiers secours. Pendant qu'il déchire l'emballage d'une lingette alcoolisée pour nettoyer ma plaie, le ranger dit dans son talkie-walkie :

— Une jeune fille avec peut-être une blessure à la tête. Il faut l'évacuer.

Je m'assois sans tenir compte de la brûlure de l'alcool.

— Qu'est-ce que ça veut dire ?

Sunshine me pose la main sur l'épaule.

— Tout va bien, Claire. Tu ne peux pas redescendre à pied dans ton état.

Les hommes sont sortis de mon champ de vision. Des larmes brûlantes s'accumulent au coin de mes yeux.

— Qu'est-ce qu'ils vont me faire ?

— Ils vont te transporter sur un brancard.

Le temps que les hommes reviennent avec celui-ci, je tremble de tout mon corps. Pendant que l'un d'eux m'immobilise avec des sangles, l'autre étend une couverture de survie sur moi. Mon estomac plonge quand ils me soulèvent. Je ferme les yeux ; le balancement me donne envie de dormir.

— Claire, appelle un des hommes. Il faut que tu restes consciente et que tu répondes à nos questions.

Le message que mes parents m'ont fait apprendre par cœur quand j'étais petite, pour le cas où je serais séparée d'eux pendant une sortie, défile dans ma tête.

Ils me demandent mon adresse. Je réponds : « 32 Carmen Road, à Brookport », et le ranger interroge :

— C'est où, ça ?

— À Long Island, non ? suggère l'ambulancier.

— Ouais.

Je déglutis pour ravaler ma nausée.

— Tu es très loin de chez toi, commente le ranger.

Et bizarrement, c'est la goutte d'eau qui fait enfin déborder le vase de mes larmes.

Nous sommes au pied de la montagne, dans le parking. Je ne le sais que parce que le ranger me l'a annoncé.

On me charge à l'arrière d'une ambulance, et la dernière chose que je vois avant que les portes se referment, c'est le visage de Sunshine qui fronce les sourcils.

Quand les portes s'ouvrent de nouveau, je demande pourquoi on s'est arrêtés.

— On est à l'hôpital de Sunfish Creek, répond un des ambulanciers en dépliant la rampe pour faire descendre mon brancard.

Je murmure :

— Quelqu'un a appelé mes parents ?

L'homme se rembrunit.

— Tu nous as donné leur numéro pendant le trajet, et je t'ai dit qu'ils arrivaient. Tu ne te souviens pas ?

J'ai oublié toute une conversation. C'est perturbant, mais pas autant que le fait que mes parents vont venir ici. Je leur ai dit qu'on allait à Fire Island, qui n'est qu'à un court trajet de ferry de chez nous – pas à Sunfish Creek, dans les monts Catskill qui se trouvent à trois heures de route, pour passer le week-end dans la maison sur le lac de la grand-mère de ma meilleure amie Kat. Je n'ai pas menti parce qu'ils auraient dit non, mais parce que les parents de Kat n'auraient jamais accepté.

Kat. Jamais je ne serais partie randonner sans Kat…

Malgré la couverture de survie, je frissonne.

— Où ils sont ?

— De qui parles-tu, Claire ?

— De mes amis. Kat et Jesse.

Les ambulanciers me poussent vers l'entrée des urgences. Je ne suis même pas sûre qu'ils m'aient entendue par-dessus les bips des radios et la sirène qui hurle dans la rue.

On s'arrête dans un couloir blanc, sous un panneau marqué « TRIAGE ». Le plus âgé des deux hommes me saisit le poignet avec deux doigts et prend mon pouls.

— Tu randonnais avec des amis ?

Je ferme les yeux et fouille ma mémoire. Je ne trouve rien d'autre que le visage inquiet de Sunshine – et Kat, hier soir à la maison sur le lac, mettant des saucisses au frigo. *Pour demain.*

— On était censés aller camper, dis-je alors qu'il clipe quelque chose sur le bout de mon doigt. Mais je ne me souviens pas comment on est arrivés dans la montagne.

— Respire plus doucement, m'ordonne-t-il, les sourcils froncés, comme l'appareil se met à biper. Ton rythme cardiaque est trop élevé.

Je ferme les yeux. Ça faisait si longtemps que je n'avais pas éprouvé une telle peur à l'état pur ! Je me revois à l'âge de cinq ans, errant parmi la foule à la fête foraine après avoir lâché la main de ma mère.

— Quelqu'un va les chercher ?

— Je vais appeler le poste des rangers et leur dire d'envoyer quelqu'un au site de camping. Ça va aller, promet l'ambulancier en me tapotant l'épaule.

Puis il disparaît derrière des portes coulissantes, et je comprends qu'il ne reviendra pas. Il a fini son boulot ; maintenant, il part sauver la prochaine idiote qui se sera perdue dans les bois.

Mon brancard se remet à rouler. Un aide-soignant me fait franchir des portes battantes. Nous longeons un couloir bordé de lits à roulettes occupés par des corps gémissants. Une femme très maigre, visiblement inconsciente, est menottée à la rambarde du sien. Quelque part au loin, un homme hurle qu'il s'est chié dessus.

Tandis que l'aide-soignant manœuvre mon brancard derrière un rideau, une femme en tenue d'infirmière s'approche en trottinant et dépose à mes pieds une blouse emballée dans du plastique.

— Enfile-la.

L'aide-soignant disparaît ; l'infirmière tire le rideau et tourne son attention vers le chariot à roulettes qu'elle a apporté.

— Nom et date de naissance ?

Elle tape ma réponse dans une machine qui imprime un bracelet en plastique. Sans jamais me regarder en face, elle l'attache à mon poignet. Ma vessie menace d'exploser.

— Où sont les toilettes ?

— Il se peut que tu sois blessée à la tête. Tu ne peux pas te lever. Je vais te faire apporter un bassin.

Je suis horrifiée.

— Je dois faire pipi allongée ?

— Oui. De toute façon, il nous faut un échantillon d'urine. La blouse s'attache dans le dos.

Et elle s'en va.

Je jette un coup d'œil par l'entrebâillement du rideau. Un type en blouse d'hôpital passe devant moi, traînant un pied à perfusion derrière lui. Dans son autre main, il tient un gobelet d'urine.

Plus loin, l'infirmière est penchée sur un ordinateur.

J'ai si mal au ventre que je me mets à transpirer. Encore cinq minutes et je vais me pisser dessus.

Et merde. Je me lève et me dirige vers la droite – là d'où venait le type avec son gobelet d'urine. Il y a des toilettes au bout de la rangée de rideaux. Je m'y faufile, baisse mon short et me laisse tomber sur la lunette. Le soulagement est si fort qu'il me tire presque des larmes.

Je me traîne jusqu'au lavabo et tends mes mains sous le robinet. L'eau qui s'écoule par la bonde est d'un rose rougeâtre. Tremblante, j'examine mes paumes, mais il ne reste qu'une trace de sang séché qui part de mon pouce gauche, traverse ma main et remonte jusqu'à mon avant-bras.

Je sursaute à la vue du reflet dans le miroir. Je ne reconnais pas cette fille aux joues brûlées par le soleil et au front écorché.

Qui es-tu ? Que t'est-il arrivé ?

Achevé d'imprimer en juin 2021
Par CPI Brodard & Taupin à La Flèche
N° d'impression : 3043446
Dépôt légal : juillet 2021
Imprimé en France
36231379-1